O
FAROL

O FAROL

EMMA STONEX

Tradução de
Carolina Selvatici e
Diego Magalhães

TÍTULO ORIGINAL
The Lamplighters

REVISÃO
Eduardo Carneiro
Milena Vargas
Rayana Faria

DIAGRAMAÇÃO
Inês Coimbra

DESIGN DE CAPA
Katie Tooke, Picador Art Department

ADAPTAÇÃO DE CAPA
Antonio Rhoden

IMAGEM DE CAPA
© Max Ellis

CIP-BRASIL. CATALOGAÇÃO NA PUBLICAÇÃO
SINDICATO NACIONAL DOS EDITORES DE LIVROS, RJ

S885f

Stonex, Emma, 1983-
O farol / Emma Stonex ; tradução Carolina Selvatici, Diego Magalhães. - 1. ed. -Rio de Janeiro : Intrínseca, 2021.
352 p. ; 23 cm.

Tradução de: The lamplighters
ISBN: 978-65-5560-254-8

1. Romance inglês. I. Selvatici, Carolina. II. Magalhães, Diego. III. Título.

21-70771 CDD: 823
CDU: 82-31(410.1)

Camila Donis Hartmann - Bibliotecária - CRB-7/6472

[2021]

EDITORA INTRÍNSECA LTDA.
Rua Marquês de São Vicente, 99, 3º andar
22451-041 – Gávea
Rio de Janeiro – RJ
Tel./Fax: (21) 3206-7400
www.intrinseca.com.br

Para IFTS e KMS

NOTA DA AUTORA

Em dezembro de 1900, três faroleiros desapareceram de um farol remoto na ilha de Eilean Mòr, nas Hébridas Exteriores. Seus nomes eram Thomas Marshall, James Ducat e Donald MacArthur. Este livro foi inspirado e escrito como uma homenagem respeitosa a esse acontecimento, mas é uma obra de ficção. Não há, portanto, qualquer semelhança com a vida desses homens nem com suas personalidades.

Ficamos um instante sem saber o que dizer
E cada um com um mau presságio observou
A porta que devíamos escancarar
Para trocar a luz do sol pela escuridão

Wilfrid Wilson Gibson, "Flannan Isle"

Dois homens diferentes; tenho sido dois homens há muito tempo.

Tony Parker, *Lighthouse*

I

1972

1

TROCA DE TURNO

Quando Jory abre as cortinas, o dia está tranquilo e cinzento, e o rádio toca uma música que parece conhecida. Ele ouve a reportagem sobre uma garota que foi vista pela última vez em um ponto de ônibus no norte do país e bebe uma caneca de chá preto fraco. A coitada da mãe está fora de si... Bem, e deveria mesmo. Cabelos curtos, saia curta, olhos grandes: é assim que ele imagina a garota, tremendo de frio, e um ponto de ônibus vazio onde devia haver alguém, acenando ou se afogando, e o ônibus para e sai, sem saber de nada, a calçada brilhando sob a chuva pesada.

O mar está calmo, com a limpidez do vidro, como sempre fica depois da chuva. Jory abre a janela e o ar fresco parece quase sólido, comestível, e tilinta entre os chalés da costa feito um cubo de gelo em um drinque. Não há nada como o cheiro do mar, nada parecido: salgado, limpo, como vinagre gelado. O dia está mudo. Jory conhece mares barulhentos e silenciosos, mares agitados e calmos, mares em que seu barco parece ser o último toque de humanidade em uma onda tão resoluta e revolta que nos faz acreditar no que não acreditamos, no fato de o mar ser algo entre o céu e o inferno, ou o que quer que exista lá em cima e o que quer que se espreite nas profundezas. Certa vez, um pescador lhe disse que o mar tinha duas faces. É preciso aceitar as duas, disse o sujeito, a boa e a má, e nunca dar as costas a nenhuma delas.

Hoje, depois de muito tempo, o mar está do lado deles. Hoje eles vão conseguir.

Ele decide se o barco vai partir ou não. Mesmo que o vento esteja bom às nove, não significa que estará bom às dez e não importa o que ele veja no porto. Digamos que pegue ondas de pouco mais de um metro, ele sabe que vão chegar a doze metros de altura perto da torre. O que quer que aconteça na praia, vai estar dez vezes maior em torno do farol.

O novo funcionário tem vinte e poucos anos, cabelos louros e óculos grossos que tornam seus olhos pequenos, trêmulos. Ele faz Jory se lembrar de alguma criatura que foi mantida em uma jaula, vivendo sobre serragem. Está parado no píer, vestindo uma calça de veludo cotelê boca de sino, a bainha desfiada escurecida pela água do mar. O cais é silencioso de manhã bem cedo, apenas um passeador de cães e um engradado de leite sendo entregue. A pausa gelada entre o Natal e o Ano-Novo.

Jory e sua tripulação pegam os suprimentos do garoto — caixas vermelhas com roupas e alimentos para dois meses: carne fresca, frutas, leite de verdade, não em pó, um jornal, caixa de chá e tabaco Golden Virginia —, em seguida amarram e cobrem tudo com lona. Os faroleiros vão ficar felizes: estão comendo ensopado enlatado há quatro semanas e lendo o que quer que estivesse na primeira página do *Mail* no dia em que o último barco havia saído.

Na área próxima ao píer, a água arrota algas marinhas, sugando e lambendo as laterais do barco. O garoto sobe a bordo, os tênis de lona molhados, tateando as paredes feito um cego. Em um dos braços, ele carrega um pacote de objetos amarrados com barbante:

livros, um gravador, fitas, tudo o que vai usar para passar o tempo. Deve ser estudante. A Trident recebe muitos hoje em dia. Ele vai compor músicas, deve ser esse o hobby dele. No alto do farol, achando que aquilo, sim, é vida boa. Todos eles precisam de algo para fazer, ainda mais nas torres. Não dá para passar o tempo todo subindo e descendo a escada. Há muito tempo Jory conheceu um faroleiro, um artesão que montava navios dentro de garrafas. Ele passava todos os turnos no farol fazendo isso e terminava com trabalhos muito bonitos. Depois eles ganharam televisões e aquele faroleiro jogou tudo fora, literalmente jogou todo o kit pela janela, para que se perdesse no mar. A partir de então, ficava vendo TV por todo o tempo livre que tinha.

— Você faz isso há muito tempo? — pergunta o garoto.

Jory diz que sim, desde antes de você nascer.

— Achei que a gente não fosse conseguir — diz ele. — Estou esperando desde terça-feira. Eles me puseram em um alojamento na cidade que era muito bom, mas não o suficiente para alguém querer ficar lá por muito mais tempo. Todo dia eu olhava para o mar e pensava: "Será que vamos conseguir ir algum dia?" Isso, sim, foi uma tempestade. Não sei como vai ser lá no farol quando outra aparecer. Me disseram que a gente não sabe o que é uma tempestade até vê-la do mar, que parece que a torre vai desabar sob nossos pés e ser levada pelas ondas.

Os novatos sempre querem conversar. É o medo, pensa Jory, da travessia e da possibilidade de o vento mudar, do desembarque, dos homens no farol, de não se dar bem com eles, de como o responsável é. O farol ainda não é desse garoto; provavelmente nunca será. Substitutos vêm e vão, primeiro para um farol em terra, depois nas rochas, até que são jogados por todo o país como bolas de pinball. Jory já viu dezenas deles, ansiosos para começar e encantados com o lado romântico do trabalho, mas não há nada de muito romântico nisso. Três homens sozinhos em um farol em alto-mar. Não há nada de especial, nada mesmo, apenas três homens e muita água. É preciso ser um tipo certo de pessoa para suportar a prisão. Solidão. Isolamento. Monotonia. Nada por quilômetros, a não ser mar, mar e mar. Sem amigos. Sem mulheres. Apenas os outros dois, dia após dia, incapazes de se afastar um do outro. Isso pode enlouquecer você.

É comum que tenham que esperar dias pela troca de turno, às vezes até semanas. Certa vez, um faroleiro ficou preso no farol por quatro meses.

— Você vai se acostumar com o clima — diz ele ao garoto.

— Espero que sim.

— E não estará tão irritado quanto o pobre coitado que vai voltar para o continente.

Reunida em tropa na popa, a equipe que vai substituir os faroleiros olha desolada para o mar, fumando e conversando por meio de grunhidos, os dedos úmidos encharcando os cigarros. Poderiam ser pintados em uma paisagem marítima austera, esboçados com tinta a óleo.

— O que estamos esperando? — grita um deles. — Você quer que a maré vire antes de a gente sair?

Eles também estão levando o engenheiro para consertar o rádio. Normalmente, em um dia de troca de turno, já teriam entrado em contato com o farol umas cinco vezes, mas a tempestade queimou o transmissor.

Jory cobre a última caixa e liga o motor. Então eles partem, o barco balançando e chacoalhando feito um brinquedo numa banheira sobre as marolas. Um bando de gaivotas briga em uma rocha coberta de berbigões. Uma traineira azul se aproxima, preguiçosa, do continente. Conforme se afastam da praia, a água fica mais agitada, ondas verdes saltam, cristas se tornam espuma e se dissolvem. Após a rebentação, as cores se misturam de forma sombria, o mar adquire um tom cáqui e o céu ganha uma tonalidade ameaçadora de cinza. A água bate e se espalha pela proa; trilhas de espuma do mar surgem e desaparecem. Jory mordisca um cigarro que ficou amassado em seu bolso, mas ainda dá para fumar, olhos no horizonte, fumaça na boca. Suas orelhas doem com o frio. Acima deles, uma ave branca voa em círculos no céu vasto e monótono.

Ele distingue a Donzela em meio à neblina, um pico solitário, distinto, remoto, a quase trinta quilômetros da costa. Sabe que os faroleiros preferem que seja assim, não tão perto do continente a ponto de poderem vê-la do atracadouro e se lembrarem de casa.

O garoto está sentado de costas para o farol. Que jeito engraçado de começar, de costas para onde se está indo, pensa Jory. Ele cutuca um arranhão no polegar. Seu rosto parece tranquilo e pálido, inexperiente. Mas todo marinheiro precisa se adaptar.

— Você já esteve em uma torre, meu filho?

— Estive em Trevose. Depois, em St. Catherine.

— Mas nunca em uma torre.

— Não, nunca em uma torre.

— Tem que ter estômago — diz Jory. — Você também tem que se dar bem com as outras pessoas, não importa como elas sejam.

— Ah, com isso não vou ter problemas.

— Claro que não. O faroleiro-chefe é um cara legal. Isso faz diferença.

— E os outros?

— Me disseram para tomar cuidado com o substituto. Mas vocês têm mais ou menos a mesma idade. Com certeza vão se dar bem.

— E o que tem ele?

Jory sorri ao ver a expressão do garoto.

— Não precisa se preocupar. O serviço é cheio de histórias, nem todas são verdadeiras.

O mar se agita e se debate sob o barco, correndo sombrio, batendo e espirrando. A brisa recua e desliza sobre a água, tornando-a crespa e dispersa. Várias gotas explodem na proa enquanto as ondas crescem pesadas e secretamente profundas. Quando era criança e pegava o barco de Lymington até Yarmouth, Jory olhava por cima da grade do convés e ficava impressionado com o modo como o mar fazia aquilo silenciosamente, sem ninguém perceber, o solo marítimo ficando mais profundo e a terra se perdendo. Se alguém caísse na água naquele ponto, chegaria a trinta metros de profundidade. Haveria peixes-agulha e cações-lisos: formas estranhas, inchadas e cintilantes, com tentáculos macios e curiosos e olhos iguais a bolinhas de gude foscas.

O farol se aproxima, uma linha se tornando um poste, um poste se tornando um dedo.

— Lá está. A Pedra da Donzela.

Eles já estão vendo a mancha de água em torno da base, a cicatriz do clima violento produzida por décadas de domínio do mar. Embora já tenha passado por isso diversas vezes, chegar perto do rei dos faróis sempre faz Jory se sentir do mesmo jeito: repreendido, insignificante, talvez um pouco temeroso. Uma coluna de cinquenta metros de engenharia vitoriana heroica, a Donzela surge palidamente magnífica no horizonte, um bastião estoico à segurança dos marinheiros.

— Ele foi um dos primeiros — diz Jory. — Mil oitocentos e noventa e três. Foi destruído duas vezes antes que a luz fosse finalmente acesa. Dizem que faz barulho quando o clima está ruim. Quando o vento passa por entre as rochas, parece o choro de uma mulher.

Os detalhes surgem da névoa: as janelas do farol, o anel de concreto do atracadouro e a trilha estreita de degraus de ferro que levam à porta de acesso.

— Eles podem nos ver?

— Agora, podem.

Mas, ao dizer isso, Jory procura a silhueta que espera ver no atracadouro, o faroleiro-chefe, em seu uniforme azul-marinho e chapéu branco, ou o assistente acenando para eles. Devem ter começado a vigiar o mar quando o sol nasceu.

Ele olha com cautela para o caldeirão ao redor da base do farol, decidindo a melhor maneira de se aproximar: se vai parar o barco de frente ou de ré, se vai ancorá-lo ou deixá-lo solto. A água gelada espirra sobre uma série de rochas submersas. Quando a maré sobe, as rochas desaparecem. Quando desce, elas emergem feito molares pretos e brilhantes. De todos os faróis, o Bispo, o Lobo e a Donzela são os mais difíceis de se atracar, e, se tivesse que escolher, ele diria que a Donzela ganha de todos. Os marinheiros dizem que sua construção se deu sobre os dentes de um monstro marinho fossilizado. Dezenas morreram durante a construção, e o recife matou muitos marinheiros que saíram de curso. A Donzela não gosta de estranhos; não recebe bem as pessoas.

Mas Jory ainda espera ver um ou dois faroleiros. Não vão deixar o garoto a menos que haja alguém na ponta do atracadouro. Naquele momento, com o nível da água subindo e descendo, uma hora ele vai estar três metros abaixo da plataforma e, na outra, três metros acima. Se o perder de vista, a corda vai se romper e os homens vão tomar um banho frio. É um negócio difícil, mas todos os faróis são assim. Para um homem da terra, o mar é algo relativamente previsível, mas Jory sabe que não: é inconstante e imprevisível e vai pegar você, se deixar.

— Onde eles estão?

Ele mal ouve o grito do companheiro em meio ao barulho da água.

Jory indica que vai dar a volta no farol. O rosto do garoto ganha um tom esverdeado. O do engenheiro também. Jory devia tranquilizá-los, mas nem ele está muito tranquilo. Desde que passou a vir até a Donzela, há muitos anos, nunca teve que dar a volta na torre.

O tamanho do farol fica nítido diante deles, puro granito. Jory vira a cabeça para a porta de entrada, situada quinze metros acima do nível do mar, feita em latão sólido e desafiadoramente fechada.

A tripulação grita; chamam pelos faroleiros e assopram um apito estridente. Em um ponto mais alto, a torre se afunila em direção ao céu, e o céu, por sua vez, olha para a pequena embarcação sendo jogada de um lado para outro, confusa. O pássaro reaparece, aquele que os havia seguido. Girando, girando, gritando uma mensagem que eles não entendem. O garoto se debruça sobre a lateral do barco e perde o café da manhã para o mar.

Eles são levantados e caem; esperam e esperam.

Jory olha para o farol, arrancado da própria sombra, e tudo o que ouve são as ondas, o estrondo e a espuma farfalhando, as pedras sendo sorvidas e lavadas. E só consegue pensar na notícia da garota desaparecida que ouvira no rádio naquela manhã, e no ponto de ônibus, o ponto de ônibus vazio e a chuva incessante e implacável.

2

ESTRANHO ACONTECIMENTO EM UM FAROL

The Times, domingo, 31 de dezembro de 1972

A Trident House foi informada do desaparecimento de três funcionários do farol Pedra da Donzela, que fica vinte e quatro quilômetros a sudoeste de Land's End. Os desaparecidos foram identificados como o faroleiro-chefe Arthur Black, o faroleiro assistente William "Bill" Walker e o segundo assistente Vincent Bourne. A descoberta foi feita ontem pela manhã por um barqueiro local e sua tripulação, que tentava levar um faroleiro substituto e trazer de volta o Sr. Walker.

Até o momento, não há indícios do paradeiro dos desaparecidos e nenhuma declaração oficial foi feita. Uma investigação foi aberta.

3

NOVE ANDARES

O desembarque leva horas. Uma dúzia de homens sobe os degraus com gosto de sal e medo na boca, ouvidos doloridos e mãos ensanguentadas e congeladas.

Quando chegam à porta, está trancada por dentro. A placa de aço construída para resistir à violência dos mares e aos furacões deve agora ser aberta por músculos e barras.

Depois disso, um dos homens começa a tremer, quase convulsionar, em parte por causa da exaustão e em parte por causa da preocupação que o dominou desde que o barco de resgate de Jory Martin não foi recepcionado, desde que a Trident House pediu: "Vão até lá."

Três deles entram na torre. Lá dentro está escuro e o espaço foi tomado por um cheiro de mofo, algo normal nas estações marítimas em que as janelas ficam fechadas por venezianas. Não há muita coisa no depósito: formas pesadas disfarçadas pela escuridão, rolos de corda, uma boia salva-vidas, um bote pendurado de cabeça para baixo. Nada foi mexido.

As capas de chuva dos faroleiros pendem na escuridão feito peixes no anzol. Seus nomes são chamados por uma escotilha no teto, chegando pela escada em espiral:

Arthur. Bill. Vincent. Vince, você está aí? Bill?

É assustador ver como suas vozes vivas cortam o silêncio, um silêncio robusto, indecentemente alto. Os homens não esperam ouvir resposta. A Trident House disse que era uma operação de busca e salvamento, mas eles estão procurando corpos. Já desistiram da hipótese de que os faroleiros haviam fugido. A porta estava trancada. Eles estão aqui, em algum lugar.

Tragam-nos em silêncio, pediu a Trident House. Com discrição. Encontrem um barqueiro que fique quieto. Não façam alarde, não façam escândalo. Ninguém precisa saber. E certifiquem-se de que a luz do farol está funcionando. Pelo amor de Deus, alguém verifique isso.

Três homens sobem, um após o outro. A parede do andar seguinte está coberta por detonadores e cargas para pistolas sinalizadoras. Não há sinais de violência. Os homens pensam em suas casas, suas esposas, nos filhos, quando os têm, no calor da lareira e em um toque em suas costas:

— Dia longo, amor?

O farol não é um lugar para famílias. Conhece apenas três faroleiros, três faroleiros que estão escondidos ali em algum lugar, mortos. Onde vão encontrar os corpos? Em que estado vão estar?

Eles sobem até o terceiro andar, até os tanques de parafina, depois até o quarto, onde fica o óleo para a luz do farol. Alguém chama os três de novo, tanto para acabar com o silêncio provocador quanto por qualquer outro motivo. Não há qualquer indício de fuga, nenhum sinal de correria, nada que sugira que os faroleiros tenham ido a qualquer outro lugar.

Do depósito de óleo, eles sobem a escada, um caracol de ferro fundido que percorre a parede interna até a lanterna. O corrimão brilha. Faroleiros são uma espécie peculiar, obcecados pela complexidade dos detalhes domésticos, polimento, arrumação e brilho. Um farol é o lugar mais limpo que alguém pode visitar. Os homens examinam o metal em busca de impressões, mas não encontram marcas; faroleiros nunca tocam nos corrimões por causa do cuidado que tomam. Se alguém estivesse com pressa, se uma pessoa tivesse caído ou se agarrado, se alguém estivesse distraído com algo terrível... Mas nada está fora do normal.

Os passos dos homens ressoam como um tambor que anuncia a morte, resignado e profundo. Eles já anseiam pela segurança do rebocador e pela promessa do continente.

Chegam à cozinha. Três metros e meio de comprimento, com o cano de contrapeso no meio. Há três armários presos à parede, dentro dos quais há comidas enlatadas empilhadas com precisão: feijão, fava, arroz, sopa, caldo de carne em cubos, frios, carne enlatada, picles. No balcão, há um pacote fechado de salsichas embaladas a vácuo, como tecido em laboratório. Perto da janela, há uma pia — torneira vermelha para água da chuva, prateada para a potável — e uma bacia secando ao lado. Há uma cebola murcha presa no buraco entre as paredes interna e externa, nas prateleiras que os faroleiros usam como despensa. Sobre a pia há um armário espelhado, usado como armário de banheiro: os homens encontram escovas de dentes, pentes, um frasco de desodorante e outro de perfume. Ao lado, há uma cômoda com talheres, pratos e xícaras, tudo organizado e guardado com o cuidado esperado. O relógio na parede parou de funcionar às oito e quarenta e cinco.

— O que é isso? — pergunta o homem de bigode.

A mesa está posta para uma refeição que não foi feita. Dois lugares, não três, com uma faca e um garfo cada e um prato à espera da comida. Dois copos vazios. Sal e pimenta. Um frasco de mostarda e um cinzeiro limpo. O balcão é de fórmica, em forma de meia-lua, e se encaixa perfeitamente em torno do contrapeso. Há um banco guardado embaixo dele e duas cadeiras, uma com o estofado rasgado e outra torta, como se a pessoa sentada nela tivesse se levantado com pressa.

Outro homem, com os cabelos penteados para o lado, verifica o fogão para ver se há algo no fogo, mas a temperatura caiu e, de qualquer forma, não há nada lá dentro. Pela janela, ouvem o mar suspirar contra as pedras da base do farol.

— Não faço ideia — diz ele.

E é menos uma resposta do que uma confissão de sua ignorância completa e temerosa.

Os homens olham para o teto.

Não há onde se esconder em um farol, essa é a questão. Todos os cômodos, do primeiro ao último andar, têm uma distância de dois passos até o cano de contrapeso e de mais dois passos até a outra parede.

Eles sobem para o quarto. Três beliches curvos se moldam às paredes, todos com a cortina aberta. As camas estão feitas, com os lençóis passados, travesseiros e cobertores ásperos de cor bege. Acima deles, há dois beliches menores para visitantes e uma escada para subir até lá. Debaixo da escada, fica um espaço para armazenagem com a cortina fechada. O homem com os cabelos penteados para o lado prende a respiração e a puxa, mas encontra só uma jaqueta de couro e duas camisas penduradas.

No sétimo andar, eles estão trinta metros acima do nível do mar. Na sala de estar, há uma televisão e três poltronas velhas. No chão, ao lado da poltrona maior, que imaginam ser do faroleiro-chefe, eles encontram uma caneca com um pouco de chá frio. Atrás do contrapeso fica a chaminé do fogão, que vem do andar de baixo. Talvez o faroleiro-chefe pudesse descer até eles agora. Talvez ele estivesse no andar da lanterna, limpando o vidro. Os outros também estão lá, no mezanino. Desculpem, eles só não ouviram.

O relógio de parede marca a mesma hora, parado. Quinze para as nove.

Portas duplas se abrem para a sala de serviço no oitavo andar. Os mortos podem estar aqui; a cavidade teria impedido o cheiro de escapar. Mas, como já esperavam, ela está deserta. A torre está acabando. Só resta a lanterna. Nove andares visitados, nove andares vazios. Eles sobem até o topo e lá está ela, a lanterna da Donzela, uma lanterna a gás gigante, protegida por lentes frágeis como asas de pássaros.

— É isso. Eles sumiram.

Nuvens esparsas avançam pelo horizonte. A brisa fica mais fresca e muda de direção, jogando marolas brancas em ondas saltitantes. É como se os faroleiros nunca tivessem estado ali. É isso, ou escalaram até o topo e simplesmente voaram para longe.

II

1992

4

O ENIGMA

The Independent, segunda-feira, 4 de maio de 1992

AUTOR PLANEJA RESOLVER O MISTÉRIO DA PEDRA DA DONZELA

O romancista Dan Sharp quer descobrir a verdade por trás de um dos maiores mistérios marítimos de nossa época. Sharp, autor dos best-sellers de ação naval *O olho da tempestade*, *Águas calmas* e *O naufrágio do Dreadnought*, cresceu perto do mar e há muito tempo se inspira no caso de desaparecimento nunca solucionado. Disposto a se basear em fatos reais pela primeira vez, ele explica: "A história da Donzela me intriga desde a infância. Quero lançar uma nova luz sobre o assunto ao falar com as pessoas envolvidas no mistério."

Há vinte anos, no inverno de 1972, três faroleiros desapareceram de um farol no mar da Cornuália, a alguns quilômetros de Land's End. Eles deixaram para trás uma série de pistas: a porta de entrada trancada por dentro, dois relógios parados no mesmo horário e a mesa posta para uma refeição que nunca foi servida. O registro meteorológico do faroleiro-chefe descrevia uma tempestade circundando a torre, mas o céu, inexplicavelmente, estava limpo.

Que estranho destino aqueles homens amaldiçoados tiveram? É o que Sharp pretende descobrir. Ele acrescenta: "Esse enigma tem tudo o que um escritor de ficção procura: drama, mistério e perigo no mar. Só que é real. Acredito que todo quebra-cabeça possa ser resolvido. É só procurar nos lugares certos. Aposto todo o meu dinheiro que tem alguém por aí que sabe mais do que imaginamos."

5

HELEN

Então é isso, pensou ela, enquanto o observava estacionar o carro na rua, um pouco depois da casa, um Morris Minor verde com o escapamento pendurado feito um cachimbo pronto para ser aceso. Helen se perguntou por que ele dirigia uma coisa daquelas. Devia ser rico, se o que diziam sobre seus livros fosse verdade: autor de best-sellers e tudo o mais.

Ela o reconheceu na hora, embora ele não tivesse dado nenhuma dica pelo telefone. Talvez ela devesse ter pedido uma descrição, já que todo cuidado é pouco ao deixar estranhos entrarem na sua casa. Mas só podia ser ele. O homem usava um casaco azul-marinho e tinha uma expressão carrancuda e intelectual, como se passasse horas e horas debruçado sobre manuscritos que nunca lhe davam respostas. Era mais novo do que ela imaginara, com menos de quarenta anos.

— Sai — disse Helen, distraída, os bigodes da cadela roçando a palma de sua mão. — Depois eu levo você para passear.

Ela subiria até a floresta, passearia com o animal sobre as folhas úmidas. Ficou mais calma ao pensar nisto: haveria um depois.

O escritor carregava uma bolsa de lona, que ela imaginou estar cheia de recibos e isqueiros. Ela o imaginou morando em uma casa com camas desarrumadas e gatos dormindo nas estantes. Ele teria comido cereal no café da manhã, algo tirado de uma caixa rasgada, mas o leite teria acabado, então ele teria acrescentado um pouco de água mesmo. Um cigarro enquanto pensava na Donzela e rabiscava as perguntas que queria fazer.

Tantos anos depois, ela ainda fazia a mesma coisa. Uma avaliação à primeira vista, antes de tudo, era o critério que usava para cada pessoa nova. Será que tinham perdido alguém, assim como ela? Entendiam como ela se sentia? Estavam na mesma posição que ela, ou em outra, terrivelmente distante? Imaginou que o fato de ele ter perdido ou não alguém não fazia diferença: era um escritor, portanto ele poderia imaginar.

Mas Helen não acreditava muito nisso, na capacidade dele de imaginar o que não era possível imaginar. Pensava naquilo como em uma queda. Sem peso. Descrente. Esperando que alguém a segurasse, mas ninguém conseguira por anos e anos, e tudo continuava e ela caía, mas não havia resolução, clareza ou ponto-final. Essa era a expressão da moda nos últimos tempos — *ponto-final* — para pessoas que tinham terminado relacionamentos ou sido demitidas. Ela pensou em como essas coisas eram relativamente simples de superar; não empurravam ninguém de um penhasco e o deixavam cair. Assim era perder uma pessoa para o vento. Não havia vestígios, motivos ou pista. O que Dan Sharp, que gostava de navios de guerra, armas e homens que se embebedavam nos estaleiros, poderia imaginar sobre isso?

Ela ansiava por conversar com outros de sua espécie: identificá-los e ser identificada. Veria a perda no rosto deles, não óbvia, apenas certa amargura ou resignação, monstros de que ela havia tentado se livrar por muito tempo. Ela diria: "Você sabe, não é? *Você sabe.*" E ninguém podia saber o que eles ofereceriam em troca, mas, se isso não resultasse do encontro, algo bom em forma de gentileza e compreensão, então para que serviria?

Enquanto isso, os monstros continuavam se embrenhando entre suas roupas no armário, fazendo-a estremecer ao se vestir de manhã ou ao encontrá-los agachados pelos cantos, arrancando a pele dos dedos. Ela não tinha certeza, diziam os terapeutas (fazia um tempo que não os visitava), e a certeza era pelo menos um milímetro ao qual alguém pode se agarrar.

Então ali estava ele, abrindo o portão. Ele se atrapalhou para fechá-lo porque a trava estava enferrujada. "Scarborough Fair" tocava no rádio da cozinha. A música deixava Helen zonza, a melancolia da letra, todas aquelas palavras sobre espuma do mar, camisas de cambraia e um amor verdadeiro mais azedo do que doce. Pensamentos ariscos enchiam sua cabeça de tempos em tempos, sobre Arthur e os outros, mas, no geral, ela havia aprendido a evitá-los. Quais segredos um farol podia contar. Os dos homens estavam sepultados embaixo d'água, assim como os dela.

Helen se lembrava de partes do marido, escamas ressecadas que voavam como folhas entrando pela porta da cozinha. Às vezes ela pegava uma e conseguia analisá-la direito, mas sobretudo observava aquelas folhas soprando ao redor de seus tornozelos e se perguntava como encontraria energia para varrê-las.

Nada mudara depois da perda. Músicas continuaram sendo compostas. Livros continuaram sendo lidos. Guerras se mantiveram em curso. Via-se um casal discutindo perto dos carrinhos do supermercado antes de entrar no carro e bater a porta. A vida se renovava, sem parar, sem compaixão. O tempo avançava no ritmo habitual, naquelas idas e vindas, começos e fins, progressões sensatas que fixavam as coisas no lugar, sem parar para pensar no assobio da floresta nos arredores da cidade. Tudo começara como um assobio de lábios secos, que com o passar dos anos se tornou uma nota vibrante e contínua.

A nota soava naquele instante com a campainha. Helen pôs as mãos nos bolsos do cardigã e enrolou as linhas soltas entre os dedos. Gostou da sensação e as enrolou embaixo da unha, algo doloroso que não era tão doloroso assim.

6

HELEN

Entre. Entre. Desculpe a bagunça. É gentileza sua, mas está uma bagunça, sim. Aceita um chá, um café? Chá, claro. Leite e açúcar? Claro, todo mundo toma leite com açúcar hoje em dia. Minha avó tomava puro, com uma fatia de limão. Ninguém mais faz isso hoje em dia. Bolo? Infelizmente, não é caseiro.

Então, você é escritor, que incrível. Nunca conheci um escritor. É uma daquelas coisas que todo mundo diz que poderia fazer, não é? Escrever um livro. Eu já pensei nisso, mas não sou escritora. Sei o que quero escrever, mas é difícil transmitir isso para outras pessoas, e imagino que seja essa a diferença. Depois que Arthur morreu, todo mundo disse que seria bom colocar o que eu estava sentindo no papel para que tudo saísse da minha cabeça. Você deve achar, já que é criativo, que exercer nossa criatividade nos faz sentir pessoas mais completas, não? Enfim, nunca escrevi nada. Não sei o que teria escrito para um desconhecido ler.

Vinte anos, meu Deus, é difícil de acreditar. Posso perguntar por que escolheu nossa história? Se espera que meu marido seja aquele machão dos seus livros e que eu conte uma aventura sobre missões e naufrágios ou algo do tipo, é melhor esquecer.

É, é curioso, se acreditar no que dizem. Eu, por estar envolvida e tão próxima do tema, não penso assim. Mas não se sinta mal por isso, não, não devia. Não tenho problema em falar sobre Arthur. Isso mantém ele sempre por perto. Se eu tivesse tentado fingir que nada aconteceu, já teria tido problemas há muito tempo. É preciso aceitar o que acontece na nossa vida.

Ouvi de tudo ao longo dos anos. Arthur foi abduzido por alienígenas. Foi assassinado por piratas. Foi chantageado por contrabandistas. Matou os outros, ou eles o mataram, e depois uns aos outros e então a si mesmos, por causa de uma mulher, ou de uma dívida, ou de um tesouro naufragado. Foram assombrados por fantasmas ou sequestrados pelo governo. Ameaçados por espiões ou devorados por serpentes marinhas. Ficaram loucos, um ou todos. Tinham vidas secretas que ninguém conhecia, riquezas enterradas em fazendas na América do Sul que poderiam ser encontradas por uma cruz em um mapa. Navegaram até Timbuctu e gostaram tanto que nunca mais voltaram... Quando o tal lorde Lucan desapareceu, dois anos depois, houve quem dissesse que ele tinha ido encontrar Arthur e os outros em uma ilha deserta, supostamente com todos os pobres coitados que voaram pelo Triângulo das Bermudas. Quer dizer, francamente! Tenho certeza de que você ia preferir algo assim, mas acho tudo isso ridículo. Não estamos no seu mundo agora, estamos no meu; e isto não é um livro de suspense, é a minha vida.

Cinco minutos está bom? Pense nos minutos de um relógio. Se você pensar no bolo como um relógio, o tamanho do pedaço que estou cortando vai cobrir cinco minutos. Me passe seu prato, então; aqui está. Devo dizer que nunca levei jeito para fazer bolos. Mulheres parecem ter jeito para isso, mas não sei por quê. Arthur era melhor nessas coisas do que eu. Você sabia que eles aprendem a fazer pão durante o treinamento? Aprendem todo tipo de coisa para serem faroleiros.

De todos os faróis, acho que o Bispo tem o melhor nome. Me parece majestoso. Lembra a peça de xadrez, silenciosa e imponente. Arthur era muito bom no xadrez. Por causa disso, eu nunca jogava com ele, já que nós dois gostamos de vencer e eu não estava acostumada a ceder para ele, nem ele para mim. Por ser faroleiro, ele precisava gostar de cartas e jogos, porque eles têm muito tempo livre. Isso também é um jeito de se aproximar dos outros, uma partida de truco ou de buraco. E chá! Se um faroleiro gosta de uma coisa, é de beber chá. Eles bebiam umas trinta xícaras por dia. Em muitos faróis, a única regra é: se estiver na cozinha, faça chá.

Faroleiros são pessoas comuns. Você vai perceber isso e espero que não fique decepcionado. As pessoas de fora pensam nisso como um trabalho quase clandestino, já que levamos a vida de forma muito reservada. Eles acham que ser casada com um faroleiro deve ser glamoroso, por causa do mistério, mas não é. Se eu tivesse que resumir, diria que é preciso estar preparada para longos períodos afastados e curtos e intensos períodos juntos. Os períodos intensos são como o encontro de um casal de amigos que mora longe, o que pode ser divertido, mas também desafiador. Você faz as coisas do seu jeito por oito semanas e aí um homem entra na sua casa e, de repente, é o dono dela, e você precisa se adaptar ao que ele quer. Isso às vezes nos abala. Não é um casamento convencional. O nosso com certeza não era.

Se sinto falta do mar? Não, nem um pouco. Eu não via a hora de me mudar para longe depois do que aconteceu. Por isso vim para cá, para a cidade. Nunca liguei para o mar. Vivíamos cercados por água, onde morávamos, nas casas de faroleiros. Era só o que dava para ver das janelas, para onde quer que se olhasse. Às vezes parecia que a gente morava em um aquário. Quando caía uma tempestade, trazendo raios e relâmpagos, era espetacular. O pôr do sol também era bonito, mas, no geral, o mar é algo cinzento, grande, e não acontece muita coisa nele. Talvez seja mais verde do que cinza, eu diria, tipo sálvia ou *eau de Nil*. Você sabia que *eau de Nil* significa "água do Nilo"? Sempre achei que significasse "água de nada", e é assim que o mar me faz sentir. De certa forma, é como ainda penso. Água de nada.

Até hoje a situação faz tanto sentido para mim quanto no dia em que Arthur desapareceu. Mas fica mais fácil. O tempo faz a gente se distanciar um pouco. A gente consegue olhar para o que aconteceu e não sentir tudo o que sentiu antes. Esses sentimentos se aquietam e não chamam tanta atenção quanto no início. É esquisito porque, em alguns dias, o que foi encontrado no farol não parece tão fora do comum, e fico achando que, bom, o nível do mar deve ter subido e afogado os três. Mas, em outros, me parece tão estranho que fico sem fôlego. Vários detalhes eu não consigo esquecer, como a porta trancada e os relógios parados. Eles me incomodam e, se eu começar a pensar nisso à noite, tenho que ser severa comigo mesma e me livrar desses pensamentos. Se não, eu nunca dormiria e ficaria me lembrando da vista da janela do nosso chalé. O mar começa a parecer tão grande, vazio e indiferente que preciso ligar o rádio para ter companhia.

Acho que o que aconteceu foi o que acabei de dizer: o nível do mar subiu de repente e pegou os três de surpresa. Chamam isso de navalha de Ockham. A lei que diz que a solução mais simples em geral é a certa. Se nos depararmos com um mistério, não podemos acrescentar outras coisas às provas que já tivermos.

O afogamento de Arthur é a única explicação realista que existe. Se não concorda, vai acabar analisando todo tipo de fantasia e começar a pensar em fantasmas, teorias da conspiração e em todas as bobagens em que as pessoas acreditam. As pessoas acreditam em qualquer coisa e, se puderem escolher, preferem a mentira, porque mentiras costumam ser mais interessantes. Como eu disse, o mar não é interessante, não quando você olha para ele todos os dias. Mas foi o mar que levou os três. Não tenho dúvida.

Você precisa saber de uma coisa sobre um farol situado em uma torre — já esteve em um? A torre sai de dentro do mar. Não fica em uma ilha, com um pouco de terra em volta, onde a gente pode caminhar, cultivar uma horta, criar ovelhas ou fazer sei lá o quê; e não é um farol em terra, que fica no continente. Aí a gente fica perto da família e, quando não está de plantão, pode ir de carro até a vila e levar a vida normalmente, desde que cumpra as responsabilidades no nosso turno. Um farol de torre fica no meio do mar, então os faroleiros não têm nenhum outro lugar para ir. Só podem ficar dentro da torre ou no atracadouro. Dá até para correr ao redor do atracadouro, se a pessoa quiser se exercitar, mas qualquer um logo fica tonto se fizer isso.

Ah, é, me desculpe: o atracadouro é a plataforma embaixo da porta de entrada. Ela circunda toda a torre como um donut gigante. O atracadouro fica entre seis e nove metros acima do nível do mar, o que parece muito, mas, se estiver do lado de fora e uma onda pegar você, já era. Já ouvi falar de faroleiros que pescam nele, ou observam pássaros, ou passam o dia ali, lendo um livro. Arthur com certeza fazia isso, porque sempre foi um bom leitor. Ele dizia que estar em um farol lhe permitia estudar, então sempre levava livros dos assuntos mais variados, romances, biografias e obras sobre o espaço. Ele começou a se interessar por geologia... pedras e rochas, sabe? Ele as colecionava e as classificava. Dizia que, dessa forma, podia aprender sobre diferentes eras.

Seja lá o que a pessoa faça ali, o atracadouro é o único lugarzinho no farol para tomar um pouco de ar fresco. Não dá para simplesmente colocar a cabeça para fora de uma janela, porque as paredes são muito grossas: são construídas com janelas duplas, sabe, uma interna e outra externa, com cerca de um metro entre as duas, então seria preciso se sentar naquele espacinho e acho que não seria muito confortável. Eles poderiam ir até o mezanino, que é a passarela que circunda a lanterna no alto do farol, mas ele não é muito grande e, além disso, seria preciso ter uma vara de pescar bem comprida, não é mesmo?

Um deles, e nem tento imaginar quem, mas pode ter sido Arthur, porque ele gostava de ficar um tempo longe das pessoas, de estar sozinho, ele gostava disso... Ele pode ter ido até o atracadouro e se sentado lá para ler, enquanto o vento estava calmo, de força um ou dois, então, do nada, o nível do mar pode ter subido e o levado. O mar pode fazer isso. Você vai ver que pode. Arthur já foi pego pelo mar no Eddystone, no início da carreira. Ele tinha acabado de ser promovido a faroleiro-assistente e estava do lado de fora, pendurando a roupa, quando uma onda gigante veio do nada e o derrubou. Ele teve sorte porque um colega estava por perto para segurá-lo, senão eu o teria perdido anos antes do sumiço. Isso o abalou, mas ele ficou bem. Não posso dizer o mesmo das roupas dele. Acho que nunca mais viu nenhuma peça. Teve que pegar roupas emprestadas dos outros até a troca de turno.

Mas essas coisas não abalavam Arthur. Faroleiros não são românticos; eles não ficam nervosos nem analisam demais as coisas. O objetivo do trabalho é manter a cabeça fria e fazer o que precisa ser feito. A Trident House não os contrataria se não fosse assim. Arthur nunca teve medo do mar, mesmo quando era perigoso. Ele me contou que, em um farol, a rebarba das ondas pode chegar até a janela da cozinha durante uma tempestade — não se esqueça de que ela fica uns vinte e cinco metros acima do nível do mar —, e as rochas e os pedregulhos batem na base da torre, fazendo a construção tremer e balançar. Eu ficaria com medo, acho. Mas Arthur, não; ele achava que o mar estava do lado dele.

Quando voltava para cá, ele às vezes ficava meio perturbado. Como um peixe fora d'água, exatamente assim. Não sabia como ficar aqui, mas sabia como ficar no mar. Quando se despedia e ele voltava para a torre, eu via que ele se sentia muito feliz com a perspectiva de revê-la.

Não sei quantos livros você já publicou sobre o mar, mas escrever uma história sobre ele é bem diferente de descrevê-lo como realmente é. O mar se vira contra você, se não estiver atento: ele muda de ideia em um estalar de dedos e não se importa com quem você é. Arthur sabia prever isso pelas nuvens ou pelo vento soprando na janela. Sabia dizer se o vento era de seis ou sete nós só pelo barulho. Então, se um homem como ele, que é a pessoa com mais experiência nessas coisas que já conheci, pode ter sido levado, isso prova que tudo pode mudar de repente. Talvez ele tenha tido tempo de gritar e os outros tenham saído correndo. O atracadouro é escorregadio, todos estavam em pânico, não seria preciso muito para que os três fossem levados, não é?

A porta trancada é mesmo estranho; tenho que admitir. Só consigo pensar que aquelas portas são placas grossas de metal — têm que ser, para resistir aos golpes que recebem — e batem com a maior facilidade. O fato de estar trancada por dentro é um dos detalhes que me atormentam. Mas um farol tem barras de ferro pesadas que atravessam a porta para mantê-la no lugar, então acho que existe a possibilidade de a barra ter caído quando a porta bateu, se tiver batido com força suficiente...

Não sei. Se achar que isso é besteira, pergunte a si mesmo que outra explicação você inventaria. Depois veja qual delas prefere, quando começar a analisar essas coisas no meio da noite. Os relógios parados, a porta trancada e a mesa posta dão asas à imaginação, não é? Mas vejo isso de forma prática. Não sou supersticiosa. Quem quer que estivesse cozinhando naquele dia provavelmente decidiu ser organizado e arrumar a mesa para a refeição seguinte. Comida é muito importante em um farol, e os faroleiros seguem a rotina feito soldados. Quanto ao fato de haver apenas dois lugares postos, bom, talvez a pessoa não tenha tido tempo de pôr o terceiro.

E os dois relógios parados na mesma hora? Isso é estranho, mas não impossível. É um daqueles detalhes que acabam distorcidos à medida que são contados: algum espertinho inventou isso em um dia e no outro virou fato. Quando não é isso, é só uma pessoa inútil dizendo coisas que magoam.

Eu queria que a Trident House tivesse concluído que eles se afogaram para que não houvesse mais incerteza para as famílias, mas eles nunca fizeram isso. Para mim, foi afogamento. Tenho sorte por estar certa do que aconteceu, porque preciso disso, mesmo que não seja a versão oficial.

Jenny Walker, esposa de Bill, não diria a mesma coisa. Ela gosta do fato de não haver solução. Se houvesse, isso acabaria com a última chance de Bill voltar. Eu sei que eles não vão voltar. Mas as pessoas lidam com as coisas como querem. Não podemos mandar ninguém sofrer de determinado jeito. É algo muito pessoal e particular.

Mas é uma pena. O que aconteceu conosco deveria ter nos unido. A nós, mulheres. Nós, esposas. O que houve, porém, foi o contrário. Não vejo Jenny desde o aniversário de dez anos do desaparecimento, e mesmo naquele dia não nos falamos. Nem chegamos perto uma da outra. Queria que não tivesse sido dessa forma, mas é a vida. Só que não me impede de tentar mudar isso. Acho que as pessoas têm que compartilhar essas coisas. Quando o pior acontece, ninguém aguenta sozinho.

É por isso que estou falando com você. Porque você diz que está interessado em revelar a verdade... e acho que também estou. A verdade é que as mulheres são importantes umas para as outras. Mais importantes do que os homens, mas não é isso que você quer ouvir, porque esse livro, como todos os outros que escreveu, é sobre homens, não é? Homens se interessam por homens.

Mas, para mim, não, esse não é o caso. Os três nos deixaram para trás e estou mais interessada no que ficou. No que podemos fazer com isso, se é que ainda podemos fazer alguma coisa.

Como romancista, imagino que você dê mais valor ao lado supersticioso da história. Mas lembre-se de que não acredito nessas coisas.

Como o quê, por exemplo? Ah, por favor. Você é o escritor, vai entender. Em toda a minha vida, percebi que existem dois tipos de pessoa. O tipo que ouve um rangido em uma casa escura e isolada e fecha as janelas porque deve ter sido o vento. E o que ouve um rangido em uma casa escura e isolada, acende uma vela e vai dar uma olhada no que pode ser.

7

Myrtle Rise, 16
West Hill
Bath

Jennifer Walker
Kestle Cottage
Mortehaven
Cornuália

2 de junho de 1992

Cara Jenny,

Já faz um tempo desde que mandei minha última carta. Apesar de não esperar mais nenhuma resposta sua, continuo torcendo para que leia o que escrevo. Prefiro achar que seu silêncio significa que estamos em paz, se é que você não me perdoou.

Queria avisar que estou falando com o Sr. Sharp. Não foi uma decisão fácil. Assim como você, nunca revelei a estranhos nada do que aconteceu. A Trident House nos deu ordens e nós as seguimos.

Mas estou cansada de segredos, Jenny. Vinte anos é muito tempo. Estou ficando velha. Há muitas coisas de que preciso me libertar, coisas que carreguei em silêncio, por muitos motivos, por muitos anos, e que preciso, enfim, compartilhar. Espero que entenda.

Com meus melhores votos, como sempre, para você e sua família,

Helen

8

JENNY

Depois do almoço, começou a chover. Jenny odiava chuva. Odiava a lambança que fazia quando as crianças chegavam ensopadas, especialmente Hannah com o carrinho de bebê duplo, ainda mais depois que ela havia limpado a casa. Aí, sinceramente, não valia nem um pouco a pena.

Onde ele estava, afinal? Cinco minutos atrasado. É falta de educação, pensou ela, chegar tarde para ver alguém que nem queria se encontrar com você. Ela só havia concordado com aquilo por causa de Helen, porque não ia permitir que Helen Black dissesse coisas inverídicas — ou verídicas — sobre ela e deixar que o cara colocasse tudo em um livro para o mundo ver. Aparentemente, ele era famoso. Isso não fazia diferença, pois Jenny não lia livros. Ler a revista *Fortune and Destiny* duas vezes por mês bastava.

Sem dúvida, aquele homem esperava que ela lhe estendesse um tapete vermelho. E daí se estivesse atrasado? Era chique e rico, podia se comportar como quisesse. Ia arrastar os sapatos encharcados pela casa. Jenny achava estranho pedir às visitas que tirassem os sapatos; afinal, elas deviam fazer isso sem que ninguém pedisse.

Estava programada agora para odiar a chuva. Todos aqueles anos pensando que a troca de turno de Bill ia ser adiada e que levaria ainda mais tempo para revê-lo. Nos dias anteriores à volta dele, ela ficava obcecada pelo clima, temendo que o tempo virasse e o barco não pudesse buscá-lo. E, quanto mais ela observava, mais o clima parecia virar *mesmo*, só para irritá-la. Eles haviam planejado se mudar para a Espanha quando Bill se aposentasse, comprar uma casa no Sul com o pouco que tinham economizado, uma piscina, vasos no pátio e flores cor-de-rosa ao redor da porta. Seus filhos os visitariam nos feriados. Jenny se sentia melhor ao sol; a chuva fazia seu humor ir ladeira abaixo, e a chuva na Inglaterra durava muitos meses, era deprimente demais. Ela teria ficado bem se tivessem ido para a Espanha, calor nos ossos, coquetéis ao pôr do sol. Agora, sempre que chovia, Jenny lembrava que aquilo nunca ia acontecer.

A carta de Helen definhava na lixeira. Jenny devia rasgar os envelopes antes de abri-los. Sempre que uma carta chegava à caixa de correio, ela dizia a si mesma: Vou atear fogo nisso, vou rasgar tudo, vou enfiar no ralo.

Mas ela nunca fazia nada disso. Sua irmã dizia que ler as cartas de Helen era uma forma de ter Bill por perto. Eram uma ligação com seu marido desaparecido, quer ela desprezasse aquilo, quer não. As cartas de Helen eram a prova de que tinha sido real. Jenny havia sido casada com ele; eles haviam se apaixonado. Tinha sido bom. Não havia sido um sonho.

A televisão na sala se apagou durante um episódio de *Assassinato por escrito*. Jenny se levantou do sofá e deu uma pancada no aparelho. A imagem voltou; a protagonista estava se escondendo de um atirador em um guarda-roupa. Eu poderia fazer isso, pensou ela. Poderia entrar no armário e fingir que não estou em casa. Mas o tal Dan Sharp chegaria a qualquer minuto. Se não falasse com ele, não teria como saber quais mentiras aquela vaca tinha contado. Apesar de Jenny ter lido todo tipo de baboseira sobre a Donzela ao longo dos anos e saber que deveria ter cuidado ao lidar com tudo aquilo, ela ainda achava que tinha o dever de se importar com o assunto. Sempre que via uma notícia no jornal, sentia a necessidade de ligar e falar com o responsável, para dar sua opinião e corrigir a matéria. Era como se fosse um membro da família que ela precisava defender.

Lá fora, o céu escurecia. Ao longe, além dos telhados, estava o trecho de mar a que Jenny se agarrava como a uma boia. Ela precisava daquele mar, ter certeza de que estava lá, a coisa mais próxima que tinha dele. Com o tempo fechado, a vista sumia e aquilo a deixava em pânico: imaginar que o mar havia sumido, que ela não estava perto dele, ou que o mar havia secado completamente e que os ossos de seu marido batiam uns nos outros, nus na areia.

Um faroleiro nunca abandona seu farol.

Tinha ouvido aquilo muitas vezes quando Bill desapareceu.

Então o que ele havia feito, *afinal*? Com o passar dos anos, ela se acostumou a não saber, ficou até à vontade com isso. Um par de chinelos esfarrapados com buracos na sola que não ajudavam em nada, mas que ela nunca tirava.

Bom, uma esposa nunca abandona o marido. Jenny nunca se mudaria. Não até saber a verdade, e então, talvez, ela pudesse dormir.

Ela ouviu o visitante se aproximar da porta, os pés arrastando e a tosse de fumante. As batidas do homem na porta a surpreenderam. Ela uniu as mãos trêmulas. É verdade, lembrou, a campainha estava quebrada.

9
JENNY

Eu teria ido encontrar você antes, mas o pneu do meu carro furou. Estou esperando meu cunhado vir consertar para mim. Não sou boa com carros. Bill costumava fazer todas essas coisas. Agora que ele se foi, acho que tenho sorte porque Carol e Ron moram aqui perto. Não sei o que faria sem eles. Não tenho certeza de que conseguiria lidar com tudo.

É melhor você entrar. Vou acender uma luz. Tento não deixar muitas acesas por causa do custo. A Trident House paga uma pensão para a gente, mas não precisa muito para a minha acabar. Não tenho conseguido trabalhar, então não ganho nada extra. Na verdade, nunca trabalhei. Criava as crianças enquanto Bill ficava nos faróis, então o que mais eu poderia fazer? Não saberia por onde começar a procurar trabalho. Nem sei no que sou boa.

Pode falar, me diga o que quer saber. Não tenho muito tempo; o rapaz está vindo consertar a televisão. Eu ficaria perdida sem ela. Deixo ligada o dia todo, me faz companhia. Quando está desligada, me sinto sozinha. Os programas de perguntas e respostas são meus favoritos, aqueles com cenários bonitos. Curto o *Family Fortunes* por causa das luzes e dos prêmios; é colorido e eu gosto disso. Normalmente deixo a TV ligada quando vou dormir para ouvir quando acordo e desejar um bom dia para alguém. Isso ajuda a me distrair. É muito pior à noite.

É um assunto triste demais para você querer escrever. Já foi ruim ter acontecido, não precisa escrever um livro sobre isso. Enfim, não vejo por que alguém ia querer ler sobre o lado sombrio da vida. O mundo já tem muito disso. Por que não podemos ter mais histórias sobre coisas boas? Pergunte isso aos seus editores.

Imagino que queira uma bebida, não é? Tenho café, mas estou sem chá. Não tenho conseguido ir ao mercado por causa do carro, e não gosto de caminhar. De qualquer forma, eu não bebo. Nem água? Você é que sabe.

Esta é uma foto da família em Dungeness. Meu neto tem cinco anos e as gêmeas, dois. São da Hannah; ela não queria ter filhos tão cedo, mas foi assim que aconteceu. Hannah é a minha mais velha. Depois vem a Julia, que fez vinte e dois, e Mark, que tem vinte. O intervalo entre as duas é grande porque demorei um pouco para engravidar, já que Bill ficava longe. Ah, não, não me sinto jovem demais para ser avó. Me sinto velha. Mais velha do que sou. Finjo que está tudo bem porque eles não querem ver a avó triste o tempo todo, mas é difícil. Como no aniversário do Bill ou no nosso aniversário de casamento, quando quero ficar na cama e não tenho a menor vontade de me levantar para atender à porta. Não faz diferença se estou seguindo em frente ou não. Não sei para quê. Nunca vou superar o que aconteceu, nunca.

Você é casado? Não, imaginei que não. Soube que escritores são assim. Eles se preocupam com o que têm na cabeça e não com o que está fora dela.

Nunca li seus livros, então não saberia dizer que tipo de coisa você inventa. Um deles foi adaptado para a televisão, não foi? *Arco de Netuno*. Na verdade, assisti, sim. Passou na BBC antes do Natal. Foi legal. Você que escreveu, não? Está bem.

Não sei por que se interessou pelo nosso caso. Você não sabe nada sobre faróis ou sobre as pessoas que trabalham neles e tal. Muita gente fica curiosa com o que aconteceu, mas não cisma que precisa sair por aí inventando coisas sobre o assunto para divertir os outros. Você não vai resolver o mistério, por mais que queira.

Bill e eu namoramos desde a infância. Estávamos juntos desde os dezesseis anos. Nunca dormi com outro homem, nem antes nem depois do Bill. Para mim, ainda somos casados. Até hoje, quando não consigo me decidir sobre alguma coisa, como quantos filés de peixe devo comprar no mercado quando meus netos vêm jantar, me pergunto o que Bill diria. Isso me ajuda a decidir.

Nunca entendi as mulheres que brigam com os maridos. Elas aproveitam qualquer oportunidade para se lamentar e reclamar deles na frente de todo mundo. Coisas como: ele deixou a roupa suja no chão ou não lavou a louça direito. Estão sempre criticando e não percebem a sorte que têm por poderem ficar com o marido toda noite e não terem que sentir falta dele. Como se isso importasse, as roupas, a louça e tal. A vida não é isso. Se não consegue ignorar essas coisas, você está no caminho errado. Não devia ter se casado.

O que posso dizer sobre Bill? A primeira coisa é que ele não gostava muito de estranhos metendo o bedelho onde não são chamados. Mas isso não vai ajudar muito você, vai?

O destino do Bill sempre foi trabalhar nos faróis. A mãe dele morreu quando ele era bebê; isso foi triste porque ela morreu no parto, então ele só tinha o pai e os irmãos quando pequeno. O pai dele era faroleiro, assim como o avô e o bisavô. Bill era o mais novo de três meninos que trabalhavam com isso. Simplesmente não havia opção. É, ele se ressentia disso. No fundo, acho que queria ter feito outra coisa, mas nunca teve a oportunidade porque ninguém nunca perguntou o que ele queria. Ele não tinha nenhum poder naquela família, nenhum mesmo.

Estava sempre tentando agradar aos outros. Me dizia: "Jen, eu só quero uma vida tranquila", e eu falava que era para isso que eu estava ali, para permitir que tivesse uma vida tranquila. Nós dois viemos de famílias problemáticas, e foi isso que nos uniu a princípio. Eu entendia Bill e ele me entendia. Não precisávamos nos explicar um para o outro. Confortos que pessoas normais consideram naturais, como uma boa casa e comida quente na mesa. Queríamos o melhor para nossos filhos. Queríamos tentar fazer a coisa certa.

No início, tivemos sorte. Fomos alocados em estações em terra, onde podíamos morar todos juntos, ou em rochedos, onde a casa era cedida pela Marinha. Falei para Bill quando nos conhecemos, logo de cara. Eu disse: "Não gosto de ficar sozinha, sempre gosto de estar com alguém e, se você vai ser meu marido, é assim que tem que ser." O serviço nos ajudava, mas eu sabia que, em algum momento, ele iria para uma torre. Eu morria de medo disso. Teria que passar muito tempo sozinha, criando nossos filhos como uma daquelas pobres mães solteiras. Em geral são os homens sem família que querem as torres, como Vince, o substituto. Ele não tinha que cuidar de ninguém, então não se importava com o local de trabalho para onde foi escalado. Nós, não. Nós nos importávamos. Tenho muita raiva porque nunca quisemos aquela torre maldita, mas ficamos com ela mesmo assim, e veja só o que aconteceu.

A Donzela é o pior farol porque é muito longe, feio e ameaçador. Bill dizia que lá dentro era escuro e abafado e que ele tinha um mau pressentimento em relação ao farol. Uma sensação ruim, forte, era o que ele falava. É óbvio que penso muito nisso agora. Queria ter perguntado mais a respeito, mas eu normalmente mudava de assunto porque não queria que ele ficasse chateado. Também preferia que ele não ficasse pensando muito na torre quando estava em casa. O farol já tomava tempo suficiente dele. Tínhamos que esperar tanto para vê-lo que, uma vez aqui, ele tinha que estar presente em todos os sentidos.

As noites antes da partida de Bill eram as piores. Eu já me sentia mal por ele ter que voltar assim que ele desembarcava, o que era um desperdício, porque não aproveitava a presença dele em casa como devia. Ficava muito presa à ideia de que ele iria embora de novo. Sempre passávamos as últimas noites do mesmo jeito. Nós nos aconchegávamos no sofá e assistíamos a *Call My Bluff*, ou a algum outro programa que não fosse de pensar muito. Bill dizia que sofria de Interferência antes de ir embora; era assim que chamava a sensação que tinha, de nervosismo e tristeza, era como ele descrevia. Dizia que isso vem da época em que os marinheiros voltavam para os navios depois de um período em casa. Eles demoravam alguns dias para se acostumar a estar longe e, até isso acontecer, sentiam falta da vida real e procuravam se adaptar. Bill passava por isso antes mesmo de sair de casa. A expectativa era quase tão ruim quanto a partida. Ele olhava pela janela e encontrava a Donzela esperando por ele ao longe, e, quando escurecia, o farol se acendia, como se dissesse: "Arrá! Você achou que eu tinha me esquecido de você, não é? Mas não esqueci." Para nós, era pior poder vê-lo. Teria sido melhor se morássemos longe.

Verificávamos a meteorologia, caso a troca de turno fosse atrasar. Meio que esperávamos que atrasasse, mas também torcíamos para que não, porque isso só prolongava a espera. Eu preparava o jantar favorito dele, torta de carne com rocambole de sobremesa, e levava para Bill em uma bandeja, mas ele não comia muito, por causa da Interferência.

Eu tinha um calendário para riscar os dias que faltavam até ele voltar. As crianças me mantinham ocupada. Quando Hannah era bebê, nós morávamos juntos em uma estação em terra, mas não foi assim com os outros filhos. Bill foi para a torre quando Julia tinha alguns meses de idade. Fiquei sozinha com uma filha de cinco anos e outra recém-nascida com cólica. Foi difícil. Sentia muita raiva sempre que olhava para a Donzela. Parada ali, toda satisfeita consigo mesma. Não era justo que o farol ficasse com meu marido e eu, não. Eu precisava mais dele.

Hannah gostava de ter um pai faroleiro porque isso chamava atenção para ela. Os pais das amigas dela eram carteiros ou comerciantes. Não há nada de errado com isso, mas esses empregos são bem comuns, não? Ela diz que se lembra dele, mas acho que não lembra, não. Acho que as lembranças são muito intensas no início e deixam uma marca forte em você por toda a vida. Mas nem sempre se pode confiar nelas.

Quando Bill estava para desembarcar, eu saía para comprar a comida predileta dele e fazia chocolates especiais. Era um ritualzinho meu. Não queria que nada fosse diferente. Queria que ele soubesse o que esperar quando chegasse em casa e que tudo estivesse lá, pronto para ele. Assim como eu estava pronta para ele. São os detalhes que mantêm um casamento: coisas que não custam muito, mas que mostram à outra pessoa que você a ama sem pedir nada em troca.

Não tenho a menor ideia do que aconteceu com meu marido. Se tivessem deixado a porta aberta, ou levado o barco, ou se as capas e botas de borracha tivessem sumido, então eu acreditaria que Bill se perdeu no mar. Mas o bote e as capas de chuva estavam lá e a porta estava trancada por dentro. Pense nisso. Um bloco de metal não se tranca sozinho. Se você acrescentar os relógios e a mesa posta, alguma coisa está errada, ah, se está.

Bill cuidou do radiotransmissor no dia anterior, dia vinte e nove. Ele disse que a tempestade estava passando. Que estariam prontos para a troca de turno no sábado.

A Trident House gravou essa transmissão, mas aposto que não vão deixar você chegar perto dela. A Trident House guarda segredos e não gosta de falar sobre o que aconteceu, porque, obviamente, é constrangedor para a empresa. Mas Bill disse: "Vamos fazer isso amanhã. Mande o barco do Jory de manhã." E eles disseram: "Tudo bem, Bill, pode deixar." Bom, eu sei o que Helen acha, ela acha que uma onda gigante levou os três nesse meio-tempo. Isso não me surpreende nem um pouco, porque ela nunca teve muita imaginação. Mas eu sei que não foi isso.

Nunca vou me esquecer da voz de Bill no rádio. Tudo o que ele disse e a maneira como falou. Aquela voz parecia a do meu marido. A única coisa estranha foi a pausa mais longa no final, antes de ele se despedir. Sabe quando você está vendo TV e a transmissão é cortada por um segundo e a imagem salta? Foi tipo isso.

Sou uma pessoa que pensa "e se". Por isso digo: e se não foi o mar agitado que sumiu com os três? E se Bill foi levado? Não sei pelo quê e não quero dizer pelo quê. Podem ter sido tantas coisas... O que aconteceu, como foi, quem estava lá, se foi um deles que fez isso... Não passa um dia sem que eu pense nessas coisas, mas sempre volto ao mesmo ponto. Parece loucura quando digo em voz alta. Mas é nisso que acredito. Um farol de torre, lá fora, isolado, é como uma ovelha desgarrada do rebanho. É uma presa fácil.

Você não parece dar importância a isso. Não ligo. Mas vou dizer uma coisa: experimente perder a pessoa que é tudo na sua vida e depois veja se é fácil chegar a um limite e dizer que é isso, acabou, ela se foi. Ainda ouço a voz do meu marido, sabe? Ainda a ouço agora, clara como o dia. Por exemplo, quando estou caindo de sono, ouço Bill dentro de casa, me chamando, como se estivesse ocupado nos fundos, consertando a corrente da bicicleta e tivesse entrado para me perguntar se quero uma xícara de café.

Eu sei que isso não é possível. Não estamos no mesmo local de antes. Me mudei para uma casa nova; ele não saberia onde moro. De qualquer forma, não poderíamos ter ficado no chalé; são para as famílias dos faroleiros, não para famílias de faroleiros desaparecidos. Por outro lado, pareceu que eu estava admitindo que ele nunca mais voltaria. Fico triste quando o imagino à nossa porta, percebendo que não estou mais lá. Mas um dos zeladores das casas da Donzela me diria. Esse tipo de fantasia acaba passando pela sua cabeça.

Helen não é muito fã de fantasias. É fria e pragmática. É por isso que, quando você fala com ela, aposto que ela não conta a verdade. Acho que ela nem sabe o significado dessa palavra. Desde que a conheço, ela mente muito bem. Helen me escreve cartas e me manda cartões de Natal, mas nem precisaria se dar o trabalho. Eu nunca os leio. Ficaria feliz se nunca mais ouvisse falar dela.

É de imaginar que ela fosse querer ter uma amiga ou outra, considerando a vida anterior dela. Mas Helen nunca falou sobre isso. Por morarmos uma ao lado da outra, poderíamos ter sido próximas. É isso que as esposas dos faroleiros-chefes de todo o país fazem: cuidam das famílias e seguram a barra enquanto os homens estão fora. Se nos déssemos bem nos chalés, então eles se dariam bem na torre. Essa é a regra que rege a vida de quem trabalha no farol.

Mas não a de Helen. Ela se achava especial. Boa demais para aquilo, na minha opinião, com seus lenços caros e joias extravagantes. Acho que, mesmo se eu tivesse todo o dinheiro do mundo para gastar com minha aparência, eu ainda seria comum, porque isso vem de você, não é, a beleza? Nunca me senti bonita.

Se tivéssemos uma vida comum, nós nunca nos conheceríamos. É uma pena que nossos caminhos tenham se cruzado.

Azar da Helen não acreditar em nada. Sem minha fé, eu já teria me matado há muito tempo. Ainda penso nisso às vezes, mas depois me lembro das crianças e não consigo. Se soubesse que ia encontrar Bill lá, aí, sim, talvez fizesse isso. Talvez. Mas ainda não. Preciso manter nossa luz brilhando.

A Trident House tentou me dizer uma vez que Bill fez isso de propósito. Que ele pegou um navio francês e foi embora para começar uma vida nova. Bom, não sou uma pessoa violenta, mas tive que me segurar para não fazer um escândalo quando disseram isso. Bill nunca faria uma coisa dessas comigo. Ele nunca me deixaria sozinha.

Ah, é, a porta. É o moço que veio consertar a TV.

É só isso? Vai ter que voltar depois se não for. Você vai ter que ir agora porque fico nervosa quando tenho que fazer mais de uma coisa ao mesmo tempo e preciso dar atenção para o moço da TV. Espero que ele a conserte porque vai passar *Come Dancing* hoje à noite. Odeio não conseguir ver as coisas direito.

10

HELEN

Todo verão ela fazia a peregrinação, no aniversário dele ou perto da data. Deixava o cachorro com uma amiga, ia de trem até a estação mais próxima, a cerca de meia hora da costa, e pegava um táxi para completar o resto do caminho. Nada havia mudado muito; nada estava diferente. Embora a vida continuasse na superfície, a Terra se movia devagar sob seus pés. Ondas rolavam em direção à praia, sem parar, pacientemente. As folhas das faias se abriam feito um leque chinês.

Helen saiu da rua principal e subiu a viela. Insetos pairavam em nuvens trêmulas e o aroma forte e quente de cicuta se erguia das cercas vivas emaranhadas. Sombras mornas cobriam seu caminho, um sol laranja dividido pelos galhos escuros das árvores. Ela passou pela placa do cemitério de Mortehaven. Lápides arruinadas pendiam dos canteiros, cambaleando em direção à beirada do promontório. Diante dele, o mar se espalhava em uma celebração deslumbrante de azul.

Nunca houvera um túmulo. Um banco no promontório continha a inscrição:

ARTHUR BLACK, WILLIAM WALKER, VINCENT BOURNE
MARIDOS, PAIS, IRMÃOS, FILHOS — TODOS MUITO AMADOS
"BRILHA INTENSAMENTE NO FAROL ETERNO A MISERICÓRDIA DE NOSSO PAI."

Ela ouvira muitas vezes Arthur cantar aquela bênção. Sentado na borda da banheira, a melodia surgindo em meio ao vapor. Cantarolando diante da pia enquanto ensaboava o rosto ou na cozinha enquanto grelhava fatias de bacon, cortando o pão em pedaços capazes de impedir que uma porta batesse. "Deixe as luzes acesas, mande um raio pela onda." Ele chegava em casa cheirando a alga e se sentava em sua cadeira para comer batatas fritas encharcadas de molho, tiradas de um copo de papel engordurado, as mãos grandes e rachadas como vasos de terracota, a pele brilhando em volta das unhas. Arthur pegava pedaços inteiros de peixe com os dedos... Será que pegava mesmo? Havia magia nele: a magia do mar, metade homem, metade salmoura. De início, ela não estava certa de que se casaria com ele. Apenas quando ele a levara para passear de barco que ela olhou para ele e soube. Simplesmente teve certeza. Ele era diferente quando estava no mar. Era difícil explicar. Tudo nele fazia sentido.

Uma placa apontava para a VILA DO FAROL. Atrás dela, a trilha sinuosa se estreitava, dando lugar à vegetação, que extravasava das margens da estrada em emaranhados de prímulas e urtigas. Mais adiante, após um aclive, a Donzela aparecia pela primeira vez.

A torre cintilava em um mar de cobalto, uma linha tão reta quanto um traço feito a caneta. Um monte de apaixonados por faróis deve vir aqui durante o verão, pensou Helen; eles chegam até este ponto, as pernas arranhadas por abrunheiros e violas, e admiram o farol de longe, uma faixa prateada em um espelho prateado, antes de voltarem, cansados e sedentos por uma bebida gelada, e nunca mais terem que pensar nele novamente.

No fim da trilha salpicada de sombras, uma placa em um portão de metal dizia: FAROL PEDRA DA DONZELA: ACESSO RESTRITO.

Agora as casas eram alugadas na temporada e só os inquilinos podiam entrar. A trilha era estreita e tortuosa demais, mesmo para o caminhão de lixo. Por isso, lixeiras de plástico tinham sido deixadas perto do portão, com números pintados nelas com tinta branca.

Era aqui que Helen esperava vê-lo, todos os anos, caminhando em sua direção. Talvez houvesse outro homem com ele, duas formas, as mãos erguidas, e Helen levantaria a dela em resposta. Precisava ter esperança de que aquilo aconteceria: que as pessoas destinadas a ficar juntas encontrariam o caminho de volta uma para a outra no fim.

III

1972

11

ARTHUR

Navios e estrelas

É quando o sol nasce que mais penso em você. No instante anterior, um minuto ou dois, quando a noite vira manhã e o mar começa a se separar do céu. Dia após dia, o sol retorna. Não sei por quê. Mantive meu farol seguro, brilhando na escuridão, e vou manter esse brilho: o sol não precisava trabalhar hoje. Mas ainda assim ele vem, tal como meus pensamentos em você. Onde está e o que está fazendo. Apesar de não ser um homem que pensa sobre essas coisas, é agora, neste momento, que penso nelas. Sozinho nas horas solitárias, quase acredito que, como o sol continua nascendo e eu apago a luz do farol toda manhã, assim que ela não é mais necessária, talvez você esteja aqui quando eu descer a escada. Vai estar sentado à mesa com um dos outros, talvez mais velho do que da última vez que o vi, ou talvez igual.

Dezoito dias na torre

Horas se tornam noites que se tornam manhãs que se tornam semanas, e assim por diante, as ondas enormes do mar quebram e a chuva cortante cai com força e o sol brilha até o anoitecer, a manhã, conversas à meia-luz, a nunca-luz, conversas que nunca aconteceram ou estão acontecendo agora.

— *Mastermind* estava passando de novo — diz Bill na cozinha, cigarro na boca, curvado sobre suas conchas.

Todo faroleiro precisa de um hobby, falei quando ele começou, e melhor ainda se exigir dedicação, se for uma tarefa que você possa fazer dia após dia até ficar perfeito. Um antigo faroleiro-chefe para quem trabalhei me ensinou a fazer um veleiro e colocá-lo em uma garrafa. Eu, particularmente, achava minucioso demais ter que colar as velas de um jeito específico. Era preciso semanas de preparação até que eu conseguisse colocá-lo dentro da garrafa e puxar os fios, e, se eu colasse um fio de cabelo fora do lugar, tudo ia abaixo. A solidão deixa o homem mais exigente. Sei disso porque trabalho na Donzela há vinte e tantos anos e Bill só está aqui há dois.

— Teve alguma coisa boa?

— Cruzadas — diz ele. — *Thunderbirds em Ação*.

— Você devia tentar.

— O quê?

— Qualquer coisa que você saiba.

Bill sopra a concha e a deixa de lado, então se recosta na cadeira com os braços atrás da cabeça. Meu assistente parece aplicado e tímido, os cabelos curtos em volta das orelhas, os traços delicados e precisos: se qualquer pessoa o visse em terra, pensaria que era um contador. A fumaça sobe por suas narinas e escapa em jatos idênticos pelos cantos da boca, onde se junta à névoa fantasmagórica deixada pelo último fumante que estivera ali.

— Eu sei muitas coisas — diz ele —, mas não o suficiente sobre nenhuma delas.

— Você sabe sobre o mar.

— Mas precisa ser específico, não é? Não dá para simplesmente virar para aquele velho chato do Magnusson e pedir que me pergunte sobre o mar. É um assunto extenso demais, eles nunca permitiriam.

— Tudo bem, então os faróis.

— Deixa de ser babaca. Não dá para ser especialista no próprio trabalho. Nome: Bill Walker. Profissão: faroleiro. Assunto: farol.

Ele apaga o Embassy e acende outro. Por causa do frio intenso nesta época do ano temos que manter as janelas fechadas e, como é aqui que cozinhamos, fumamos e defumamos, o lugar está ficando uma fumaceira só.

— Está ansioso para rever Vince? — pergunto.

Bill solta o ar pelo nariz.

— Não diria que me importo se ele vem ou não.

Pego a caneca dele e ligo a chaleira. Aqui, nossos dias e noites são organizados pelas xícaras de chá, especialmente nesta época do ano, dezembro, inverno, quando fica claro muito tarde e escurece muito cedo e é sempre frio demais. Acordar às quatro para meu plantão matinal, voltar para a cama depois do almoço, acordar de novo mais tarde, as cortinas fechadas, a tarde perdida. É hoje, amanhã, semana que vem, há quanto tempo estou dormindo?

A caneca é do Frank, vermelha e preta com a frase *Portão de Brandemburgo*. Frank é tão chato que com certeza vai levá-la quando voltar para casa amanhã, para impedir que um de nós a roube. Cada um de nós toma chá de um jeito diferente, então quem estiver preparando tem que lembrar. Mesmo quando Vince voltar, e ele está em casa há semanas, vamos conferir tudo para acertar sempre. Isso mostra que prestamos atenção. Em casa, Helen nunca me dá açúcar, mas eu não reclamo. Deixo para lá, em vez de discutir. Mas aqui começamos a provocar. *Seu idiota de merda, aquela rede de pesca guarda as coisas por mais tempo do que você.*

— Você sabia que Frank coloca leite primeiro? — diz Bill. — Sachê, leite e água por cima.

— Que merda. O leite vem depois.

— Foi o que eu disse.

— Senão a infusão do chá não dá certo.

— Se vai usar palavras como "infusão", pode ir se foder.

— Se eu fosse igual àquele faroleiro-chefe do Longships, você teria que tomar cuidado com o que fala.

Mas palavrões são como chá; todos os "merda" e "porra" ajudam a conversa a fluir. Quando xingamos alguém, significa que somos amigos e nos entendemos. Não importa quem xingamos e não importa que eu seja o chefe. Recorremos aos palavrões assim que chegamos e os deixamos de lado assim que pisamos em terra. Se nossas esposas ouvissem cinco minutos disso, ficariam horrorizadas. Em casa, temos que segurar a língua antes de perguntar como ela está, porra, e como é bom para caralho vê-la e, a propósito, o que vai ter na porra do jantar?

— Tinha uma mulher ontem à noite — diz Bill. — Ela respondeu sobre o sistema solar.

— Então, pronto. Isso é maior que o mar.

— É, mas eles fazem perguntas óbvias, planetas e coisas assim. Eles perguntariam sobre Netuno e Saturno e definitivamente perguntariam sobre o anel.

— Você não se cansa, Bill, seu idiota.

— Mas com o mar é menos óbvio. Tudo no mar é menos óbvio.

— Eu gosto disso.

— Eu, não. Não gosto do que não consigo ver.

Quando Bill chegou à Donzela, pensei: "Como vai ser isso?" Alguns homens se abrem com você e outros, não. Bill era quieto, contido. Ele lembrava um gorila que vi uma vez no zoológico de Londres, olhando para fora da caixa de plástico onde os visitantes entravam. Desde então, tento descobrir o que vi exatamente na expressão daquele animal. Raiva e tédio, há muito esquecidos. Resignação. Pena de mim.

Temos muito tempo para conversar, ainda mais no turno do meio, da meia-noite às quatro, quando percebemos que as conversas percorrem todos os tipos de assuntos obscuros que não voltamos a mencionar depois do amanhecer. Quem trabalha antes nos acorda, pega um chá, um prato de queijo e biscoitos e leva tudo até a lanterna, onde fica sentado com a gente por uma hora antes de ir para a cama. Faz isso para nos acordar, ocupar nosso cérebro para não voltarmos a dormir quando estivermos sozinhos. Quando somos eu e Bill, ele me diz coisas que depois, à luz do dia, gostaria de não ter contado. Sobre como deveria ter sido um homem diferente, tido uma vida diferente e dito não quando disse sim. Sobre Jenny pedir as conchas que ele faz, mas ele não querer dar nada a ela. Prefere guardá-las para si, como tantas outras coisas.

No andar de cima para dormir. No início, demorei um pouco para me acostumar aos beliches. Homens da terra ficam impressionados com a ideia — "E eu pensava que era piada. Vou ter mesmo que dormir nessas malditas camas tortas?" —, mas ao longo dos anos minha coluna deve ter se curvado para me acomodar nelas, porque eu costumava ter dor nas costas depois de dois meses na torre e, em terra, meu corpo doía como o de um homem com o dobro da minha idade. Hoje em dia, quase não sinto. Uma cama normal me parece dura e hostil. Tenho que me esforçar para adormecer com as costas retas, mas acordo com os joelhos no peito.

Preciso dormir assim que minha cabeça encosta no travesseiro. A chance pode surgir tarde da noite ou de manhã cedo, ou em uma breve e sombria submersão antes que o vigia do meio do dia mostre sua luz. Dormimos sempre que podemos.

Ou eu dormia, antigamente, em faróis do passado. Hoje em dia, o sono foge de mim com seus pés secos e feridos. Minha mente se volta para imagens do mar profundo e de Helen; imagens da torre vista quando estou em terra, quase invisível a distância, e para a sensação vertiginosa e incrédula de estar lá e aqui ao mesmo tempo, ou em nenhum dos dois lugares. Dou as costas para a cortina que separa o beliche do resto do quarto, observo a parede no escuro, ouvindo o mar, os batimentos lentos do meu coração, minha mente girando; eu penso e me lembro.

Dezenove dias

O sol brilhando proporciona as condições ideais para a troca de turno de Frank, que vai ocorrer com atraso, pouco antes do almoço, porque o barco não dava a partida. No fim das contas, é uma boa saída para ele e uma boa chegada para Vince, que, mesmo com o mar agitado, parece sair do barco para o atracadouro sem qualquer problema. Vince é jovem e tem cabelos pretos e bigode no estilo dos integrantes da banda Supertramp. Não demora muito para ele se adaptar. Tudo está em seu devido lugar e já nos acostumamos a desempacotar depressa nossos pertences para voltarmos às responsabilidades com o máximo de eficiência. As cartas de casa chegam em um saco impermeável lacrado. Há uma carta oficial para mim, enviada para o guardião-chefe.

— Então é isso — diz Vince. — Brejnev não vai para a lua.

Estamos esperando a comida enquanto Vince conta sobre o lançamento do foguete soviético que explodiu no mês passado. Ouvir notícias do mundo real, do outro mundo, nos deixa desorientados. Aquele mundo poderia deixar de existir e por um tempo não saberíamos de nada. Não sei se preciso daquele mundo. Qualquer cidade, qualquer vilarejo, qualquer cômodo mais largo do que o comprimento de dois homens deitados parece frívolo, com sua luz e seu barulho, e desnecessariamente complicado.

— Comunistas filhos da mãe — diz Bill. — Eles, sim, são um bando de desmancha-prazeres. O que é pior: a ameaça de guerra ou lidar com eles?

— Eu sou pacifista — diz Vince.

— Claro que é.

— O que tem de errado com isso?

— Pacifismo é uma desculpa para não fazer porra nenhuma. A não ser, talvez, deixar a barba crescer e transar por aí.

Vince se recosta na cadeira e fuma. Ele está conosco há apenas nove meses, mas é tão familiar quanto o armário da cozinha. Já vi dezenas de faroleiros chegarem e irem embora, mas gostamos mais de alguns do que de outros. Não sei se Bill gosta dele.

— Você está com inveja — diz ele a Bill.

— Vá se foder.

— Faz quanto tempo que você não tem mais vinte e dois anos?

— Não tanto quanto você acha, seu idiota mal-educado.

É assim que as coisas são entre eles: Vince provoca Bill por ele ser velho, apesar de ainda estar na casa dos trinta, e Bill revida como se estivesse ofendido. É só brincadeira, mas dá para ver que mexe com Bill. Ele nunca viveu daquele jeito. Casou-se aos vinte anos, e Jenny já falava em ter filhos. Os faróis o chamavam.

Vince trouxe do continente presunto, que exala um cheiro incrível enquanto frita no fogão com um ovo, estourando e espirrando. Faz duas semanas que Bill e eu não comemos carne que não seja enlatada, o que é melhor do que nada, mas não chega nem perto de carne de verdade. Logo, tudo o que sai de uma lata passa a ter o mesmo gosto, gosto de lata, seja um coquetel de frutas, seja um pedaço de apresuntado. Na verdade, o apresuntado fica bom se for cozido, mas servido frio, despejado no prato como Vince ou Frank fazem, é o suficiente para convencer uma pessoa a se tornar vegetariana.

Hoje Bill está na cozinha: ele cozinha melhor do que todos nós. Vince é péssimo e eu dou para o gasto, mas não faço com tanto entusiasmo isso porque cozinho muito em terra, enquanto Bill não faz nada; a esposa faz tudo. Bill diz que é assim que deve ser na prisão, tudo é feito para a pessoa, "menos limpar a bunda", então Vince diz que não é como estar na prisão, já que não haveria merengues de laranja nem babá ao rum nem mulheres se oferecendo para massagear seus pés, não é?

— Imagino que você saiba como é, seu vigarista — diz Bill. — Então cabe a mim acalmar as coisas, antes que deixe de ser piada.

— O que você acha, Sr. faroleiro-chefe? — responde Vince.

— Sobre o quê?

— Temos que impedir isso ou deixar explodir?

Quero dizer que essa história toda de Guerra Fria, Nixon, União Soviética e aviões japoneses caindo em Moscou me parece sem sentido. Se todos tivéssemos uma torre para cuidar e algumas pessoas para ficar conosco, só ficar conosco, sem expectativa nem interferência, para acender a luz à noite e apagá-la ao amanhecer, dormir e acordar, conversar e ficar em silêncio, viver e morrer, todos em nossas ilhas, não poderíamos evitar o resto?

Em vez disso, digo a ele:

— Temos que manter a paz, se pudermos.

E espero fazer isso naquele turno.

Mas a conversa de Vince sobre espaçonaves me lembra de uma época anos atrás. Era madrugada em Beachy Head e eu estava sozinho na lanterna, prestes a deixar o sol entrar, quando vi um objeto cair no mar. Era uma manhã tranquila, de céu encoberto, cedo o suficiente para ver as estrelas deixadas para trás, uma manhã tão bonita que nos faz questionar se o paraíso não seria aqui se ao menos tivéssemos tempo de erguer os olhos e ver, e então lá estava, um metal cintilante, lançado do nada, digerido pela água, sem nenhum vestígio de si mesmo. Não dava para ver o tamanho dele ou a que distância estava porque o mar parecia eterno lá de cima.

Mas eu vi e não consegui explicar. Um pedaço de aeronave, um flap ou um spoiler, essa é a explicação, eu sei, eu sei disso. Mas havia algo na maneira como aquilo se movia, uma dinâmica na queda que tinha mais graça e propósito do que consigo descrever. Não contei a ninguém, nem aos homens que estavam comigo nem a Helen. Mas pensei que fosse você.

Foi um presente muito precioso que você me deu, e eu agradeço por isso.

O quarto fica sempre no escuro porque em geral tem alguém dormindo, ou tentando dormir, a qualquer hora do dia ou da noite. No inverno, a escuridão constante nos deixa desorientados e a única janela mostra o amanhecer que poderia muito bem ser o anoitecer. Quando fecho a porta, minha mão fica parada, macia, sem vida, e parece que não pertence a mim, mas a um homem mais jovem, que pode estar abrindo uma porta em outro universo, em vez de fechando-a.

O livro que estou lendo se chama *Obelisco e relógio de areia* e é sobre a história do tempo. Eu o encontrei no brechó da Oxfam, na rua principal de Mortehaven. Fico pensando que no futuro vou ver ao vivo as coisas sobre as quais li: as pirâmides do Egito, os templos da América do Sul, os jardins suspensos da Babilônia. Não importa quando será; manter a possibilidade em mente é o mais importante.

Depois que nos casamos, eu e Helen fomos a Veneza. Passamos uma semana comendo pão gorduroso e presunto tão rosado e fino quanto papel de seda. Andamos por passagens úmidas e sob pontes que cheiravam a ovos e sal. Hoje isso me parece surreal, um mundo submerso de sombras e água, sinos badalando e telhados de ouro.

A capa do livro dos obeliscos é macia, com um relógio de sol na frente. Na torre, medimos o tempo em dias: em que ponto cada um de nós está do nosso turno de oito semanas. Helen diz que parecemos prisioneiros marcando nas paredes, e talvez seja um pouco isso mesmo. Na China Antiga, eles conseguiam definir o horário com a ajuda de uma vela. Marcavam a cera com linhas e viam quanto da vela derretia, e, assim, as horas nunca eram perdidas. Bastava pegar a cera, moldá-la de novo e reacender a vela, se quisesse. E ganhar aquele tempo todo de novo.

Helen não sabe e eu nunca contaria a ela. Eu nunca falaria de você. Algumas coisas são proibidas e você é uma delas. Mas eu me pergunto sobre a vela e o tempo queimado; e se as horas passadas são permanentemente perdidas, ou se há um jeito de trazê-las de volta. E se eu puder trazer você de volta?

Faz muito tempo que estou aqui. Noites solitárias e carretéis de escuridão desenrolando-se no mar sombrio, no céu ainda mais escuro. Ponha um homem, mesmo o mais cínico deles, no turno da manhã, quando o sol nasce e o céu sangrento explode em tons de laranja, e peça que ele me diga que a vida é só isso aqui. A vida não é só isso aqui.

Na tela, por trás dos meus olhos fechados, uma lanterna intermitente nos chama da terra firme. Ela nos chama da escuridão, brilhando, brilhando, insistindo para que eu me vire e veja.

12

BILL

Cruzamentos

Trinta e cinco dias na torre

Quanto tempo já dediquei a este farol? Oito meses do ano, todos os anos, com alguns atrasos, são duzentos e quarenta dias; multiplique isso pelos quase quinze anos que trabalho aqui, o que significa que acendi esta lanterna ou alguma versão dela três mil e seiscentas vezes. Quantas horas já passei em um farol durante todo esse tempo, prefiro nem saber.

Liberar o gás, aquecer o vapor, ligar a torneira e pôr fogo na lanterna. Eu poderia fazer isso de olhos fechados, mas duvido que a Trident House permitiria. As chamas batem na gaiola de vidro. Na Donzela, a luz em si é imóvel; na verdade, as lentes ao redor dela giram, ampliando o facho de luz no mar.

São oito horas. Vou ser liberado à meia-noite. Por trabalhar no período noturno, vou poder dormir o que do lado de fora seria uma noite de sono normal. Até lá, vou observar o bico do gás entupir ou a pressão cair; vou registrar o clima, a temperatura, a visibilidade, a pressão barométrica e a força do vento. Além disso, e já não tenho mais que prestar atenção a essas coisas, vou me sentar e pensar em como um homem pode mudar a vida quando está infeliz com seu destino. Tenho muitas horas disponíveis para isso. Quando estou acendendo ou apagando a luz, o mundo inteiro depende de mim. O amanhecer e o anoitecer são só meus, para que eu faça o que quiser. É uma sensação poderosa.

Vince trouxe um pacote da Jenny. Se não ler a carta dela agora, vou ficar com esse peso, o papel me encarando como se ela estivesse aqui. Às vezes, lá no alto, junto da lanterna, se tentarmos, podemos sentir a presença de outra pessoa. Querendo ou não, sentimos que ela está lá conosco. A pessoa pode estar sentada ao seu lado: começamos a sentir isso nos pelos dos braços. Ou atrás de nós, olhando para nossa nuca, pensando todo tipo de coisa sobre nós que gostaríamos que não pensassem. Nós nos viramos para ver e não há ninguém lá, a lanterna está vazia, somos só nós. Mas vale conferir.

Ela incluiu a caixa de chocolates caseiros de sempre. Eu a imagino colocando colheradas deles no papel, ao som de *The Archers*. Jenny Heaton. Da primeira vez, eu a vi sair da escola com o cabelo trançado e a saia na altura dos joelhos. Jenny nunca gostou dos próprios joelhos, pois diz que são encaroçados. A irmã comentou certa vez que pareciam empanadas e ela nunca esqueceu. É um pouco como quando saí com minha vizinha, Susan Price, e meses depois ela terminou comigo. Você é baixo demais, Bill Walker. Preciso de alguém mais alto, foi o que ela disse.

Não era ruim com Jenny no começo. Ficávamos deitados na cama na casa dela, a mãe dela bêbada no sofá da sala, no primeiro andar, e os dedos gelados de Jenny agarrando os meus. Eu sentia seus joelhos sob a colcha, dizia que gostava deles, que não havia nada de errado com eles, por que não me deixava dar outro beijo nela? Não conversávamos muito. Nunca fui de conversar e ela não se importava com isso. Eu achava bom, era diferente das outras moças. Então, um dia, ela sussurrou no escuro: "Você é igualzinho a mim, Bill." E eu continuei deitado ali, até de manhã, preocupado. O mais importante tinha sido dormir com uma garota só para poder contar aos meus irmãos. Mas eu estava começando a sentir uma carência tomar conta de mim. A chave na fechadura.

Jenny escreveu a carta no papel que roubou do hotel chique onde nos hospedamos em Brighton, durante nossa lua de mel.

Bill, meu amor, estou com saudades. Já faz mais de um mês. A casa fica muito vazia sem você. Gostaria que pudesse voltar e ficar conosco. As crianças me perguntam todos os dias quando você vai voltar (o que me deixa ainda mais chateada!). Choro o tempo todo. O bebê também, a noite inteira. Tento ser forte, mas é difícil. Me sinto perdida por saber que não vou ver você por muito tempo e que nosso período separados está só na metade. Não vou fazer nada até você voltar. Não quero ir a lugar nenhum nem ver ninguém. Se fizer isso, só vou chorar, e tenho que me esforçar muito para não chorar.

Sinto seus dedos nos meus naquela cama.

As outras pessoas não entendem, não é, Bill? O quanto eu preciso de você e sinto sua falta. É muito ruim estar sozinha, uma verdadeira dor no meu coração. Dessa vez, vomitei depois que você foi embora. Hannah ouviu. Menti e disse que foram as almôndegas que jantamos, mas não foram. Tenho que mentir para todos quando você está longe. Não sou eu mesma, Bill. Você é?

Na cozinha, faço torrada com o pão branco processado que Vince trouxe. *Mother's Pride é uma família, uma família de pães*. Não dá para fazer torradas com os pães que nós assamos, pois acabam saindo fofos como muffins ou esfarelados como broinhas. O forno queima as beiradas, mas prefiro assim, e alguém já disse que carvão faz bem, não é, só um pouco por causa do carbono. Passo Marmite, então não dá para sentir. Quando mordo a torrada, o som me lembra galhos quebrando em uma fogueira.

Um homem só pode criar um determinado número de desculpas para si mesmo. Eu sou covarde. Devo ser. Quando tinha dez anos, meu pai me encontrou lendo à luz da lanterna no quarto. Ele me deu um tapa na orelha e disse: "Vai ficar cego forçando os olhos assim. Ninguém nunca vai contratar você para o farol se usar óculos."

Acreditei no que ele falou sobre os óculos e que eu só poderia trabalhar em um farol, então tinha que resolver aquilo, senão ia fazer o quê? O velho adoeceu anos depois e acabou na cama, onde foi ficando mais magro até um dia desaparecer, deixando só o buraco amargo onde ficava sua boca, dizendo, rouco: "Foi sua culpa."

E foi. Saí de cabeça para baixo e revirado, feito um gatinho em um saco dentro d'água.

O mar infectou todos nós. Não conseguíamos fugir dele, mesmo na morte. O velho tinha uma prima em Dorset que morava em um apartamento com vista para West Bay. No apartamento havia quadros de mar, imagens do Velho Testamento, com céus violentos e ondas espumantes; navios lançados para um lado e para outro em mares agitados. Eu odiava ir para lá, os redemoinhos e cenas de batalha, canhões atirando, bandeiras vermelhas em mastros açoitados por ventos penetrantes. O lugar todo cheirava a xerez seco e aos biscoitos esmigalhados que ela preparava e guardava em embalagens de plástico. Quando ela morreu, pegamos um barco em Lyme e jogamos suas cinzas na água. Uma boa parte delas voou no meu rosto e eu pensei, então, que nunca iria me livrar da droga do mar.

Não importava que eu nunca tivesse aprendido a nadar. Meu pai disse que eu não precisava nadar para ficar em um farol. Nas aulas, o professor jogava um tijolo na água. Eu me debatia na superfície, os olhos fechados e o nariz tapado, as provocações das crianças ecoando em meus ouvidos abafados.

Lá em cima, as horas se arrastam. O tempo passa, invisível. Horas são perdidas e, apesar de ser pago para ficar acordado e, de fato, eu *estar* acordado, não há dúvida de que entro em um estado semiadormecido porque, quando estou sozinho na lanterna, as mais diversas ideias passam pela minha cabeça e só posso dizer que são parte dos meus sonhos. Jenny em terra com o bebê chorando e as meninas brigando; brinquedos no tapete, uma boneca sem roupa, a cabeça virada ao contrário, com os seios nas costas, afinal Jenny não compra a versão masculina do boneco porque elas logo vão começar a fazer todo tipo de coisa. Gritos na hora do jantar por causa de bolinhos de peixe. Como seria nunca mais voltar?

Minha esposa contando os dias para a troca de turno, e, quando chega o momento, o barco sai e o clima está bom, então ela fica animada, compra as coisas de sempre, comidas e bebidas de que eu gostava tempos atrás, porém não mais. Só que eu não volto. Não sei para onde vou nem como isso acontece, mas não saber é a parte boa. Simplesmente acontece.

Antes da meia-noite, chamo Vince no quarto. Uso a base da mão para sacudi-lo e dou meu cumprimento de sempre — "Anda, vagabundo, está na hora de se levantar" — antes de descer para a cozinha e preparar nossa bandeja. Vince precisa daquele primeiro cutucão e de outro, depois que preparo as bebidas. Aí finalmente ele se arrasta até a lanterna.

Nunca me preocupo em pôr biscoitos em pratinhos em casa, e só Deus sabe por que faço isso aqui. Duas fatias grossas do velho queijo Davidstow, que já está endurecendo nas beiradas, cheio de pontos brancos, o que significa que temos que comer rápido.

Vince já está lá em cima, o que me surpreende. Vestindo uma jaqueta de couro sobre o pijama. Ele e Arthur são dois extremos: Arthur se veste para trabalhar como se esperasse uma inspeção da Trident House a qualquer minuto: barba feita, cabelos penteados, sapato engraxado. Vince anda pelo farol de pijama vagabundo e chinelos que parecem feitos de pele de cachorro.

Logo nos acostumamos com as manias dos faroleiros com quem trabalhamos. Vince não está aqui não faz nem um ano, e, com todas as mudanças e cortes de quem fica com quem, passei pouquíssimo tempo na companhia dele. Mas um mês no farol é como uma década em terra, se considerarmos como passamos a conhecer bem uma pessoa. Vince toma um bom gole de chá antes de dizer qualquer coisa, e, quando fala, não vai ser uma bobagem sobre o clima ou o estado da luz ou qualquer coisa que tiver acontecido naquele dia. No cruzamento de turnos, as regras são jogadas pela janela. Regras sobre o que podemos ou não fazer. O que podemos ou não dizer. Foi quando Vince me contou por que foi preso. Não os crimes antigos e bobos. Estou falando da pior vez.

— Você nunca contou qual é o seu problema — diz ele.

— Com o quê?

— Isto. — Ele palita os dentes. — O mar.

— Eu só não gosto.

— Por quê?

— Quem se importa? Você nunca diria a um piloto: Se você gosta de pilotar, deve adorar o céu, nem pediria que ele pulasse da cabine para o nada.

— Mas sempre tem um motivo, não é?

— Não sei.

— Para mim, são os cachorros — diz Vince. — Uma das famílias adotivas tinha um Rottweiler filho da mãe. Um dia ele me atacou, de repente, sem eu ter feito nada. Pegou meu braço e começou a sacudir como se fosse um pedaço de carne. E meu braço era um pedaço de carne para aquele cachorro. Adivinha qual era o nome dele? Pétala. Caralho, um cachorro daquele com esse nome. Desde então, não consigo lidar com cachorros. Quando vejo um, acho que vai me atacar.

— Tenho um problema com o mar e ele tem um problema comigo.

— Acho que o mar não se importa muito com ninguém.

Mas é isso. A indiferença. Meu velho olhava para mim no apartamento em Dorset, quando visitávamos aquela prima dele. Ele nunca piscava. Entrava no meu quarto quando todo mundo estava dormindo, tirava o cinto e ficava lá sentado, na beira da cama, os punhos pálidos ao luar, sem saber o que fazer em seguida, sem saber o que fazer comigo. O mar me encarava das paredes. Não me ajudava na época e não vai me ajudar agora.

— Estou cansado dele — digo. — Enjoado.

— Quer dizer mareado.

— Não.

Apesar de também ficar. Quando venho para cá, odeio a travessia. Mesmo quando o tempo está bom, não gosto de ficar balançando igual a um joão-bobo. Se nunca mais tivesse que fazer isso, ficaria feliz. Fico ansioso com a volta assim que chego em terra e, quando estou em terra, fico ansioso com a vinda. Isso significa que a vida devia ser melhor para mim quando estou em casa ou na torre, mas não é. A vida não é boa para mim em lugar nenhum. Só com ela.

— Por que não trabalha com outra coisa? — pergunta Vince.

Ouço o queijo sendo mastigado. Um gole de chá.

— Meu Deus do céu. O que é isso, a porra da Gestapo?

— Não precisa me atacar. Você parece a porra do cachorro.

— Nós temos a casa. Não é uma vida ruim. Não sei mais o que eu faria.

— Poderia voltar para o treinamento.

— É fácil para você — digo. — Não tem filhos nem é casado, não tem que pôr comida na mesa. Toda essa merda, sem parar, vinte e três libras por semana, e depois?

— Faroleiro-chefe para você.

— Não sou Arthur.

— Mas poderia ser.

O biscoito se transformou em farinha na minha boca.

— Não sou que nem ele.

Muitas vezes, fico com vontade de contar. O que fiz com Arthur. O que ainda estou fazendo. Só para ouvir como vai soar. Eu poderia contar ao Vince. Mas perdi a oportunidade.

— Cara, eu adoro estar de volta — explica ele. — Esses faróis. Há mais beleza neles do que em qualquer outro lugar que eu tenha visto. É para isso que estou aqui. Para conseguir a promoção. Logo vou ser assistente, igual a você, e ter um chalé só meu. Um dia viro faroleiro-chefe. Vou viver nos faróis.

— Não precisa se esforçar muito, então.

— Para mim, cuidar de um farol é um talento.

— Que talento? A gente só acende um fogo, fica observando e depois apaga de novo. Tem a limpeza, mas, com treinamento, até um macaco é capaz de fazer. A gente registra as coisas. Cozinha um pouco. O que mais tem para fazer?

— Ah, é mais do que isso — diz Vince. — Já contei que estou acostumado a viver em uma jaula e que existem pessoas que aguentam e outras não. E parece ruim viver bem em uma jaula, sabe? Como se o maior objetivo fosse estar do lado de fora. Mas, se você está feliz preso, seja em uma penitenciária, seja em um farol, onde não ficamos atrás de grades, mas ainda assim estamos presos em todos os outros aspectos, já é o bastante para viver. Tinha uns meninos na cadeia que pareciam leões. Ficavam brigando, destruindo coisas ou se matando só por causa da ideia que tinham do que era ser livre. Vou te dizer uma coisa, Bill: eu me senti livre o tempo todo em que estive lá. Nunca me senti como se não fosse livre. É mais do que isso, não é? É o que estou dizendo. Se você não gosta de estar em uma torre, o problema não é a torre.

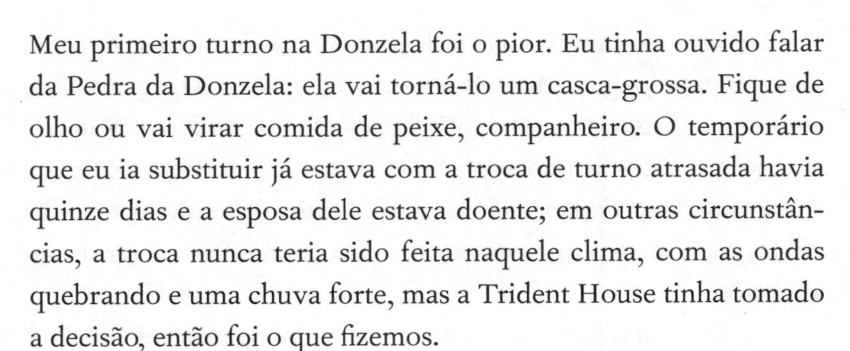

Meu primeiro turno na Donzela foi o pior. Eu tinha ouvido falar da Pedra da Donzela: ela vai torná-lo um casca-grossa. Fique de olho ou vai virar comida de peixe, companheiro. O temporário que eu ia substituir já estava com a troca de turno atrasada havia quinze dias e a esposa dele estava doente; em outras circunstâncias, a troca nunca teria sido feita naquele clima, com as ondas quebrando e uma chuva forte, mas a Trident House tinha tomado a decisão, então foi o que fizemos.

Passei a maior parte da travessia curvado sobre a lateral do barco, o cheiro do charuto do barqueiro se misturando ao sal da água e ao ardor da bile. Pensei no tijolo no fundo da piscina e em como eu me debateria, sem ver nem ouvir, enquanto me afogava.

O mar parecia um rebatedor, nos lançando e quicando, socando e girando, a proa mal avançando contra o vento. A imagem da torre em meio ao mar aberto me fascinava de maneira mórbida, ávida, feito outras estruturas criadas pelo homem, pilares gigantes, torres de resfriamento ou o enorme casco encalhado de um navio repleto de contêineres de aço.

Não havia muita preparação. A gente chegava e deixava os homens no barco e no atracadouro fazerem o resto. Entendi a mecânica da coisa. Tinha sido avisado de que devia me considerar igual às caixas de suprimentos que estavam sendo descarregadas: bastava ficar lá e confiar que seria levado. É preciso confiar nas pessoas em ambas as pontas da corda. Mas o problema naquele dia não foram os homens nem o guincho; foi o mar, que não decidia o que estava fazendo. Sujei todo o arnês, uma corda fraca que era passada por baixo das nossas axilas, e o pedaço no qual me segurava ralava a palma das minhas mãos.

Fui erguido, depois de pôr tudo para fora, subindo cada vez mais, até o farol finalmente aparecer. Tentei não olhar demais para o mar revolto sob meus pés e para o que, a distância, parecia ter se aberto ali.

De repente, caímos. O mar desabou quase dez metros e varreu o barco para longe demais da torre. O ar se encheu de gritos e de uma noção cega de urgência. Fechei os olhos com força. Naquele momento, não me importava com o que ia acontecer comigo. Passei um tempo balançando no arnês, à mercê das intempéries, as ondas encostando em meus sapatos e recuando. Pessoas gritavam do barco:

— Tragam o cara para dentro, tragam o cara para dentro! — E então: — Levem o cara de volta. Estão tentando matá-lo?

A chuva machucava meu rosto, o vento batendo e rasgando minhas roupas. Abri os olhos e vi um homem se inclinando no atracadouro, Arthur Black, meu faroleiro-chefe, com as mãos fora do meu alcance. Joguei o corpo para a frente, mas o mar me impeliu, me fazendo bater com tanta força no concreto que levei alguns minutos para voltar a respirar direito.

— Muito bem, garoto — disse meu faroleiro-chefe. — Você está bem agora.

Segurei a escada, os degraus gelados e escorregadios, e comecei a subir até a entrada quente e escura.

Arthur me deu chá e cigarros até que eu me aquecesse.

Coitado do Bill, que ridículo. Eu o imaginava pensando isso. Bill, que nunca chegava com tranquilidade, sem vômito na camisa e medo na alma. Bill, cuja mão nunca era estendida para um homem menor, mas a que sempre era recebida: nunca a pedra na qual um faroleiro-chefe seria esculpido. Afogando-se na superfície, sem nunca alcançar o tijolo.

Às vezes, depois que faço uma das minhas conchas, mesmo quando fico satisfeito com ela, eu a jogo no mar pela janela do quarto. O vento a leva embora e gosto da ideia de que a concha está sendo devolvida para o mar. Todas aquelas viagens por milhões de anos, todo aquele esforço, rolando pela areia das ondas pré-históricas, apenas para ser cuspida em uma praia distante e um homem como eu rabiscar nela os desenhos de sua imaginação, profanar sua forma para a própria satisfação. E então, quando termina, ele a devolve para onde tudo começou.

13

VINCE

Um cara solitário

Dois dias na torre

Terça-feira de manhã. Três semanas para o Natal. O farol não tira folga nem nos dá férias; ele nos quer o tempo todo. Os outros logo vão começar a pensar no que suas famílias estão fazendo e ficar irritados por estar presos ali, enquanto, em casa, as lareiras estão acesas e as tortas de carne estão sendo consumidas. É isso que fazem, foi o que fiquei sabendo. Acho que nunca celebrei o Natal direito. Na prisão, tínhamos um jantar meia-boca e chapéus de papel, mas, se alguém mencionar a suposta mágica da data, não vou saber o que significa.

Nesta época do ano, não dá para apagar a luz antes das oito. Mas, quando o sol nasce, começo a desmontar os pavios e a substituí-los por novos, prontos para a noite. Então penduro as cortinas sobre as lentes. É pouco provável, quando chega dezembro, que o sol fique forte o suficiente para começar um incêndio, mas isso é costume e, bom, deixa tudo limpinho. Parece que estamos vestindo a luz para aquele dia e, à noite, a despimos outra vez. Eu nunca diria isso aos outros.

Como vigia da manhã, preciso fazer o café. Temos um belo pedaço de bacon, que eu trouxe da terra, então o frito e mantenho tudo quente no fogão até os outros acordarem. Normalmente, o cheiro os faz levantar e, não importa o que digam, não existe cheiro melhor no mundo do que o de bacon frito. Não é tão difícil ser chef na Donzela, porque o faroleiro-chefe é quase tão ruim quanto eu, então não me sinto envergonhado com as refeições que preparo. No primeiro farol em que trabalhei, em uma ilha, os faroleiros eram muito chatos com a comida e ficavam de sarcasmo toda vez que eu punha um prato na frente deles; uma grosseria da parte deles, já que nunca me ensinaram nada de cozinha, mesmo quando pedi. Pelo menos para mim, é uma habilidade que se adquire. Nem sei quais ingredientes tenho antes de começar.

— Alguém ouviu os pássaros? — pergunto, enquanto estamos sentados comendo.

— Que pássaros? — diz Arthur.

— Ontem à noite. Um monte deles veio voando para cima de mim.

O faroleiro-chefe então se levanta e vai conferir o andar de cima, porque é o responsável pela lanterna. Mesmo que a gente esteja de plantão, é a lanterna dele. Cuida dela como se fosse uma filha.

Bill está com a cabeça próxima ao prato, o que ele sempre faz quando come, deixando a boca bem perto do que está comendo. Há um cigarro aceso no cinzeiro a seu lado para que possa tragar e mastigar, tragar e mastigar. Ele olha para a cadeira vazia de Arthur.

— Por que o deixa falar com você assim? — pergunta Bill.

— Hã?

— Como se você fosse um idiota, porra.

Limpo a boca.

— É você que me chama assim.

— Não viu o que ele fez?

— O quê?

— Saiu correndo para ver o que estava estragado. O que *você* estragou. Ele acha que você não é confiável. E pensa o mesmo de mim.

É tranquilo quando dois faroleiros reclamam de alguém que não está na sala; é como abrir uma garrafa, um modo de relaxar, de dizer: "Reparou como foi irritante quando ele fez tal coisa? Ele sabe ser babaca de vez em quando, hein?" Não é maldade, é só uma questão de deixar as coisas fluírem em vez de transbordarem.

Mas Bill está mais irritado do que o normal. Cansado. Eu o observo fumar o resto do cigarro, amassá-lo e afastar o prato. O faroleiro-chefe volta.

— Você nem pensou em limpar tudo? — pergunta ele para mim, com certa grosseria.

— Se eu limpasse vocês só iam comer na hora do almoço. Bill vai cuidar disso, não é, Bill?

— Vá se foder.

Arthur tira a mesa.

— Obrigado, estava bom — diz.

Depois do café da manhã, pego o balde e uma pá e subo até o mezanino. Para ser sincero, eu não havia percebido quantos pássaros eram porque eles chegaram como mariposas de manhã cedo, perto das cinco horas, e vai saber o que a gente vê naquela hora ou se a gente sequer vê alguma coisa direito. Com todas as penas e asas balançando, podiam ter sido dez ou cem. Fumei um cigarro no frio rigoroso: um mar morto e cinzento, um céu morto e cinzento e minhas mãos também pareciam mortas e cinzentas enquanto eu raspava tudo. Pardelas são uma praga de qualquer forma, diz Bill, não é uma grande perda, mas não concordo com isso enquanto estou olhando para elas, todas achatadas e com o pescoço retorcido. No Bispo, ouvi certa vez que os faroleiros encontraram o mezanino cheio de aves vivas, praguejando. Não havia espaço para pisar, nem um centímetro, feito a droga da arca de Noé. Foi só quando anoiteceu e os pássaros viram o brilho mais intenso da lanterna que voaram, dezenas deles. A luz do farol os atraiu e os atordoou, ou os assustou para que fossem embora.

Três dias

Achei que seria difícil voltar para a torre dessa vez, por conta de como as coisas estão intensas entre mim e Michelle. Mas, na verdade, depois de umas duas noites, estou bem. Tenho todo o tempo do mundo para pensar nela aqui. O que falei para Bill no turno do meio-dia estava certo: quero me tornar assistente, é tudo o que eu quero, ter essa segurança para que a Trident cuide de mim pelo resto da vida. Então vou poder dizer a ela, está bem, que tal? Pela primeira vez, vou ser um homem com perspectivas.

O almoço é comigo, depois o faroleiro-chefe lava tudo e se senta, como sempre, na cadeira dele com uma xícara de chá e abre uma revista de palavras cruzadas. Ele me dá um cigarro. Arthur sabe dividir. Quando fui mandado para Alderney, o faroleiro-chefe de lá nunca dividia nada do que tinha, não via por quê. Colava adesivos de *Fique longe* e *Não toque* em seus potes e pacotes; com isso ele sempre tinha manteiga, tabaco e molho, mas ninguém queria sua companhia. Arthur não liga muito para pertences, comestíveis ou não. Tudo passa, diz ele; são coisas, não duram. A sensação que temos quando estamos sentados juntos, nos divertindo, isso é o que dura.

— Não consegue mesmo atender às expectativas — diz ele.

— Pode parar. As batatas não estavam tão duras assim.

— Duas palavras. Seis letras, cinco letras.

— Não sou bom nisso.

— Você tem que pensar de duas maneiras — afirma o faroleiro-chefe. — Existe a pista literal, a que fica na superfície, e existe a pista interna. Essa exige que a gente capriche ao pensar.

— Acho que meu cérebro não é muito de caprichos.

— Tudo depende de como você encara isso.

— Fale outra.

— "Faça mágica, companheiro."

— Acabei de fazer uma xícara para você — respondo.

— Essa é a pista, idiota. Cinco letras.

— Ridículo.

— Essa tem oito. — Ele sorri. — Você quase disse a resposta um minuto atrás. Aqui, olhe.

Arthur me mostra. Preciso dizer que não entendo nada.

— Não sei o que é.

— Perto do fim. Veja.

— Ah! — exclamo enquanto ele escreve.

Bill estava errado sobre o faroleiro-chefe. Arthur é uma daquelas pessoas que querem nos ajudar a melhorar, em vez de ficar irritado ou ofendido com o fato de sermos mais novos, estarmos roubando o cargo dele ou qualquer outra coisa que acho que Bill pensa sobre mim. O faroleiro-chefe é paciente. Ele vai me mostrar como as coisas são feitas. Eu o admiro, sei como se sente sobre o mar. Um faroleiro deveria ser assim. É uma pena que nem todos sejam como ele.

Não sei se Bill sabe que eu sei. Que Arthur uma vez me contou em um turno da noite o que aconteceu com ele anos atrás, quando começou na Donzela, antes de Bill trabalhar no setor, antes mesmo de eu aprender a andar. Fiquei sem palavras quando ele me contou. Não sabia como reagir. Eu não esperava. Por que esperaria? A gente não espera.

Só olhei para Arthur e pensei: esse é o tipo de homem que eu quero ser. Então ninguém adivinharia o que ele enfrentou. A gente passa o tempo admirando o faroleiro-chefe, achando que ele tem todas as respostas, e aí ele não é nem de longe o que a gente pensou.

Neil Young no som e a cortina do meu beliche fechada. Bill está no andar de baixo, a furadeira assobiando. É algum momento entre a noite e o dia e estou contente com a música, que me transporta para outro lugar. De volta para a quitinete entulhada de Michelle, na rua Stratford, Neil ou John Denver ou King Crimson. Garrafas de vinho com velas enfiadas no gargalo, cera nas laterais; almofadas com espelhos losangulares costurados. Um gato à porta, lambendo as patas. *Montanhas Blue Ridge, rio Shenandoah*. Shenandoah. Esse troço nem parece uma palavra. Devia ser um feitiço ou o nome de uma lua distante. Tudo no tom laranja de pêssegos em calda. Muitas das minhas lembranças de Michelle têm luz própria. Fumaça roxa no quarto. Verde-clara quando ela anda descalça até o jardim e grita para o gato vir jantar. Qual é o nome do gato? Sykes? Não. Staines? Coitadinho. Steptoe? Não pode ser.

Michelle é boa demais para mim. Pelo menos tenho cérebro suficiente para saber disso.

Eu nunca teria coragem de ir atrás dela se a Trident House não tivesse me contratado, e isso só aconteceu por acaso. Não há muitos faroleiros da minha idade no momento; os salários são melhores nas plataformas de petróleo do mar do Norte, mas depende do tipo de trabalho que você faz e da história que tem. Em abril de 1970, eu estava solto no mundo havia duas semanas quando esbarrei em um cara no bar. Ele me pagou uma cerveja e disse que tinha cuidado da luz no Pladda e no Skerryvore muito tempo antes. Como das outras vezes, eu estava esperando para ser preso de novo. Estava acostumado com aquilo, então sabia que ia fazer merda de propósito quando estivesse cansado de estar do lado de fora. Contudo, quanto mais o cara falava sobre os faróis, mais eu achava que aquilo combinava comigo. Tudo o que ele disse foi: "Você não pode ser carente, tem que achar que ficar sozinho é bom."

Não achava que a Trident me contrataria depois de ver minha ficha, mas, algumas semanas depois, recebi a carta. Devem ter pensado: Ele vai ser bom. É burro feito uma porta, mas está a fim. A verdade é que a gente não tem que lidar com muita coisa em um farol. É a simplicidade que predomina. Pequenas tarefas que tomam sua mente. A iluminação à noite, depois a limpeza, a cozinha, falar com os outros faróis do grupo. Garantir que nos damos bem com os homens que estão com a gente, porque isso é o que não conseguimos prever. A gente tem que manter um clima amistoso, o que me parece ser o mais importante. Manter um bom relacionamento com os outros, porque, se a gente deixar isso criar problemas a situação se torna um vírus, se espalhando e se multiplicando, e quando a gente percebe todos estão infectados, a podridão dominou tudo e não há para onde ir.

Quando penso no encontro com o ex-faroleiro no bar, acho que foi como receber um recado. Eu não era uma causa perdida. O mundo ainda não tinha desistido de mim.

Logo, vou ter que contar para Michelle. Já faz tempo suficiente. Vou ter que ser sincero porque não faz sentido continuar, construir uma vida a dois e pedir a mulher em casamento se a gente não puder seguir com isso, já que existe uma mentira gigantesca entre nós. Não as coisas que fiz no passado, ela sabe de tudo isso. Estou falando sobre a última vez.

O problema é que não é o tipo de coisa que a gente conta no primeiro encontro, nem mesmo no terceiro, e depois de um tempo fica difícil mencionar. Como passo muito tempo longe, quando volto, parece que temos que começar tudo de novo. De volta ao início, andando de mãos dadas, nos encantando, desejando. Não vou estragar isso.

Quanto mais gosto dela, mais difícil se torna, e não quero gostar demais dela, mas não dá para controlar essas coisas.

Mentiras são fáceis de contar. Você simplesmente não diz nada. Não faz nada. Deixa a outra pessoa decidir o que é real. Eu não ia querer saber se fosse ela. Todo dia tento esquecer.

Quando fecho os olhos ainda consigo ver, como se tivesse acontecido na noite anterior. Sangue e pelos, o grito agudo de uma criança e meu amigo em meus braços, gelado.

Passei a vida toda olhando por cima do ombro tentando ver quem estava vindo. Ainda olho para trás, mesmo aqui no mar, onde não há ninguém além da gente.

Vivo sabendo que tenho inimigos. Pessoas ruins que fazem coisas ruins e querem fazer coisas ruins comigo. Às vezes tenho medo de dormir por causa dos meus pesadelos. Eles vão me encontrar ali, naquela rocha. *Você achou que ia conseguir sair dessa, mas estava errado, meu querido. Você nunca vai ser mais do que isso.*

Eu nunca vou voltar. Não para a prisão. Não para minha antiga vida.

Foi por isso que trouxe comigo. Escondi em uma fresta da parede embaixo da pia, onde os outros não vão achar. Está seguro aqui. Seria preciso saber onde procurar.

Em algum momento, eu adormeço, porque de repente Bill está me acordando em meio à escuridão pesada, me dizendo para subir porque a luz não vai cuidar de si mesma e, se não se deitar logo, ele vai fazer alguma coisa de que vai se arrepender.

IV

1992

14

HELEN

Um quilômetro e meio depois, passando os dois portões trancados, ela finalmente os viu: quatro chalés de um único andar, aconchegados na península, pintados de verde e branco, com chaminés pretas de fábrica e telhados de ardósia. Os chalés da Donzela foram construídos o mais perto possível do farol, mas ainda muito distantes, e Helen sempre considerou isso algo triste, não correspondido, um coração esperançoso tentando alcançar a indiferença.

Podia ter sido ontem; o Almirante ainda podia ser deles. O maior de todos, utilitarista e construído com um único propósito, uma mistura de alojamento de escola e balsa. Lá dentro, havia corredores feito um hospital e pequenos cômodos quadrados, cujas arestas duras e antissépticas não eram suavizadas por nenhum objeto pessoal. No inverno, um vento frio entrava pelas frestas das janelas, presas com travas de ferro que deixavam a palma das mãos de Helen cheirando a moeda. Acima do forno e do chuveiro, a Trident House incluía lembretes laminados de que a propriedade não era deles: USE O EXAUSTOR e CUIDADO: ÁGUA QUENTE. Um aviso no corredor dizia: EM CASO DE EMERGÊNCIA, DISQUE 999. Na fachada, em frente à varanda árida e varrida pelo vento, com uma mesa de piquenique de concreto, os portões da garagem aconselhavam:

CUIDADO. NÃO USE EM CASO DE VENTO FORTE. E sempre, sempre, a monotonia, que foi o que a venceu. Todos os dias, semanas, meses, anos, tendo apenas o mar como companhia.

Jenny e Bill tinham morado no Masters. Naquele dia, havia um carro estacionado no asfalto, com um adesivo de "Bebê a bordo" na traseira. Helen imaginava que era um destino de férias diferente para as pessoas, uma breve imagem de um mundo perdido e a infâmia da Donzela garantindo uma visita única. Por isso os chalés haviam sido convertidos tão rápido depois da automatização, uma renda extra para a Trident House. Ela ainda se lembrava do anúncio:

Viva a vida dos desaparecidos da Donzela!

O terceiro chalé, Comissários, tinha sido de Betty e Frank. Frank era o primeiro assistente da torre, trabalhava lá há mais tempo; quando Arthur estava em terra, ele se tornava faroleiro-encarregado. Frank não estava de plantão no dia do desaparecimento. Helen sempre achou que para ele devia ter sido como chegar cinco minutos atrasado para pegar um voo que no fim se chocara com uma montanha.

Atiradores, o último chalé, teria ficado com Vince. Ele queria demais aquela promoção. Mas nunca havia conseguido, por um motivo que só o farol conhecia.

Enquanto a Donzela brilhava, frio, no horizonte, Helen não conseguia afastar a impressão de que a torre sabia mais. Sabia a respeito dela.

E devolvia o olhar com uma acusação silenciosa, como se dissesse: "Você não pode negar a verdade, Helen. Não é inocente nessa história."

Ela lhe deu o endereço, e ele apagou o cigarro e indicou o porta-malas com a cabeça.

— Tem alguma mala, querida?

— Não. Só vim passar o dia. Preciso que você me leve à estação depois.

— Está bem.

O sol se punha, um pêssego derretido mergulhando no horizonte. Helen ficou feliz porque ele não a via direito no banco traseiro do táxi, sonolenta na sombra do verão. Os motoristas de Mortehaven tinham nascido e crescido lá, portanto a história estava sempre na cabeça deles, já que os turistas pediam que relembrassem o desaparecimento ou contassem o papel que tiveram no caso; onde estavam quando descobriram, um funcionário da Trident House que tinham levado de A para B, a amiga da filha deles que conhecia um dos filhos dos Walker. Ela não achava que alguém fosse reconhecê-la, de qualquer maneira, não depois de tantos anos, mas também esperava que estranhos a cumprimentassem como faziam no passado, quando ela era a Sra. Faroleiro-Chefe, e perguntassem como Arthur estava, quando ele voltaria para o continente, como ela estava na ausência dele. Em troca, eles contavam sua vida pessoal, seus problemas, já que o cargo dela de esposa do faroleiro-chefe prestava um serviço público similar ao de um reverendo ou dono de bar, obrigatoriamente interessado na vida de pessoas que ela não conhecia.

— Vai buscar uma amiga? — perguntou ele do banco da frente.

— Nós não vamos parar — respondeu ela. — Bom, vamos, mas só um pouquinho. Não vou sair do carro.

Ele ligou o rádio. O carro passou pela igreja, com sua torre fina, e pelo restaurante em que ela, Arthur, Jenny e Bill tinham ido jantar numa das raras ocasiões em que os dois homens estavam em terra. Depois de uma garrafa de vinho, Jenny havia chorado e dito que Helen tinha sorte por não ter filhos, porque não era nada bom cuidar deles estando abandonada ali, sozinha. Bill dera uma bronca nela, depois Jenny vomitara no banheiro feminino e os dois haviam ido embora. Eles passaram pelo hotel, pelo parque e pelos platôs cada vez mais altos. O mesmo endereço que Helen visitara nos dezenove anos anteriores, sempre que voltava, um rito de passagem, mesmo que ela nunca entrasse na casa. Um dia desses, ela teria coragem suficiente para sair e andar até a porta.

— É aqui — disse ela. — Qualquer lugar está bom.

Era um presente, conseguir ver pelas janelas mesmo sendo já tão tarde: quadrados iluminados por uma luz dourada, a vida brilhando lá dentro.

— O que você quer fazer? — perguntou ele. — Quer que eu desligue o motor?

— Está tudo bem. Pode deixar ligado.

A casa era a única às escuras. Talvez Jenny tivesse ido embora ou não morasse mais ali. Essa possibilidade deixava Helen em pânico, ser incapaz de entrar em contato com ela, nunca mais pôr no papel as coisas que só poderia dizer para aquela mulher, sobre as pessoas que amavam, que haviam perdido, a lacuna entre elas, que, vinte anos depois, tinham se calcificado e se tornado pedra.

Jenny achou que poderia confiar na esposa do faroleiro-chefe. Por que não deveria? Confiança era a base do trabalho de Helen. Tinha sido seu papel dar apoio, servir bebidas e segurar mãos, enxugar lágrimas quando a vida se tornava difícil demais, porque ela entendia, mesmo, e se importava. Sabia fazer carinho no braço de alguém e dizer "Pronto, meu amor, não é para sempre. Ele vai voltar antes que você perceba", e pensar em maneiras de melhorar a situação porque a solidão era sua amiga e ela conhecia seus truques e artimanhas.

Em vez disso, Helen a enganara.

— Está bem — disse ela ao motorista. — Podemos ir.

— É só isso?

— É. Estou pronta para ir para casa.

O FAROL

O trem estava atrasado; o som soporífico das rodas fez os olhos dela fecharem antes de Truro. Ela voltou a sonhar que o seguia em meio a uma multidão; a nuca dele, mas, quando a cabeça se virava, não era a pessoa certa. Os olhos dele apareceram para ela em ondas de sono, observando debaixo d'água ou à luz do dia, sentado diante dela à mesa da cozinha ou na beirada da cama, vigiando tudo o que ela fazia.

15

HELEN

Você quer saber por que eu não falo com Jenny Walker. Ou melhor, por que ela não fala comigo. Quer saber a verdade? Você diz que sim, mas também é muito bom em inventar coisas. Admito que não sou fã dos seus romances. Na verdade, não li nenhum, apesar de conhecer aquele sobre os irmãos no navio-quartel, *Frota fantasma*, esse mesmo. Uma amiga minha gostou muito quando foi lançado.

É o que estou dizendo, sem querer ser grosseira. Homens fortes, lutando, toda aquela testosterona voando para todo lado. Se quiser contar uma das suas histórias de aventura, duvido que vá considerar relevante o que aconteceu entre mim e Jenny, se eu for sincera.

Quem sabe se teve alguma relevância? Ao longo dos anos, quase enlouqueci me perguntando se realmente teve. Se Arthur e os outros desapareceram por causa de como as coisas estavam entre a gente.

Primeiro, devo dizer que nunca imaginei me casar com um faroleiro. Eu sabia que havia pessoas que trabalhavam com isso, mas sempre me pareceu uma coisa meio marginal, um trabalho que alguém faria caso não se encaixasse em nenhum outro lugar da sociedade, e, no fim das contas, eu estava certa. Requer um temperamento especial. Todos os faroleiros que conheci tinham uma coisa em comum: se sentiam bem na própria companhia. Arthur ficava satisfeito sozinho. Eu achava isso muito atraente e ainda acho. A gente só se aproxima até certo ponto de uma pessoa, porque tem alguma coisa dentro dela que só ela conhece. Sobre esse assunto, minha avó costumava dizer que nunca se deve dar todas as cartas, sabe, para quem quer que esteja com você. Nunca mostre tudo, sempre guarde alguma coisa. Acho que Arthur nunca mostrou todas as cartas dele para ninguém, nem mesmo para mim. Era o jeito dele.

Não sei se o descreveria como solitário. Como falei, ele tinha um lado contido, mas isso não é o mesmo que ser solitário. Estar sozinho não significa estar solitário e vice-versa: a gente pode estar rodeado de muitas pessoas, todas conversando, tagarelando e exigindo sua presença, e se sentir a pessoa mais solitária do mundo. Arthur certamente nunca se sentia solitário nos faróis. Tenho certeza disso. Essa era uma das perguntas que as pessoas faziam; elas perguntavam: Ele não se sente sozinho lá? Mas ele nunca se sentia. Na verdade, eu diria que era aqui, em terra, que ele sentia a solidão.

Ao pensar nisso, não surpreende o fato de eu ter cometido um erro. Não estou me justificando, e Jenny também não justificaria. Mas nada nunca é preto no branco.

Não sei se Arthur algum dia quis voltar para casa, para mim. Quando vinha para terra, de folga, eu percebia, assim que ele saía do barco, que já estava sentindo falta do farol. Não sentia falta de estar lá, sentia falta do *farol*. A vida em terra firme não era para ele.

O que passamos, Arthur e eu, claro que era parte disso. Eu sentia muita coisa em relação a isso, muitos sentimentos complicados que tinha que aceitar. Eu culpei Arthur. Ele me culpou. Nós culpamos um ao outro, mas não adianta botar a culpa em ninguém quando uma coisa dessas acontece, adianta? Não faz sentido.

Fiquei com muita raiva quando ele desapareceu. Por ele ter achado sozinho essa saída. Ele não tinha o direito de fazer isso, de simplesmente um dia ir embora, sem me dizer nada. Arthur sempre falava que eu era forte, e eu sou forte, mas às vezes acho que nunca deveria ter deixado que ele soubesse disso.

Quando Arthur arranjou esse emprego na Donzela, achei que seríamos felizes. A torre o deixava feliz, então acreditei que também seríamos felizes. Arthur ficou contente porque, para ele, era o melhor dos faróis. Ele tinha trabalhado no Lobo, no Bispo, no Eddystone, no Longships, em todas as principais estações marítimas, mas era a Donzela que ele mais queria: grande, tradicional, o tipo de farol com o qual ele havia sonhado quando pequeno. Arthur dizia que as torres marítimas eram "faróis de verdade", a verdadeira experiência em um farol. Meninos não sonham com os que ficam em terra, não é? Eles querem barcos sendo jogados pelas ondas, salteadores e piratas, camaradagem e luzes das estrelas.

Por um tempo, depois que Arthur morreu, eu me consolei pensando que, pelo menos, tinha sido do jeito que ele queria. Não ia querer morrer de nenhuma outra forma a não ser no mar. De certa maneira, faz sentido e isso me faz sentir um pouco melhor em relação ao que aconteceu.

A Donzela sempre esteve de olho nele. Parece ridículo? Não ponha isso no seu livro, está bem? Faróis não têm personalidade; eles não têm pensamentos, sentimentos nem ideias perigosas e não desejam mal às pessoas. Qualquer coisa do tipo é fantasia, e esse é o seu departamento, não o meu. Estou apenas apresentando os fatos.

Mas nunca gostei da aparência daquela torre. Alguns faróis até que são simpáticos, mas aquele nunca me tranquilizou. Nunca pus os pés lá e também não gostava disso, do fato de Arthur ficar em um lugar que eu não conhecia. Mas não é possível ir até a torre quando dá na telha; não é possível ir até lá um belo dia e dizer oi.

Como Arthur era um homem reservado, isso combinava com ele. Acho que ele gostava de ter um lugar longe de mim. Talvez todos os maridos gostem. Eles precisam de alguma coisa que as esposas desconhecem.

Ah, fique quieta! Minha cadelinha precisa sair. Pode me dar licença por um instante?

Pronto, voltamos. Me desculpe. Passo a vida esperando que ela faça logo as coisas. Tive meu primeiro cachorro assim que perdi Arthur, porque precisava de outro batimento cardíaco em casa e acho que estava acostumada a ter um companheiro quieto, ou pelo menos uma pessoa que não ficava comigo na maior parte do tempo. Infelizmente, esta aqui fica cavando a terra, mas é o jeito dela e ela é tão dona do jardim quanto eu. Eu não costumava gostar de plantar, mas isso também me ajudou. A ideia é observar o que a gente pôs no solo crescer, florescer. Ao passar por uma situação como a nossa, a pessoa precisa ver o jeito que a vida tem de se recuperar todas as vezes, contra todas as possibilidades, apesar das geadas e das patas caninas. Existe uma teimosia nisso que eu admiro.

Arthur sempre foi fascinado pela natureza. Desde a infância, ele era sensível e tinha muita imaginação. Parecido com você, nesse sentido, na parte da imaginação. Não estou dizendo que você é insensível. Não passei tanto tempo na sua presença para dizer que é ou não, e, seja como for, o que tenho a ver com isso? Imagino que tenha que ser sensível para ser escritor, para entrar na cabeça dos seus personagens e inventar o que afeta todos eles.

O pai dele criava passarinhos, foi isso que começou tudo. O coitado não estava bem, ficou em choque depois da guerra, um caso muito sério, e os passarinhos o tranquilizavam.

Arthur não gostava de falar do pai. Não queria ou não podia. Sempre que eu perguntava, ele mudava de assunto ou me dizia que não queria falar sobre aquilo. Havia muita coisa que meu marido não queria discutir e acabei percebendo que isso só não é um problema até a pessoa que está com você querer conversar. Quando sua esposa quer, ela merece ter uma conversa, não acha? Se não, como resolver as coisas?

Às vezes, penso em como poderíamos ter evitado tudo o que aconteceu: as idas e vindas da vida, que se desenrolam a partir de uma única decisão. Se Arthur não tivesse visto o anúncio da Trident no jornal, se não tivéssemos comprado aquele jornal específico, naquele dia específico... Se eu não o tivesse conhecido, porque também foi um encontro por acaso, na fila da estação Paddington, quando eu estava sem dinheiro para comprar minha passagem. Uma ida a Bath Spa, para visitar meus pais. Mesmo naquela época, quando isso acontecia, eu não esperava que um homem pagasse a passagem para mim. Passei todo o caminho até lá pensando em Arthur.

Nós nos encontramos uma semana depois, para que eu devolvesse o dinheiro dele. A atração foi crescendo aos poucos. Não foi uma daquelas situações de amor à primeira vista, de um raio fulminante. Parte de mim ficou feliz por imaginar que meu pai não aprovaria. Ele era diretor de um colégio interno só para meninos e queria que eu me casasse com um médico ou um advogado, alguém com um emprego "respeitável". Ele nunca me disse isso, mas aposto que achava que o trabalho de faroleiro era para homens com um lado feminino aflorado. Acho que meu pai nunca leu nenhum verso de poesia. Isso explica melhor o problema?

A Trident nos ofereceu um bom salário e um bônus inicial, a moradia era incluída e as contas eram pagas; tudo parecia bastante razoável. Arthur achou que se encaixaria bem e eu achei que era o estilo de vida que daria um bom assunto para puxar conversas em festas, o fato de meu marido trabalhar em um farol. Não percebi na época que as festas não aconteciam fora de Londres e com certeza não nadavam pelo estuário de Severn e emergiam no canal de Bristol, em torno do qual passamos a maior parte daqueles primeiros anos.

Para começo de conversa, a rotina não era fácil para nenhum dos dois. Os substitutos são mandados para todo canto do país e nunca sabem para onde vão depois. A cada poucas semanas, ele ia para um farol diferente. É que a Trident quer que a pessoa tenha o máximo de experiência possível, para aprender logo o trabalho. Mas eles também estão testando o funcionário. Querem saber se ele se dá bem com diferentes personalidades, se é flexível, se é disposto e confiável. A gente brincava que Arthur era mandado daqui até onde Judas perdeu as botas, mas Judas só foi perder as botas na Donzela. Mas, sim, era cansativo. Eu nunca ficava em lugar nenhum por tempo suficiente para me acomodar e Arthur passava muito tempo longe de casa. Foi mais difícil do que eu tinha imaginado. Senti que ele estava se afastando de mim já naquela época.

Nem todo mundo achava o treinamento tão difícil quanto a gente. Vince, por exemplo, estava acostumado a ser transferido e nunca ficar parado; ele cresceu em lares adotivos e acho que nunca teve uma casa permanente. Vince gostava da espontaneidade da coisa, de receber uma missão, arrumar as malas e ir para onde era necessário. Eles podiam ser convocados para o Norte, o Sul ou uma ilha em algum lugar. A Donzela foi a primeira torre de Vince. Já é um cargo complicado para um novato, mas quando a gente pensa em como tudo terminou... Foi horrível. Um garoto com a vida inteira pela frente.

Não fico surpresa por Michelle Davies não querer falar com você. Por ser namorada dele, ela sofreu muito depois do desaparecimento, pois todo mundo dizia que Vince tinha sido o responsável por aquilo, que ele havia matado Arthur e Bill, em um plano que levara semanas para formular, e depois bolado uma fuga inteligente. A Trident também deixou isso subentendido. Eles não podem afirmar com todas as letras, mas com certeza incentivaram as pessoas a acreditarem nisso.

Michelle está casada agora. Tem duas filhas. Acho que não quer revisitar aquela época da vida. Ela e Vince estavam apaixonados. Ele ia a Londres antes de começar um novo turno. Eu o via no porto com o toca-fitas, braços e pernas compridos e um daqueles bigodes grandes que a gente vê nos programas americanos. Ele receberia um dos chalés quando se tornasse assistente.

Arthur elogiava muito Vince, dizia que ele era um menino bom, decente e pé no chão. É uma pena quando alguém tem um início de vida difícil e não consegue escapar disso porque as pessoas sempre esperam o pior delas.

A Trident House levou a culpa por ter contratado um homem com ficha criminal, mas eles sempre contratam pessoas que buscam se reintegrar à sociedade e isso nunca foi malvisto nem motivo para preocupação. Ser faroleiro é o melhor emprego possível para alguém que está acostumado a ficar trancado e a viver em espaços fechados. Eles também costumam ser muito disciplinados, já que levam um estilo de vida bastante rígido. Era comum trabalhar em um farol com um garoto saído do sistema prisional ou com alguém que tivesse sido preso. O problema era que, quando alguma coisa dava errado, e sempre dava, era fácil apontar o dedo. Michelle não tinha como contestar. Ela não podia falar por Vince porque não era isso que a instituição queria ouvir. Isso ia contra o discurso deles. É por isso que ela não quer ver você. Ela não quer remexer nisso tudo, nem que todas aquelas coisas horríveis sejam ditas sobre Vince outra vez. As pessoas perderam a cabeça na época, quando souberam que ele já tinha sido preso. Todo tipo de boato que você pode imaginar começou a circular: que ele era um assassino e tinha matado dez pessoas, era um serial killer, estuprador ou pedófilo. Posso garantir que ele não era nada disso.

Não precisamos ir para a prisão para saber que erramos. Todos somos responsáveis, de certa forma, não é? O que eu fiz. O que

Arthur fez. O que Bill fez. Só porque alguém não põe grades em torno da gente não quer dizer que a gente não mereça.

Certa vez Michelle me disse que Vince tinha feito muitas coisas na vida que gostaria de esquecer. Agora que você sabe sobre Arthur e eu, admito que também fiz.

16

DOIS JORNAIS

Daily Telegraph, abril de 1973

PROVAS DE PRISÃO NA INVESTIGAÇÃO
SOBRE A PEDRA DA DONZELA

Enquanto perdem a esperança de um resultado positivo na busca dos três homens que desapareceram do farol Pedra da Donzela em dezembro passado, fontes dizem que novos fatos vieram à tona e sugerem que o mais jovem deles, Vincent Bourne, foi o possível causador do sumiço. O Sr. Bourne, o faroleiro-assistente substituto, tinha vinte e dois anos quando desapareceu da estação remota no sudoeste do país, entre o Natal e o Ano-Novo, junto com seus colegas Arthur Black e William Walker. No dia de ontem, fontes informaram que, antes de ser contratado pela Trident House, o Sr. Bourne foi preso, acusado de incêndio criminoso, agressão, agressão com lesão corporal, invasão, roubo, incitação ao crime e tentativa de fuga de uma instituição carcerária.

Sunday Mirror, abril de 1973

A ESCANDALOSA VIDA SECRETA
DO FAROLEIRO CRIMINOSO

O faroleiro solitário Vincent Bourne foi EXPOSTO pela ficha criminal extensa em uma série de denúncias feitas por um antigo companheiro de cela. "Ele já fez de tudo que você possa imaginar", revelou nossa fonte. "É capaz de tudo." O solteiro Vince sumiu do farol Pedra da Donzela há quatro meses com dois outros homens. Os três permanecem desaparecidos. "Ele nunca devia ter chegado perto daquela torre", afirmou nossa fonte. "O que quer que tenha acontecido, ele foi o culpado."

17
MICHELLE

Eles não tinham namorado por muito tempo, pensou, enquanto se abaixava para amarrar o quinquagésimo sexto cadarço do dia.

— Fique parada — pediu à filha, que em resposta agarrou uma mecha de cabelo.

Na maior parte do tempo, Michelle não sabia de quem era o cabelo, só sabia que fios de cabelo eram agarrados em mãos irritadas. Quando doía, provavelmente eram dela.

— Agora pare de tirar o sapato — disse. — Por favor.

As irmãs saíram para brincar com um jogo de tabuleiro ou só para esvaziar a caixa do jogo no tapete e dar os dados para o cachorro comer. Michelle ficou no corredor, observando o telefone.

Ele já havia ligado uma vez naquela manhã, outra no dia anterior e outra uma semana antes.

— Não sou mais namorada do Vinny — dissera ela, fazendo uma declaração óbvia, já que Vinny não teria mais nenhuma namorada na vida.

E ele não estava mais vivo, certo? Ou estava? Lidar com a incerteza no longo prazo, ser dominada por esse sentimento que fazia um ninho dentro dela, era o pior tipo de limbo.

Dan Sharp podia achar que ia resolver aquele caso, mas Michelle não sabia bem se havia algum caso a ser desvendado. Era muito profundo, como o mar. Por que Vinny tinha desaparecido, e como? Ela nunca ia saber. E, se ele quisesse que ela afirmasse que Vinny era todas as coisas que não havia sido, todas as coisas pelas quais as pessoas o odiavam, bom, ela não poderia fazer isso. Tinha uma família agora. O marido não ficaria feliz se voltasse para casa e a encontrasse conversando com um estranho, dando vida nova a um homem que ela havia amado aos dezenove anos; o único homem que ela amara, na verdade.

O escritor devia meter o bedelho na vida de outra pessoa. Ele não fazia ideia de onde estava se enfiando, revirando lembranças de pessoas que preferiam manter distância daquele assunto. Devia ficar com seus livros de suspense. Michelle pegara um deles na biblioteca no ano anterior, enquanto a família procurava um exemplar de *Agura Trat*. Roger chamara aquilo de lixo, mas ele não gostava de quando ela lia. Dizia que aquilo enchia a cabeça dela de ideias estranhas.

— Mamãe!

Dois minutos era a média de tempo até que uma das meninas reclamasse aos gritos. O que seria dessa vez? Acusações de roubo de objetos ou trapaça no jogo, Fiona tirando a calcinha e se sentando pelada no tabuleiro. Ela foi até as filhas, consolou a mais nova e tentou esquecer Vincent Bourne. Tinha sido outro mundo, um lugar onde ela não vivia mais. Mesmo se quisesse, não poderia achar o caminho de volta.

As pessoas quase não falavam mais com ela sobre isso. O casamento ajudara, já que seu sobrenome não era mais o mesmo. Já não a reconheciam, não podiam dizer: "Ah, então é *você*, deve saber tudo sobre o caso." E a resposta dela era sempre a mesma. Não, não sabia nada, nada além do que os outros já sabiam. Mas, ainda assim, ela percebia o olhar, o leve cutucão, a cotovelada discreta, como se ela realmente soubesse por que aqueles homens haviam desaparecido, mas é claro que não contaria. Afinal, tinha sido seu namorado. O segredo dele.

— Mamãe, quero um biscoito.

— Como se diz?

— Por favor.

As crianças formavam uma barreira, mas era a única coisa que a protegia. Barreiras a impediam de sentir. Neutralizavam a dor. A não ser quando conseguia impedir, normalmente logo de manhã, ao abrir os olhos para um novo dia como uma página em branco, era a imagem de Vinny que vinha em sua cabeça. Era tão real que podia ser uma foto. Ela mal acreditava que fazia vinte anos que eles não se tocavam. Como sua mente tinha se apegado àqueles detalhes? Ela nunca conversava com Roger sobre aquilo. De qualquer forma, ele fazia o estilo ciumento, não se interessava pelos relacionamentos anteriores dela, ainda mais aquele.

Voltando da cozinha, o telefone tocou. Michelle parou, biscoitos na mão, manchas de tinta na blusa. Devia ser ele de novo.

Havia coisas que ela podia lhe contar. Às vezes quase queria contar, só para se livrar delas. Mas isso acontecia no meio da noite, e quando o despertador berrava e as meninas precisavam acordar e o café tinha que ser preparado e os sanduíches de Roger tinham que ser embalados e as pequenas precisavam ir para a escola, ela retomava o controle.

Michelle atendeu ao telefone.

O escritor começou a falar, mas ela o interrompeu.

— Já disse para você me deixar em paz — respondeu, segurando o fone com força. — Não tenho nada a dizer sobre Vinny. Se me procurar de novo, vou chamar a polícia.

18

JENNY

A areia entrava em todos os cantos. Jenny não gostava da sensação dos grãos entre os dedos dos pés, de como fazia sua pele chiar, como ia parar na cesta de piquenique e nos sanduíches de queijo e picles que ela preparara de manhã, tomando o cuidado de cortá-los em quatro, como seu neto preferia. Mais tarde, ela voltaria para casa com areia nos dentes e ainda a encontraria em meio à comida por uma semana.

A praia a fazia lembrar daquela cena de *Tubarão*. Crianças pequenas com chapéus batendo em baldes, gritando na parte rasa e tremendo enroladas em toalhas. Jenny havia assistido a *Tubarão* no Orpheus três anos depois de Bill sumir, e só Deus sabia por que ela se forçara a fazer aquilo. Coisas ruins saindo do mar, coisas com dentes que cheiravam a sangue.

Jenny não gostava de levar sustos. Era como voltar a ser criança, com medo do escuro e dos rangidos na escada; as sombras no jardim de sua mãe na Conferry Road, que se aproximavam a cada dia. Quando eram pequenas, Carol lhe contava histórias sobre vampiros, lobisomens e outras criaturas que ela inventava, sobre o ser enrugado que vivia embaixo da cama. Jenny achava que já havia coisas suficientes a temer naquela casa.

Por isso Carol tinha ido embora assim que pudera. Ela havia cortado os laços. Jenny, a mais nova, ficara mais tempo.

Hannah voltou com os sorvetes.

— Desculpe — disse. — Eles derreteram.

As casquinhas estavam encharcadas e verdes. Os netos tomaram o que ainda havia de bom e jogaram o resto na areia. Jenny sentiu os ombros arderem.

— Você não continua pensando naquilo ainda, não é? — perguntou Hannah.

— Não.

— Está paranoica.

— E daí se estiver?

Jenny olhou para o farol encoberto pela névoa, do tipo que cobre o mar depois que o mau tempo passa. Quanto mais observava a bruma, mais a torre se materializava. Ela sempre ficaria incomodada com o fato de aquelas duas cenas fazerem parte do mesmo mundo. Crianças em uma praia, tranquilas, tomando sorvete. E aquele lugar.

— Você acha que aquele homem está espionando você.

— Não, não acho.

Jenny foi para baixo do guarda-sol. Um casal passou pelas duas, a mão do homem na lombar da moça. Bill costumava andar ao lado dela com a mão em sua lombar. Pelo menos no início, quando ainda queria ficar perto dela.

— Você tem que parar de ficar encarando os outros, mãe. Não faz bem. E acenda alguma luz em casa. Estou cansada de chegar aqui e encontrar o lugar parecendo um mausoléu.

— Então não venha.

Hannah ficou quieta, irritada, por um minuto e depois disse:

— Do que tem medo, afinal? Ele só vai escrever o que você contar.

— O que isso quer dizer?

— Não sei. Estou perguntando.

Jenny abriu um buraco na areia com o dedo. Parecia mais frio sob a superfície.

— Pare de falar com ele — disse Hannah.

— Não posso.

— Por quê?

— Se ela falar — explicou Jenny —, eu vou falar.

Evitava dizer a qualquer custo o nome de Helen. Odiava ter que pensar nela, odiava a existência daquela mulher.

— Pelo amor de Deus...

Hannah se levantou num pulo e correu pela praia, até onde Nicholas havia caído no buraco feito por outra criança. Às vezes Jenny se arrependia de ter contado a Hannah sobre o caso de Bill, quando a filha ainda nem era adolescente. O certo teria sido guardar aquilo para si, para que a filha tivesse lembranças boas e perfeitas de um pai amoroso e carinhoso. Mas, depois de um tempo, Jenny não era mais capaz de se conter. Ela não podia contar para mais ninguém porque sentia vergonha.

Vistos de fora, ela e Bill tinham sido o casal perfeito, de causar inveja nos amigos. Depois que ele foi embora, parecia uma pena destruir aquela imagem. Uma tragédia além de outra tragédia.

Hannah voltou com uma criança chorando. Um gosto amargo tomou a boca de Jenny. Ela pensou no que Bill devia ter sentido ao comer aqueles chocolates.

— Quem liga para o que aquela vaca está fazendo? — disse Hannah, sentando-se ao lado da mãe. Ela protegeu os olhos do sol. — Era você quem realmente conhecia o papai, mãe.

Hannah pôs a mão sobre a dela, e Jenny ficou com medo de começar a chorar. Não teria mais ninguém, se Hannah descobrisse. Só queria dar uma lição em Bill. Lembrar a ele que devia ser fiel. Uma quantidade minúscula de alvejante — "quantidade limitada de vômito se consumido em pequenas doses" — disfarçada pelo sabor de sabonete da violeta.

Era culpa dela. Não havia se esforçado para se aproximar de ninguém durante anos, apenas se escondera comendo comida congelada enquanto assistia a reprises de *Blockbusters*. Julia e Mark eram bons para ela, mas Hannah era especial: quanto mais velha ficava, mais amigas elas se tornavam. Hannah acreditava que a mãe era a vítima inocente. Jenny não podia deixar que ela descobrisse que ambos os pais haviam falhado.

E agora aquele tal de Sharp forçaria a barra e investigaria até ela ceder. Ou talvez ele já soubesse. Talvez Helen soubesse; talvez Arthur tivesse escrito aquilo em um bilhete enviado da torre. A pior parte seria explicar para Hannah. Ela não podia.

— Vocês foram casados por catorze anos — disse Hannah. — Três filhos, mãe. Helen o conheceu pelo quê? Por cinco minutos, porra. Ela pode dizer o que quiser. Se remexer no que aconteceu está deixando você triste, então não faça isso. Quer dizer, vultos esperando em carros na frente da sua casa? Por favor...

Hannah estava certa. Mas, duas noites antes, Jenny havia sentido, *sentido* de verdade, alguém esperando na rua. E, claro, ao olhar por entre as cortinas, tinha visto um carro parado, com o motor ligado. Ficara ali por muito tempo, observando-a. Ninguém fora até ele; ninguém saíra dele. Momentos depois, acabou indo embora.

Jenny se levantou e sacudiu a areia da toalha, que voou de volta, pinicando suas pernas. Queria ir para casa, mas as crianças também iam para lá e ela teria que ligar o forno para preparar costeletas e descascar batatas, de forma que, no mínimo, ia perder *Neighbours*. Ajudou a arrumar as bolsas, chamou as crianças, limpou os pés delas... Enquanto isso, a Donzela se erguia de forma obscena às suas costas, sua companhia horripilante.

O intruso estava abrindo portas que ela precisava manter fechadas. Portas que ela havia passado anos bloqueando porque levavam para um lugar onde ela nunca mais poderia pôr os pés.

Já havia perdido o marido. Não ia perder a filha também.

19

JENNY

Não vejo isso como um problema, não saber. É bom não saber. Minha mãe sempre dizia: "Jennifer, você não sabe de nada." Ela fazia isso por maldade, porque era uma mulher má, mas, na verdade, isso me ajudou muito em toda a minha vida. O corpo de Bill nunca foi encontrado e, até isso acontecer, existe a chance de ele estar vivo. Contanto que haja uma chance, há esperança. Ela diminui conforme os anos passam, mas nunca desaparece totalmente.

Até a Trident House me mostrar o que sobrou do meu marido, não vou aceitar que ele esteja morto. Por que deveria? O desaparecimento dele foi como um truque de mágica. Ele poderia voltar da mesma maneira. Surpresa! Como aquele tal Paul Daniels da televisão. Não seria mais difícil justificar o reaparecimento de Bill do que o desaparecimento dele.

Escritores deveriam ter a mente aberta, não? Bom. Vamos ver.

Você deve se lembrar de que contei sobre o mau pressentimento de Bill. Ele tinha um sexto sentido; era esse tipo de pessoa. Sintonizado, como eu. Isso não me surpreende nem um pouco, levando em conta como a mãe dele morreu. Isso fez Bill acreditar — pelo menos, querer acreditar — que tinha vida além da pele e dos ossos que nos são dados nesta aqui.

Quando a gente começou a namorar, ele costumava deixar bilhetes para mim. Ele os colocava na minha carteira da escola, dizendo a que horas íamos nos encontrar. Tínhamos que fazer isso escondidos por causa da minha mãe. Carol já tinha ido embora, então éramos só minha mãe e eu em casa. Ela trancava a porta assim que eu entrava e não me deixava mais sair. Havia uma árvore no parque com um buraco no tronco, e era onde ele deixava os presentes. Um saquinho de balas de limão ou o anel de plástico que tinha comprado na feira. Ainda acho que algum dia vou encontrar um desses bilhetes de Bill embaixo do travesseiro ou apoiado na chaleira. No chalé onde a gente morava, segunda-feira, às quatro e meia, ele vai me encontrar lá.

Não estou dizendo que Bill está tomando sol em uma praia em algum lugar. Mas, se foi mesmo alguma coisa sobrenatural que o levou — ou melhor, que o pegou *emprestado* —, então essa coisa sobrenatural pode facilmente devolvê-lo para mim. É possível, e para mim isso basta.

Não confio em pessoas que dizem que nunca viveram nada que não podem explicar. Devem ser pessoas muito fechadas, e é um desperdício levar a vida pensando só no que está na nossa frente, sem considerar o que mais existe.

A gente tem que olhar além de tudo isso. Abrir um pouco a mente, se necessário.

Já ouviu falar do Homem de Prata? É meio que uma lenda de Mortehaven. Nunca o vi, mas muita gente que conheço já viu. Pessoas de confiança que você juraria que estão dizendo a verdade. Dizem que o viram vagando, claro como o dia, bem na frente delas, como se pertencesse àquele lugar.

Nossa, seus editores escolheram um cara esperto quando contrataram você, não foi? Porque ele era prateado, óbvio, os cabelos e as roupas. Até a pele era meio prateada, como a de um peixe. E o estranho nele, além da aparência, era que aparecia em lugares onde não podia ter aparecido. Como se tivesse chegado mais rápido do que poderia; como se houvesse mais de um vagando por aí. Algumas pessoas diziam que parecia que ele estava indo para o trabalho, porque carregava uma pasta também prateada. Outras o viam no fim da rua principal, depois entravam no carro e, minutos depois, ele aparecia na frente delas no alto de uma colina ou de um penhasco, a cinco quilômetros ou mais dali. Pat, do Seven Sisters, disse que uma vez o viu acenando para ela da ponta da praia, e se você conhecesse Pat saberia que ela é incapaz de mentir. Ele estava longe, carregando a pastinha prateada, e ela disse que foi como se lhe fizesse um convite para se aproximar porque, quando ela chegou mais perto, ele andou em direção ao mar e continuou andando até mergulhar e a cena acabar.

Isso mesmo, eu sou cristã, mas acho que, quanto mais a gente entende a religião, mais percebe que é tudo a mesma coisa. Céu e inferno; isso é sobrenatural, não é? Anjos e demônios. Arbustos em chamas. Mares se dividindo ao meio. Se a gente confia em Deus, precisa ter a mente aberta para as possibilidades do universo dele.

Existem mais coisas do que constam nos livros. Não é como se a ciência, com toda a sua inteligência, tivesse todas as respostas. Pense na Criação. A ciência repete as teorias sobre o Big Bang, mas não pode ir mais longe porque não há motivo para que qualquer uma das coisas necessárias para o Big Bang acontecer existisse. Todas as partículas e os átomos ou o que quer que tivesse que explodir, essas coisas não vieram do nada, não é? Bill dizia que é por isso que muitos cientistas acreditam em Deus. Eles sabem melhor do que ninguém que não dá para uma coisa surgir do nada.

Minha mãe acreditava nos dois. Quando eu era pequena, a gente tinha crucifixos e salmos pela casa toda. Para onde você olhasse, tinha um menino Jesus, não dava para fugir dele. Minha mãe acendia velas e mantinha as cortinas fechadas, então o interior da casa parecia uma capela, mas a gente também tinha sinos de vento e filtros dos sonhos, e às vezes ela consultava xamãs. Um deles se chamava Kestrel. Ele vinha até nossa casa e colocava as mãos na cabeça da minha mãe, falava umas bobagens e depois os dois iam para o andar de cima. Lembro que ele tinha uma tatuagem de duas penas cruzadas no alto das costas. Eu a vi um dia de manhã, quando entrei na cozinha de camisola e ele estava lá, fazendo torradas como se morasse com a gente.

Quando eu tinha nove anos, a Virgem Maria apareceu no nosso jardim. Ela surgiu, um dia, deitada de barriga para baixo no quartinho dos fundos, entre a geladeira e a pilha de sacos de lixo. Minha mãe disse que tinha caído do porta-malas de uma van na igreja, então ela a levou para casa para que nos protegesse, afinal, eu e Carol precisávamos de proteção. O fato de ter caído de uma van, agora que parei para pensar, foi só uma expressão, não foi o que realmente aconteceu, mas, naquela época, eu imaginava as portas da van se abrindo e uma Nossa Senhora em tamanho real caindo de cara no asfalto. Dava para ver onde ela havia batido: tinha uma rachadura em uma das bochechas. Minha mãe queria levá-la para dentro de casa, mas nunca fez isso, então eu saí e a coloquei de pé. A partir desse dia, toda noite eu me obrigava a abrir a cortina do meu quarto para vê-la ali parada, feito uma pessoa de verdade. Eu me assustava, achando que ela havia se movido, de um lado para outro do jardim, depois na minha direção, chegando mais perto a cada dia.

Apesar de minha mãe dizer que era religiosa, ela devia rezar para um Deus diferente do meu. Cá entre nós, a santa de gesso não foi a única a levar porrada.

Morar com ela me fez entender a diferença entre o bem e o mal. O fato de a gente nem sempre ver a diferença com os olhos... Tem que sentir, sabe, aqui. Para mim, existe luz e escuridão no mundo e é em torno delas que o mundo inteiro gira. Tem que existir luz para que haja escuridão e vice-versa. É como uma balança, que sobe de um lado e baixa do outro. Tudo depende do que tem mais quantidade: quanto mais luz a gente tem, mais difícil é para a escuridão entrar. E a luz de Deus é fácil; não é difícil de encontrar. Pode haver momentos na vida em que a gente recebe um pouco de luz, por exemplo, quando a gente ouve boas notícias ou algo legal acontece, e acho que é como acender uma lanterna. Tudo se ilumina enquanto a luz dura, mas não é para sempre. A luz de Deus dura.

Bill foi a única pessoa a quem confessei isso e muitas outras coisas. Quando noivamos, minha mãe disse que ficava feliz por ele estar me tirando de casa porque ela já tinha aguentado o máximo que podia. Tirando isso, acho que ela nunca dirigiu a palavra a ele. Na minha festa de casamento, ela se trancou no andar de cima do bar com uma garrafa de Jameson's, chorando e dizendo que eu ia abandoná-la.

Eu a abandonei, no final. Ela adormeceu no banheiro e eu a deixei lá, com a cabeça apoiada no porta-papel higiênico. Não falo com ela desde então. Não sei se está viva ou morta. Não perco tempo pensando nisso. Depois que Bill se foi, ela nem tentou entrar em contato comigo, apesar de todos os jornais terem noticiado o ocorrido, então não teria sido difícil. Mas não queria que ela me encontrasse, de qualquer forma. Estou melhor sem ela. Não é fácil afirmar que vivemos melhor sem a própria mãe, mas essa é a verdade no meu caso.

Nunca vou deixar que minhas filhas me odeiem como eu odeio minha mãe. Nunca vou ser uma mãe como ela. Ela não era mãe; essa é uma palavra sagrada e ela não era uma mulher sagrada, apenas uma pessoa que me colocou neste mundo e depois lavou as mãos, se livrando de qualquer responsabilidade sobre mim.

O destino me levou até Bill. Eu estaria em um abrigo, ou moraria na rua, se não fosse por Bill e pelo emprego dele no farol. Agora você entende por que ele nunca teria deixado aquela torre por vontade própria? A gente tinha chegado mais longe do que o esperado. É por isso que sei que outra coisa aconteceu.

Eu sabia quando a sensação ruim o vencia. Ele parava de comer e dormir. Acordava às cinco da manhã; eu o ouvia engolir em seco no escuro. Ficava deitado ali, imóvel. Se eu dissesse alguma coisa, se falasse "Bill, meu amor, você está acordado?", ele não respondia, e era aí que eu percebia que havia uma nuvem o encobrindo.

Quando ele falava comigo, o que não era comum, eu sempre ouvia. Ele nunca teve isso. O pai e os irmãos viviam zombando dele, e se tem algo que Bill odeia é ser ridicularizado. Ele seria outro homem se tivesse crescido com a mãe. Por outro lado, eu não ia querer outro homem, então é um problema que prefiro não questionar muito.

Você acredita em coincidências? Deve acreditar. Tem uma enorme no final de *Arco de Netuno*, com aqueles dois personagens entrando no mesmo hotel. Quais são as chances de uma coisa dessas acontecer? Você poderia ter achado outra maneira de criar o encontro, mas não achou. Talvez a gente não seja tão diferente, no fim das contas.

Bom, aqui está outra para você. Você sabe que a luz estava acesa na noite anterior ao sumiço de Bill, a noite do dia 29. Os jornais falaram muito disso na época porque significa que, o que quer que tenha acontecido, foi na manhã seguinte, antes de o barco de Jory Martin ter saído. Significa que havia alguém lá, pelo menos um deles, pelo menos *alguém*, acendendo a luz e cuidando dela durante a noite. E eles simplesmente desapareceram pouco antes de o barco chegar?

Acho que coincidências assim não acontecem sem que haja alguma coisa por trás. Isso faz a gente pensar que, se ao menos o barco tivesse chegado mais cedo, se o barqueiro tivesse enfrentado o clima ruim... O que deixa tudo ainda mais cruel. E, no fim, se resume a isto: se você acha que coincidências existem. Será que é só o jeito que o mundo funciona ou é alguma outra coisa? Para mim, está claro qual é.

Quem conhece um pouco sobre trocas de turno sabe que, quando chega o dia, todo mundo sintoniza no rádio, ansioso para saber se vai voltar, e fica discutindo se o barco vai partir ou não. Sendo que, naquele dia, eles não conseguiram falar com ninguém. Ficaram ligando do continente, mas ninguém atendeu. O engenheiro registrou danos causados pela tempestade, mas não aceito isso nem por um segundo. O transmissor quebrou no instante em que três homens desapareceram da face da Terra? Tem que ser idiota para cair nessa.

No fim das contas, as pessoas não continuariam falando sobre a Pedra da Donzela se não houvesse nada de estranho nessa história. Nada sobrenatural. Elas não falariam se fosse o mar, como Helen diz, ou um surto do substituto.

Algumas pessoas disseram que viram luzes no céu na noite anterior ao desaparecimento de Bill. Luzes vermelhas que pairaram sobre a torre antes de voarem para longe. E capitães de navios disseram que viram um faroleiro acenar para eles do mezanino, apesar de ninguém morar lá há anos. Ou as aves... Você deve ter ouvido falar delas. Pescadores que juram ter visto três aves brancas pousadas nas pedras, na maré baixa, ou voando em torno da luz quando o tempo estava ruim. Os mecânicos que fazem a manutenção lá falam a mesma coisa. Puseram um heliponto no alto da lanterna, para que não tivessem que tentar chegar do jeito tradicional. As aves ficam pousadas lá, esperando por eles. Não se assustam com o rotor nem com o barulho, ficam só encarando os sujeitos.

É por isso que a história do mecânico me incomodou. Todo mundo diz que isso não aconteceu, que não havia ninguém lá, a não ser os três. A Trident descartou a ideia junto com os outros boatos. Disseram que era tão inacreditável quanto a história dos capitães que diziam ter visto um fantasma. Mas tudo depende do que você acredita. Como eu já disse, acredito nas hipóteses.

Foi o mau pressentimento de Bill. Foram as luzes no céu, as aves, o transmissor, a coincidência. Talvez tenha sido algo em que ainda não pensei porque, como minha mãe dizia, não sei de nada. Tudo que sei é que nada sei.

20

Church Road, 8
Towcester
Northants

Helen Black
Myrtle Rise, 16
West Hill
Bath

18 de julho de 1992

Querida Helen,

Podemos nos encontrar? É importante. Meu novo telefone segue abaixo. Preciso falar com você pessoalmente. É sobre o Vince e o que aconteceu. Me ligue quando puder. Por favor.

Michelle

V

1972

21

ARTHUR

Canção triste

Vinte e três dias na torre

Quando estou no continente, Helen e eu nos revezamos para lavar a louça, e, quando é minha vez, faço a tarefa o mais rápido possível. Depois, posso ver um episódio de *Paul Temple* na TV, ou, se for uma noite de tempo bom, caminho pelo trechinho entre os chalés e a beira do penhasco, olho para o farol e sinto falta dele.

Aqui, isso é um ritual, uma tarefa para matar o tempo, porque meu tempo não precisa estar em nenhum outro lugar. Posso lavar a louça com um cigarro pós-jantar na boca e, de vez em quando, alguém segura um cinzeiro embaixo dele para as cinzas caírem. Senão elas caem na pia e eu tenho que pescá-las e recomeçar tudo.

Apesar dos cigarros, levamos a limpeza a sério. Pergunte a qualquer um de nós e diremos que não nos preocupamos muito com isso em casa, em parte porque na maioria das vezes as esposas cuidam dessas coisas (Helen não, mas é disso que gosto nela), e em parte porque em casa não é importante. Quando a gente mora em uma torre, não há muito espaço, então tudo precisa estar impecável. Dá para almoçar no chão aqui, em qualquer superfície. Por isso, se deixo a cinza cair na louça, esvazio a pia e lavo tudo de novo.

É um bom lugar para passar meia hora, em frente à janela, olhando para o mar, límpido e prateado como papel-alumínio. Antes disso, já lavei os pratos duas vezes porque o tempo estava bom.

— Você lê poemas? — pergunta Vince, fumando à mesa enquanto joga paciência e escuta "Supersonic Rocket Ship" no toca-fitas.

— Às vezes.

— Dizem que existe um poema para tudo o que acontece na nossa vida.

— Deve ser verdade.

— Mesmo quando a gente não tem muita coisa para fazer.

— Não, não tem muita coisa.

Ele está esperando que eu zombe dele. Mesmo quando a gente tem um sonho aqui e quer falar sobre isso, é chamado de idiota sentimental. Mas Vince não é o que a gente imagina. Bandas de rock, canetas e cigarros, é disso que ele gosta. The Kinks, Deep Purple, Led Zeppelin, T. Rex. Bill e eu não ligamos para música; ficamos satisfeitos com o rádio da cômoda que, em um dia bom, pega *I'm Sorry I Haven't a Clue* na Rádio 4. A recepção falha, mas ouvir a voz de Barry Cryer nos faz lembrar que existem outras pessoas e outras vidas acontecendo lá fora. Por algum motivo, nem sempre quero ouvir o programa, mas, quando isso acontece, não peço a Bill que desligue; só vou para outro canto.

— De quem você gosta, então?

— Do Thomas, com certeza — respondo. — *Não adentre a boa noite apenas com ternura.*

— Não conheço.

— Deveria.

— Vários desses caras são poetas — diz ele. — Davies e Bowie e tal. As coisas que eles compõem, a melodia é só uma parte, as letras se destacam sozinhas.

— Bob Dylan.

— Exatamente.

— Você já leu Walt Whitman? *Fora do berço, balançando sem parar... Fora da meia-noite do nono mês.*

— O que isso significa?

— Pouca coisa, sem o resto. Mesmo assim, o que importa é o que significa para você.

— Minha garota em casa — diz Vince. — Escrevi uns versos para ela.

— E o que ela achou?

— Mulheres gostam de poesia. — Ele sorri. — Então isso acabou me trazendo uma coisa bem legal, se é que você me entende. Eu comecei dentro da minha cabeça. As noites na prisão passam devagar. Eu tinha umas ideias e elas se encaixavam aqui e ali, algumas vezes muito bem. Acho que ajuda pegar o que está na nossa cabeça e pôr no papel. Aí a gente pode olhar e constatar que parece menor do que antes.

— Eram sobre o quê?

— Você teria que me dar uma bebida para descobrir.

— Você me mostraria algum?

— Talvez — diz ele. — Já que é você.

— Ótimo.

— Devem ser uma bosta. São meio doidos, mas acho que você vai entender. É justamente por isso que você vai entender. Não quero ficar guardando as coisas. Não é bom ficar guardando as coisas.

— Não.

— A gente tem que pôr para fora.

— Quando você quiser, Vince. Você sabe disso.

— Obrigado, Sr. Faroleiro-Chefe. Mas não conte para o Bill, está bem?

— Sobre os poemas?

— É.

— Tudo bem.

— Não fazem o estilo dele.

— Como você sabe?

— Simplesmente sei. Ele ia criticar tudo. Não ia ser intencional, mas ele não ia conseguir deixar de fazer isso.

Vinte e quatro, vinte e cinco, vinte e seis dias

Sóis e luas nascem. Lâmpadas são acesas e apagadas. Estrelas balançam na tela noturna, padrões antigos reordenados, a panela inclinada, o caranguejo de cabeça para baixo, Escorpião, Mazarote e equinócio. Ondas provocadas pelo vento cavalgam, bolhas e espuma, depois uma grande calmaria; mar infinito, mudando de humor rapidamente, sussurrando e assoviando sua canção triste, canção da alma, canção perdida, desaparecida, mas nunca por muito tempo, retomada até ganhar velocidade e, no centro dela, nossa Donzela, enraizada como um carvalho de cem anos, acocorada sobre as rochas.

Grande ondulação, dia claro, lubrificar a lança de névoa e limpar as lentes. O gosto do bife enlatado é melhor do que o cheiro, e eu fotografo o céu e o mar com a Nikon porque os dois se fundiram. Um caça da Força Aérea Britânica passa a cerca de quinhentos metros de distância, na altura da lanterna. Eu aceno, mas ele não vê.

Dormir ou tentar dormir. No escuro abafado, lá vêm os aviões de novo, mas não passam por nós, segundo Bill, foi só aquele. Preciso dormir. Não durmo, então horas se tornam dias sem que eu sequer note, dias se tornam noites, risco-os no calendário para que a gente não se perca, é hoje, é amanhã, é a meia-noite do nono mês de Whitman.

Sexta-feira. Um barco passa. Turistas dão a volta na torre, gritando Olá, tem alguém aí em cima? Eles ficam malucos nessa época do ano, todos cobertos com chapéus e cachecóis, mas, se um pescador está disposto a fazer isso, então boa sorte para eles. Para os turistas, somos uma novidade. Vão para casa no Natal?, gritam eles. Com o barulho das ondas nas pedras, não sei bem se estão perguntando ou afirmando. Seja como for, só um de nós vai. Bill está pronto; ele vai estar pronto até lá.

Dá para ver isso em um homem, depois de um tempo. Já foram quarenta dias para Bill. Ele vai precisar esticar as pernas e abraçar a esposa e os filhos. A gente vê isso em um amigo, quando está chegando o momento em que ele esquece tudo isso, quando esquece que existe vida lá fora e que aquela parede não é o fim do mundo. Bill fica cruel e perde o senso de humor; é assim que a gente sabe que quarenta dias se passaram. São sempre quarenta dias.

Vinte e oito dias

Uma faixa de tinta branca no chão do depósito de óleo precisa ser repintada, então passo uma hora cuidadosamente fazendo isso, deixando a linha perfeita e melhor do que antes. Quando termino, limpo os pincéis no atracadouro até parecerem novos. Várias vezes penso que tenho que pintar o chalé em terra, mas não me interessa muito, e de vez em quando a Trident manda um cara até lá para isso. Aqui, procuro coisas que precisam ser feitas, mesmo que possam durar um pouco mais de tempo sem parecer abandonadas. Conserto ou melhoro na hora o que quer que seja.

Antes desse emprego, eu e Helen morávamos em um albergue em Tufnell Park. Nas manhãs de domingo, eu saía para comprar o jornal e levava para ela um pãozinho da padaria da esquina. Ela comia na cama, os lençóis emaranhados em suas pernas, e depois recolhíamos as migalhas, tomávamos café preto instantâneo e saíamos para caminhar por Hampstead Heath. Fico imaginando como seria nossa vida se tivéssemos permanecido lá. Helen seria mais feliz. Não pensaria que desistiu da própria vida pela minha porque é assim que ela se sente, e uma ou duas vezes já disse que poderia muito bem ter se casado com um soldado.

Sinto anseios e arrependimentos no turno do meio. Certa vez, ouvi uma história sobre um faroleiro que tinha uma paixonite por uma menina da cidade onde nascera. Eles ficaram indo e vindo o verão todo e ele não sabia como estava a situação até o barco chegar um dia e ela aparecer, parada na proa, as pernas enfiadas em cordas e coletes salva-vidas, e gritar que o amava. Os colegas que estavam comigo, a gente se mijou de rir, já que é isso o que fazemos quando tem a ver com sentimentos, romance ou qualquer coisa assim. Mas, particularmente, eu não pensava desse jeito.

Não é fácil para algumas pessoas revelarem o que sentem. Não é fácil para mim.

Pensei em fazer isso pela Helen, mas não funcionaria tão bem se eu estivesse indo para o continente, além disso, não confio em barqueiro nenhum. Pensei demais naquilo e, então, a ideia começou a parecer idiota. O tipo de coisa que a gente faz aos vinte e cinco anos, não aos cinquenta. Chega um momento em que coisas demais já aconteceram. Chega de pensar em águas passadas.

Entro para tomar banho. Vince está na sala, ouvindo seus discos, e eu o chamo, o vento está mais forte, mas ele não escuta e não é importante o bastante para repetir. O banho é na cozinha, um balde de estanho e uma flanela. Fico lá de cueca e me ensaboo o mais rápido que consigo. Não é agradável, só funcional. Depois me seco, me visto e imediatamente faço uma xícara de chá, porque estou com frio e com o cabelos molhados.

Minha primeira lembrança tem a ver com cabelos molhados. Minha mãe enxugando minha cabeça com gestos firmes, a praticidade brutal com que as mães cospem nos próprios dedos para limpar bocas sujas com impaciência e preocupação. Mais tarde, ela passou a fazer isso pelo meu pai. Ele tinha se tornado uma criança na época, então deixei de ser uma. Cresci e o superei.

É um sacrifício erguer o balde até o buraco na parede e esvaziá-lo pela janela, então subo no mezanino e faço isso de lá, mas, enquanto eu o viro por cima da grade, um vento a noroeste surge do nada e me joga para o lado. Quase solto o balde, o que me faria passar o Natal pedindo desculpas para os outros — desculpe, gente, infelizmente não temos mais banheiro —, mas consigo me segurar e fico encharcado com o esforço. Minha calça e a parte de baixo do meu pulôver estão bem molhadas.

O vento está congelante; os nós dos meus dedos, rosados e rachados na beira do balde. Volto depressa para dentro e desço até o quarto, deixando o balde no lugar antes de me trocar.

Bill está dormindo com a cortina aberta. Ele está de lado, então consigo distinguir o contorno de sua orelha e o músculo forte do ombro. Sempre considerei Bill um cara fraco, pequeno e inconstante, feito um ladrão no metrô. Mas recentemente ele encorpou. Ou será que sempre foi assim? Às vezes, quando olhamos para um homem, o vemos com novos olhos: a proximidade nos enganou e nos fez pensar que era alguém diferente.

Ele ronca suavemente. Às vezes, percebo quanto tempo passo com homens que não são nada parecidos comigo. Em casa, não faço amigos com facilidade. Não levo jeito para isso. Pessoas vêm e vão; não há tempo; não encontro uma forma de me aproximar. Aqui, isso não é uma escolha. Aprendemos a viver juntos em uma coluna estreita e sem saída. Homens se tornam amigos e amigos se tornam irmãos. Para filhos únicos, é a melhor situação possível. Quando eu era pequeno, nos chamavam de "crianças solitárias". Achei que era isso mesmo até completar catorze anos e ver o termo correto em um panfleto médico.

Me movendo sem fazer barulho, pego um pulôver no armário, mas era minha última calça, então acho que Bill não vai se importar se eu roubar uma dele. Somos mais ou menos do mesmo tamanho, se eu não usar cinto. A minha vai demorar um tempão secando e só temos o fogão para isso.

Quando visto a calça, por força do hábito, tateio os bolsos. E, ao fazer isso, minha mão encontra um objeto familiar. De início, não sei direito o que me é familiar nele — o que, exatamente, estou sentindo —, mas sei que o conheço.

Quando pedi Helen em casamento, não pude comprar um anel. Pelo menos não o que ela merecia, uma safira de Hatton Garden encaixada entre dois diamantes. Precisei de mais cinco anos e um empréstimo considerável no banco até conseguir. Mas, semanas antes, tínhamos feito uma viagem e ela vira um colar de que gostara em uma barraquinha. Não era nada especial. Uma corrente de prata lisa com um pingente em forma de âncora. O colar tinha me custado dez libras. Apesar de o anel que ela usa valer muito mais do que isso, a corrente sempre teve mais significado.

Helen acha que não notei que ela parou de usá-la. Mas eu reparo em tudo que ela faz, em tudo que mudou, quando volto para o continente.

Eu devia ter mandado um barco para ela, penso, a corrente com a âncora passando pelos meus dedos nos momentos finais de uma vida que é minha, com uma esposa que reconheço. Eu devia ter mandado um barco para ela com uma mensagem gritada da proa. Para que ela soubesse.

Na escada, sob a luz úmida do dia, tiro o colar do bolso da calça de Bill e o observo, depois olho para Bill, tentando entender o que para qualquer outro homem seria óbvio, mas para mim é um segredo impossível, uma mentira devastadora, a série de acontecimentos que devem ter se desenrolado e sobre os quais eu não sabia.

Constelações mudaram. O céu caiu. O homem que pensei ser meu amigo.

22

BILL

Homem prateado

Tubarões são telas em branco. Por isso nos dão medo. São torpedos de gordura fatiados na altura das guelras, equipados com dentes. Gordura e dentes, é isso. Agulhas em uma tigela de coalhada.

Vi um certa vez. Eu estava sentado pescando quando de repente lá estava ele, um grande losango cinza vindo em minha direção pela água, feito uma das pílulas que Jenny me dá quando não consigo dormir. Puxei rapidamente a linha, mas tudo que ele fez foi circundar a torre algumas vezes e depois nadar para longe. Achei que fosse um tubarão-elefante, mas Arthur disse que era um branco. Arthur entende mais dessas coisas. Os faróis vizinhos também o viram.

Quando cheguei em casa e contei para Jenny, ela me agarrou, o hálito azedo de vinho, e disse: "Bill, me prometa que nunca mais vai pescar naquele atracadouro." Então, à noite, ela me procurou com um olhar arrependido e sugestivo.

Não contei a ela que eu não sentira medo do tubarão, mas admiração. Se ele tivesse família, já a teria deixado para trás. Se tivesse uma esposa, já a teria devorado.

Quarenta e cinco dias na torre

O vendaval nos atinge no meio da semana. Às vezes vejo que o tempo vai virar, nuvens pesadas marchando até a torre e o mar se preparando para fazer o de costume, mas, outras vezes, a chuva e o vento nos atacam do nada. Antes que eu perceba, estou tomando café da manhã na cozinha com a chuva batendo na janela.

"Porra", comenta Vince, um sujeito que normalmente age de maneira despreocupada.

Mas notei que ele está emendando um cigarro no outro. Mesmo com as venezianas fechadas, o barulho é ensurdecedor. A chuva lava o vidro e o mar está claro como se alguém tivesse derramado leite nele. A torre balança, vibrando da base ao topo, uma sensação estranha, como se tivéssemos sido pegos por uma corrente elétrica, ondulando da base até a sola dos nossos pés, saindo pelo topo da nossa cabeça e subindo. Pedregulhos batem a oitenta quilômetros por hora. Nem acredito que vamos ficar de pé.

Arthur está lendo uma edição antiga da *National Geographic*. Não está preocupado. Depois do que aconteceu com ele, é improvável que tenha medo de muita coisa, no longo prazo. Por isso não me sinto culpado. Helen também não deveria. Ele já passou pelo pior.

Normalmente, com um tempo desses, Arthur diz alguma coisa para nos tranquilizar, como tudo o que os engenheiros aprenderam no Smeaton e em todos os faróis que foram construídos por centenas de anos, caíram, foram reconstruídos e caíram, até que soubéssemos fazer as coisas direito, com encaixes, juntas de metal e granito encravado na rocha.

Tudo o que isso faz é me menosprezar. Faz com que eu me sinta como o novato que ele pescou do atracadouro naquele dia. Arthur sabe mais. O que eu sei?

No entanto, hoje ele não fala nada. Continua lendo a *National Geographic* e olha uma vez para Vince para dizer sim, por favor, uma xícara de chá. A revista deve ser de 1965, pelo menos. O relógio não para. Onze horas e quatro minutos. Os cigarros são fumados e tudo continua.

Meio-dia. O turno da tarde é do faroleiro-chefe. A arma de névoa é ensurdecedora. Dá um trabalho horrível operá-la; qualquer um imaginaria que quebraria a monotonia, mas tudo o que precisamos fazer é nos sentar à porta e pressionar o êmbolo, e o que pode ser mais monótono do que isso? Com a visibilidade baixa, quem quer que esteja de plantão deve ficar sentado, apertando a droga do êmbolo a cada cinco minutos por horas seguidas. Os outros dois têm que ficar ouvindo, comendo ou tentando dormir, sempre com as explosões soando doze vezes por hora. A Trident House nos dá protetores de ouvido, assim como fazem com as famílias que moram em faróis em rochas ou no continente, mas ele é um problema por si só. Não dá para fazer nada com os disparos. Não dá para pensar direito.

Só ajo quando tenho que voltar para o mezanino, desacelerar o canhão e recarregá-lo. Não gosto de sair quando o mar está muito agitado e o vento dando gritos tão agudos que fazem meus ouvidos doerem. Mesmo quando estou em terra, ainda ouço o vento afunilado na minha cabeça, suspirando e chiando em um dia bonito ou gemendo em um vendaval. Mas Arthur gosta. Ele gosta de ficar no mezanino, de vê-lo em movimento. Está na lanterna agora, em uma das cadeiras da cozinha, o polegar no gatilho.

— Tudo bem, Bill?

A buzina toca. BURRRRRRRRR.

— Trouxe chá — digo, deixando a xícara aos seus pés.

Ele não está usando sapatos e suas meias são de pares diferentes. Ele não agradece. Apenas continua olhando para o mar.

— O que tem para o jantar? — pergunta, alguns instantes depois.

Paro na escada e ponho as mãos nos bolsos.

— Bife com feijão.

— É um bom dia para isso.

— Em terra seria melhor.

Arthur acende um cigarro.

— Falta pouco para você, cara.

— Treze dias.

Treze dias até eu voltar a vê-la. O cheiro dos cabelos dela, de cravo. A primeira vez que os lábios dela tocaram os meus, um floco de neve passando por um feixe de luz.

— O que você vai fazer quando voltar? — pergunta ele.

— Tomar uma cerveja. Dormir em uma cama decente.

BURRRRRRRRR.

— Diga oi para Helen por mim, está bem?

— Eu sempre digo.

O faroleiro-chefe passa o polegar pelo êmbolo.

— O que tinha no pacote?

— Hã?

— Da Jenny, o pacote que Vince trouxe.

— O de sempre. Uma carta. Chocolates.

Eu poderia fumar, mas não trouxe cigarro e Arthur não está muito a fim de dividir. Ele fica assim com esse tempo. Atordoado. Meio distante. Como o velho que é.

— Eles fazem com que eu me sinta culpado — digo. — É por isso que ela manda.

— Jenny é uma boa esposa. Helen nunca faria isso.

BURRRRRRRRR.

— Isso o quê?

Eu sei de tudo que Helen faz. Ou que eu gostaria que ela fizesse e que ela vai fazer por mim, logo mais, quando aceitar que não deve nada a ele.

— Ser uma boa esposa — responde Arthur. — Não para mim.

Ele poderia ver agora se olhasse para mim, mas não faz isso.

Helen diz que ele nunca olha para ela. Se fosse minha, eu nunca tiraria os olhos dela. Já faço isso. Discretamente. Quando Jenny não está vendo. Fico esperando a porta da frente do Almirante abrir, Helen sair e vasculhar a bolsa em busca da chave da casa. Seus olhos atravessam o vidro; ela me diz oi, que não esqueceu, que está pensando em mim tanto quanto estou pensando nela. Quer que a gente fique junto o mais rápido possível. Então Jenny grita comigo da cozinha por não ter ficado de olho no bebê, que deixou o ovo mexido cair no chão.

Desde que Arthur se tornou meu faroleiro-chefe, tudo está bem ali, na cara dele. Helen disse que eles não se tocam. Não conversam. Ainda assim, ele nunca suspeitou de nada.

Não dá para evitar alguns sentimentos. Eu disse isso para Helen da primeira vez, enquanto ela estava parada ao lado da máquina de lavar, antes de nos despedirmos. Eu disse: "Simplesmente não consigo evitar." Não tem nada a ver com Arthur, e se ele não fosse casado com ela o problema nem existiria. Mas ele é. Os dois se casaram quando eu ainda usava calças curtas e meu pai se sentava na beira da minha cama e passava o cinto pela palma da mão.

— Jenny poderia ser mais independente — digo. — Igual a Helen.

É um desafio dizer o nome dela em voz alta, na frente dele. Quero continuar fazendo isso.

— Você gosta de mulheres independentes, Bill?

— São melhores do que a outra opção.

— Será?

— Daquela vez que saímos em Mortehaven. — Estou forçando a barra, só para ver no que dá. — Era aniversário de Helen. Ela estava usando o vestido azul que tinha comprado em Londres. Nós conseguimos uma babá, fomos ao Seven Sisters e dividimos aquele prato de peixe.

— Eu comprei aquele vestido para ela.

— Ficou bem nela.

— Ainda fica.

— Helen reclamou do vinho. Mas isso não impediu Jenny de beber. Quando voltamos para casa, Jenny estava chorando. Disse que se sentia feia e burra perto de Helen. Falei que, se ela não tivesse bebido tanto, talvez não se sentisse tão mal por causa daquilo.

— Ela é ciumenta.

— Ela é uma bêbada.

— Por que ela bebe?

— Sei lá. Seja por qual motivo for, é uma bomba-relógio. Quando chego em terra, não sei o que esperar.

— Nem ela — diz Arthur.

— Como assim?

— Helen já me disse que é como se um estranho voltasse.

— Eu?

Arthur finalmente me encara. Já está fumando o filtro, a parte difícil, azeda.

— Não — responde. — Eu.

BURRRRRRRRR.

— O chá está esfriando — digo, recuando.

— Durma um pouco, Bill.

Ele apaga o cigarro e vai recarregar.

Quarenta e seis dias

Faltam duas horas para o meu turno. Estou sentindo aquele embrulho no estômago, ou será que é só uma versão mais intensa do que já está lá, a náusea que me deixa no limbo? Nem em terra nem no mar, nem em casa nem longe, entre tudo, mas não sei onde, simplesmente flutuo. Helen me diz para não pensar nos lugares ruins. Às vezes não consigo evitar.

Conto a ela coisas que nunca disse à minha esposa.

Que o vi quando tinha doze anos. No banco do carona do carro da minha vizinha, a Sra. E; o filho dela era da minha turma, um bostinha, para ser sincero. Meus cabelos ainda estavam molhados da natação. Eu estava pensando na lata onde meu irmão escondia os cigarros, no baú de armas do meu pai. Ia pegar um e fumar na varanda antes que eles voltassem.

Ao pé da colina, havia uma curva acentuada que descia para Mortehaven. A Sra. E reduziu a velocidade do carro até quase parar e, quando fez isso, um homem atravessou a rua na nossa frente. Sua aparência era tão estranha que absorvi cada detalhe dele. Tinha cabelos grisalhos e carregava uma pasta. Usava óculos escuros, embora fosse fevereiro e fosse inverno. Percebi que suas roupas não combinavam com a época. Era o início dos anos 1950 e o estilo do terno, tão prateado quanto os cabelos, era, mesmo para o que meu pai chamava de "cérebro de menino burro", antiquado, talvez dos anos 1920. O sujeito parecia relaxado, mas decidido, como se alguém o estivesse esperando em algum lugar, mas ele ainda tivesse tempo para chegar.

O homem desceu por uma rua lateral. Seguimos em frente. A Sra. E dirigia o carro feito uma senhorinha de noventa anos, piscando e contorcendo o rosto, o nariz colado ao para-brisa. Cinco minutos se passaram, uma distância razoável de carro, então não acreditei quando passamos pelos correios e o mesmo homem atravessou a rua na nossa frente. Mais uma vez da esquerda para a direita. Mais uma vez os cabelos e o terno estranhos, os óculos escuros e a pasta. Ele saiu de repente da cerca viva, e a Sra. E teve que desviar para o acostamento e buzinar inutilmente. Ele não nos viu. Não reparou no carro nem no fato de que quase tinha sido atropelado. Não pareceu notar a gente.

Não era possível que houvesse chegado lá antes da gente. Mesmo que tivesse ido de carro, ônibus ou bicicleta, ele não poderia ter nos ultrapassado — nada tinha nos ultrapassado —, e não havia outra estrada para Mortehaven. Ele não poderia ter caminhado; mal teria passado da colina. A menos que tivesse um irmão gêmeo, vestido da mesma maneira, que andava do mesmo jeito, então tudo bem; mas, no fundo, eu sabia que não era essa a questão. A questão é que não só tínhamos visto o mesmo homem, mas *o mesmo momento*: sua passagem da esquerda para a direita, o ângulo de sua cabeça, o balanço da pasta, o sol de inverno refletindo em seus óculos, até o mesmo número de passos, como se não estivesse na rua, e sim em outra superfície invisível, transposta sobre a rua feito uma fotografia mal revelada.

A Sra. E se virou para mim e perguntou:

— O que foi aquilo, meu Deus?

Aquilo. Não ele.

Até hoje, não sei responder à pergunta dela.

Nunca contei isso ao meu pai. Nunca contei aos meus irmãos. Nas semanas seguintes, o estranho com a pasta foi desaparecendo aos poucos da minha cabeça. Eu nem mencionei isso quando a Sra. E morreu, do nada, em um dia em que tinha saído para comprar o *Valley Echo* para o marido. O jornaleiro disse que ela parecia curiosa, como se tivesse reconhecido alguém pela janela. O jornal caiu no chão.

Só agora, vinte e três anos depois, sentado em um farol, assistindo a *Coronation Street* na televisão enquanto dois andares abaixo Vince faz um ensopado de couve-flor com um cheiro horrível, penso nele outra vez. Tenho tempo demais para pensar aqui; era com isso que meu pai não contava. Depende de quem você é, se vai deixar sua mente enganá-lo. Assombrações que nunca o abandonam.

Menino fraco, menino inocente; quanto antes você for para os faróis, melhor.

A lua pálida apareceu pela janela. Lua estranha. Pensamentos estranhos. A lua aqui é tão clara que dói. Diferente de todo o resto, ela é mais clara do que deveria ser. Imagino que a lua é o sol e que o mundo todo está de cabeça para baixo.

Desta vez, sou eu que estou com o terno prateado. Sou eu que atravesso a rua; sinto as curvas da pasta, o peso de coisas misteriosas dentro dela, e olho para o carro, para o menino no banco do carona de um Sunbeam-Talbot, e digo a ele:

Fuja.

— Bill?

Arthur está à porta. Com uma faca de cozinha na mão.

— Desculpe. Eu apaguei. Porra. Que horas são?

— Sete. — Ele aponta a faca para mim. Ela brilha. — Pode me ajudar, se quiser.

23

VINCE

Marcas da feitiçaria

Quinze dias na torre

Guarda Costeira de Hart Point chamando o grupo, na escuta, câmbio?

Hart Point, Tango, caindo. Hart Point, Foxtrot, caindo. Hart Point, Lima, caindo. Hart Point, Uísque, caindo. Hart Point, Yankee, caindo.

Tango, Tango, olá de Hart Point, como está a recepção, por favor, câmbio?

Hart Point, Tango respondendo, na escuta alto e claro e está uma bela tarde também, você me escuta, câmbio?

Ouvindo bem, Tango, obrigado, realmente o dia está bonito. Hart Point para Foxtrot, Hart Point para Foxtrot; boa tarde, na escuta, câmbio?

Foxtrot, Foxtrot para Hart Point, boa tarde de todos nós, claramente na escuta, câmbio.

Entendido, Foxtrot. Aqui é Hart Point para Lima, na escuta, câmbio?

Lima para Hart Point, ouvindo alto e bom som, olá para o grupo, aqui é Lima para Hart Point, nada mais a relatar, obrigado, câmbio.

Obrigado, Lima. Uísque, aqui é Hart Point para Uísque, na escuta?

Uísque, Uísque para Hart Point, na escuta, Steve, câmbio.

Obrigado, Ron. Hart Point para Yankee, Hart Point para Yankee; boa tarde, na escuta, câmbio?

Yankee, Yankee para Hart Point, aqui é Vince, feliz por ouvir a voz de vocês, recepção boa em ambos os comprimentos de onda, ouvindo bem, obrigado, câmbio.

Obrigado, Vince. Boa tarde para o grupo, Hart Point, câmbio, desligo.

Dezesseis dias

Roubei uns chocolates que a esposa de Bill mandou. Consegui ontem à noite enquanto ele via televisão. Confesso que, de vez em quando, dou uma olhada nas coisas deles para ver se tem algo que me agrada, e se tiverem bastante, achado não é roubado. Mesmo que Bill notasse, acho que ele não se importaria. Ele não fala da esposa com muito carinho.

— Espere até estar casado por metade da vida — diz, sempre que menciono Michelle. — Não é a mesma coisa depois que você põe uma aliança no dedo dela.

Estou no atracadouro com minha vara de pescar; é improvável que eu fisgue alguma coisa, mas nunca se sabe, escamudo ou cavala seria bom. Esfrego com um pouco de alho, como Bill me mostrou, e um pouco de salsinha seca. Pode ser que ainda tenha um limão sobrando. As pontas dos dedos fora das luvas estão doendo de tão geladas, então é um saco pegar os chocolates no bolso, mas vale a pena.

Cobertura escura, creme de lilás por dentro, um gosto salgado na língua depois que engulo. Eu me pergunto se algum dia vou ter uma mulher que faça coisas assim para mim, só porque ela pode, só porque quer. Antes de vir para cá, Michelle e eu conversamos sobre continuarmos juntos e não colocar mais ninguém no meio. Penso mais nisso do que ela, afinal, o que eu poderia aprontar neste rochedo isolado com outros dois caras? É ela quem está solta na cidade, com boates e aqueles cílios. Quando ponho "Waterloo Sunset" para tocar, nos vejo andando pela ponte Waterloo e ela se virando para mim e dizendo: "Nunca conheci tão bem um homem sobre o qual não sabia nada." Ela não deveria se importar com isso. Ninguém sabe. Nem mesmo o faroleiro-chefe e Bill, e eu passo o dia todo com eles. Tudo bem. O que mostro às pessoas e o que sou são duas coisas diferentes. Não é assim com todo mundo?

O importante na pesca é tanto ficar ali sentado quanto sentir um puxão na linha, mesmo com o frio intenso, o casaco puxado até as sobrancelhas e as bolas congeladas. Eu me sinto minúsculo cercado por tanto mar. Costumava fantasiar com água enquanto estava preso. Não com banhos de banheira ou uma garoa, mas com piscinas olímpicas e oceanos que se estendiam por quilômetros. Nós queremos o que não podemos ter.

Melhor não deixar o faroleiro-chefe me ver sem a corda de segurança amarrada, mas, sinceramente, ela é um saco e temos que ficar sentados com um nó embaixo da bunda que nos machuca como se estivéssemos dando o cu. Cada faroleiro-chefe age de uma forma, dependendo do que ele acha que vai ser um risco para sua estação. Arthur diz que precisamos usar a corda por causa da vez em que ele quase foi levado do Eddystone, e se a sorte não estivesse lhe sorrindo, ele não estaria aqui para contar a história.

O que quer que aconteça em um farol é responsabilidade do faroleiro-chefe. Arthur me contou sobre um jovem faroleiro que se perdeu assim na costa escocesa, uma daquelas histórias que são repassadas para servir de aviso, mas, se a mesma coisa aconteceu no Eddystone, então não há motivo para não acontecer aqui. O faroleiro-chefe responsável por aquela torre nunca se perdoou. Parece que o jovem faroleiro quis pescar em um dia de tempo bom, nenhuma nuvem no céu e o mar calmíssimo. Ele disse ao assistente que ia sair para fazer exatamente isso, e o assistente respondeu: "Está bem. Então me traga um peixe para o jantar."

Enquanto isso, o faroleiro-chefe dormia profundamente no beliche, sem saber de nada. O faroleiro desceu para onde estou agora e se sentou como estou sentado, com as pernas para fora do atracadouro, e foi a última vez que foi visto. Quando o assistente foi buscá-lo, um tempo depois, não havia ninguém lá. Claro que eles ficaram confusos. O assistente não tinha ouvido nada, ninguém gritara por socorro, e mesmo que o cara tivesse caído ainda estaria na água, chamando por eles. Mas não estava. Ele simplesmente sumiu, com a vara de pescar e tudo. Só tinham a palavra do faroleiro-chefe e do assistente para provar que nenhum dos dois era culpado.

O faroleiro-chefe assumiu a responsabilidade. Para ele, tinha sido sua culpa. Então o Comitê Histórico achou no beliche do faroleiro uns livros sobre diabo e ocultismo, coisas assustadoras das quais a gente nem quer chegar perto. Marcas de feitiçaria pelo quarto, pentagramas e mãos fazendo o sinal do diabo; símbolos riscados nas paredes. Dá um arrepio na espinha só de pensar nisso.

Puxo a linha e volto para dentro do farol.

Enquanto estou fazendo isso, vejo algo na água boiando para longe de mim. Semicerro os olhos; não é um pedaço de madeira nem uma boia, nem um pássaro; é um cardume de atum perto da superfície ou um saco plástico, alguns sacos plásticos estufados. Ou é maior do que isso, mais sólido, do tamanho e formato de um homem... Ele está de barriga para baixo, de costas, os braços abertos? Não tenho certeza. A água vibra. Não sei se vi aquilo mesmo, e, por mais que tente, não consigo mais pegá-lo.

— O que tem para o almoço, afinal?

Bill está limpando o cano entre a cozinha e o quarto. É a única parte que sempre precisa ser limpa: nossas mãos ficam sujas depois de fumar ou jogar xadrez, e estamos cansados demais quando subimos para dormir, então não prestamos atenção.

— Um pouco de alga marinha e um pacote de batata chips, se você quiser.

— Puta merda.

Ele está esfregando com força, embora o corrimão esteja limpo como uma moeda nova. Quando eu disse ao Arthur ontem que Bill parecia pronto para ir embora, ele me lançou um de seus olhares de soslaio e disse, guturalmente: "Você tem toda a razão."

— Acho que vi um corpo — digo a ele.

Bill para de polir o cano.

— Como assim?

— Agora há pouco.

— Onde?

— Onde você acha? No mar.

Bill enxuga as mãos devagar.

— Quem era?

— Não sei. Algum banhista.

— Tem certeza?

— Não.

É claro que, quando saímos, não há nada para ser visto; já tinha sumido mesmo antes de eu falar com Bill e não sei direito o que vi, só sei que aquela história me deixou nervoso. Quero perguntar ao faroleiro-chefe o que fazer, mas Bill me diz para não me preocupar, o faroleiro-chefe está na cama, ele não tem descansado e isso está começando a atrapalhá-lo. Arthur está cansado; eu não percebi isso? Ele não precisa saber.

— Ele estava de óculos de natação — digo.

— Quem?

— O banhista. Vermelhos.

— Avise pelo rádio — pede Bill. — Podem cuidar disso, se quiserem. O cara já deve estar morto há muito tempo, de qualquer forma. Ele estava morto, não estava?

— Não sei. Não quero causar burburinho por causa disso. Podia ser uma foca.

— De óculos?

— Não sei se estava mesmo de óculos de natação.

— Você não sabe de muita coisa, não é?

Penso na arma escondida embaixo da pia da cozinha. Ainda bem que está lá. Só para o caso de não estarmos sozinhos.

Subimos até a cozinha e Bill faz um chá forte, duas colheres de açúcar medidas com uma colher de sopa, então na verdade estão mais para seis. Todo esse mar faz a gente ver coisas que não existem. O faroleiro-chefe me disse isso. Quando olhamos para a mesma imagem por muito tempo, a mente inventa objetos para perturbar, para testar se estamos concentrados mesmo. Como miragens no deserto; a mesma coisa acontece no mar. Cores inacreditáveis, salpicos e redemoinhos, formas na superfície que alçam voo e desaparecem. Mesmo com o mar calmo, a água se torna agitada e inconstante, escura e trêmula de perto, feito um saco de lixo deixado ao ar livre durante a noite. Podemos abrir um buraco no céu e enfiar o dedo para tocar o que quer que haja atrás dele. Seria suave, mas com sofreguidão. Não deixaria você ir embora.

Quando convivemos com o mar diariamente, ele pega o que temos dentro de nós e nos mostra de volta, como um reflexo.

Sangue e pelos, o grito agudo de uma criança e meu amigo em meus braços, gelado.

— Beba — pede Bill.

O chá quente e doce me deixa enjoado. Ou é o corpo.

— Arthur já contou sobre o marinheiro do Norte? — Bill acende o isqueiro, chamuscando a ponta do cigarro. Eu digo não, continue. — O barco do cara naufragou nas rochas em torno do farol. Todos se afogaram; a carga foi perdida. Um marinheiro culpou Arthur. Disse que foi culpa do farol. A tripulação estava no mar havia tanto tempo, olhando para um horizonte enorme e vazio, que, quando eles finalmente viram a luz, não sabiam dizer a que distância estava. Distâncias mudam. — Ele bate na têmpora com o filtro do cigarro. — Achamos que um objeto se encontra mais longe do que realmente está, até que de repente estamos perto dele.

— Você acha que eu inventei isso?

— Não. Só que a gente nem sempre sabe o que é real.

— O faroleiro-chefe já viu de tudo.

Bill traga o cigarro com vontade.

— Arthur não é mais o mesmo.

— Como assim?

— Ele não é mais a mesma pessoa.

— Não sabia que você o conhecia antes daqui.

— Não conhecia. Helen me contou.

— Ele não pode estar feliz o tempo todo — respondo. — Você ficaria depois de...?

— Não é isso — diz Bill. — O problema é quando as pessoas mudam e não as reconhecemos mais. É isso que Helen diz. A situação nos surpreende, assim como a droga do farol no caso daquele naufrágio. De repente você não tem a menor ideia de com quem se casou.

À tarde começa a nevar. Ver a neve em uma torre é estranho porque não há nada que sirva de orientação. Não a vemos se acumulando no teto de um carro nem cobrindo um pasto, então não dá para adivinhar quanto nevou, só é possível saber que ela continua caindo do céu e que o céu tem cor de osso. O mar a aceita tranquilamente. A água, bem abaixo, como um metal sem brilho e imóvel. Antes de trabalhar no farol, eu achava que o mar era sempre da mesma cor, não pensava muito além do fato de que ele era azul ou verde, mas na verdade quase nunca é azul ou verde. É um monte de cores, principalmente preto ou marrom, amarelo, dourado, às vezes rosa, se estiver agitado.

Na lanterna, registro o tempo, ponho minha rubrica e deixo o livro na mesa para o próximo faroleiro. O faroleiro-chefe me ensinou tudo sobre como o mar funciona e o que o clima faz para deixá-lo de tal maneira em alguns dias e em outros não. N para neve, Nu para nublado, P para pancadas de chuva. As páginas anteriores contêm todo um alfabeto. Sempre vou achar mágico o modo como o clima muda de uma hora para outra. É como uma pessoa que grita e em seguida adormece, e a neve é seu sonho.

Letras para explicar o clima. Chuvisco. Nublado. Relâmpago. Vendaval. Trovão. Orvalho. Neblina. Gosto da sensação e da aparência delas, do modo como algumas soam como a emoção que provocam. "Trovão" soa como uma pedra rolando em nossa direção. "Neblina" é lenta e preguiçosa. "Vendaval" lembra um frenesi. O mesmo acontece com os nomes das coisas que vivem no mar, que passam a impressão de seixos rolando na praia. Caramujo, mexilhão, ascídia, búzio. A cada poucos meses, recebemos uma pilha de livros que compartilhamos com os outros faróis do grupo, uma biblioteca itinerante. Eu leio tudo.

Tive uma mãe adotiva que adorava livros. Era a única, basicamente. Ela fazia questão de ler para a gente, e aquelas palavras pareciam diferentes das outras que eu conhecia. As palavras que até então faziam parte da minha vida eram curtas, duras, como *ei*, *porra* e *puta*, tijolos para serem jogados na cabeça de alguém.

Sempre que ouvia uma palavra de que gostava, pela qual sentia alguma coisa, eu a decorava. Parecia que, quanto mais eu lesse, mais livre minha mente se tornava. E, se a gente é livre na nossa cabeça, então nada mais importa. Na cadeia, arranjei um dicionário, onde encontrava palavrinhas estranhas que achava incríveis. Pássaros, existem muitos deles. Rissas e cormorões. Maçaricos. Alvéolas. Parece que o vento as atravessa. Eu copiava as palavras e percebia que, quando a gente juntava todas e brincava um pouco com elas, tirava algo novo delas outra vez.

Mas ainda estou empacado enquanto tento escrever uma carta para Michelle, sentado no beliche após o fim do meu turno, bloco sobre o cobertor, caneta na mão, tentando descobrir como escrever aquilo tudo, sendo que nem sei por onde começar. D de desculpa. M de mentira.

É hora de contar a verdade para ela.

Eu a visualizo no apartamento em Londres, coçando a panturrilha com os dedos do pé enquanto abre o envelope.

VI

1992

24

HELEN

A catedral era o ponto de encontro, por ser grande e anônima. Nos bancos, nos claustros, nos assentos de veludo vermelho onde o coral de meninos cantava, os sussurros haviam impregnado as pedras por séculos. Agora os delas, dela e de Michelle, poderiam se juntar aos demais sem causar confusão.

— Roger e as meninas estão em um café aqui na esquina — disse Michelle. — Não posso demorar. Por mim eles não tinham vindo, mas quiseram vir. Quer dizer, ele quis.

— Onde ele pensa que você está?

— Comprando um presente de aniversário. Para ele. Vou ter que ir até a Debenhams depois, comprar uma gravata ou algo assim.

Helen suspeitava que as coisas fossem assim para pessoas que haviam passado pela mesma tragédia: elas iam direto ao ponto, deixando para lá sutilezas e conversas sobre o trânsito. Ela e Michelle não se conheciam antes. Só foram se conhecer depois do acontecimento, no velório organizado pela Trident House, um "memorial de despedida", segundo eles, e tinha sido mais para os jornais do que para qualquer uma delas. Desde então, elas se falavam sempre que possível, quando uma ou outra passava por aquela região do país. Trocavam cartas quando a tristeza daquele inverno as dominava e surgia a vontade de expressá-la para alguém que entendia: cartas que às vezes eram respondidas, outras não, mas era reconfortante escrevê-las.

— Obrigada por ter vindo — disse Michelle. — Obrigada por ter ligado.

— Por nada.

— Eu não sabia se você viria.

— Por quê?

— Não sei — respondeu Michelle. — Jenny nunca me responde.

— Ela também não me responde.

Michelle abriu o zíper da bolsa e tirou um tubo de balas de menta. Dentro do papel-alumínio, as balas estavam quebradas, em todo o tubo. Helen a imaginou deixando as balas caírem na loja do vilarejo enquanto as filhas escolhiam jujubas e refrigerantes. Quantos anos as meninas teriam agora? Oito e quatro, por aí. Helen não sabia como era ver um filho crescer, saudável e robusto, bracinhos engordando, cabelos crescendo, de repente tão alto quanto você.

Michelle lhe ofereceu as balas, apesar de estarem quebradas.

— Obrigada — disse Helen.

— Por favor, pare de falar com Dan Sharp.

Ela foi pega de surpresa.

— Foi isso que você veio dizer?

Um casal de idosos se sentou no banco em frente ao delas. O homem baixou a cabeça. Michelle se aproximou o suficiente para que Helen sentisse o cheiro de seu xampu.

— Mais ou menos — disse ela. — Você pelo menos sabe quem ele é?

— Não exatamente. Ele escreve sobre barcos e bombas.

— Sob pseudônimo.

Helen mordeu as balas.

— Isso não me surpreende.

A mulher em frente a elas se virou e lhes lançou um olhar furioso. Helen achou que o penteado dela parecia um capacete de motociclista.

— Por que um romancista quer escrever sobre a gente? — sussurrou Michelle.

— Não sei. Por que alguém escreve sobre alguma coisa?

— Deve haver algum motivo.

— Ele disse que gosta do mar.

— Então devia tirar férias.

Helen não sabia ao certo por que estava tendo que defender um homem que mal conhecia; por que queria fazer isso.

— Ele quer saber a verdade. Ele se importa.

Michelle pôs as balas de volta na bolsa e fechou o zíper.

— *Shh!*

A mulher fez cara feia para as duas.

Michelle fez um sinal para que fossem para o outro lado do corredor. Quando voltaram a se sentar, ela olhou para o altar. Helen notou que as orelhas da amiga já haviam sido furadas um dia.

— Você acredita em Deus? — perguntou Michelle, apontando para a cruz.

Os pés de Cristo estavam cruzados: uma erupção de sangue coagulado. Era uma estátua particularmente nojenta, pensou Helen. Quem quer que a houvesse criado tinha enfiado as estacas com força desnecessária.

— Já tentei.

— Eu também. — Michelle girou a aliança no dedo. — Fico com inveja das pessoas que entram aqui e simplesmente sabem, não é? Elas sabem que vai ficar tudo bem.

— Elas acreditam nisso. Não é a mesma coisa.

— Não?

— Acho que não.

— Eu sei que Vinny não machucou os outros — afirmou Michelle.

— Eu sei que Arthur também não.

— Mas não sabemos, não é?

— Se serve de consolo, nunca achei que Vince fosse o vilão.

Michelle pegou a mão dela por um instante, depois a soltou.

— É — respondeu. — Você foi a única.

Helen viu que Michelle havia destruído as unhas, que estavam pintadas de vermelho, mas roídas. Voltou vinte anos atrás, para a adolescente ansiosa que Michelle fora, trêmula na cerimônia de despedida, durante o interrogatório ou quando perseguida por jornalistas na rua. As pessoas não mudam tanto assim. Jenny tiraria as mesmas conclusões a respeito dela.

— Você não tem medo do que a Trident vai dizer quando descobrir?

— Não ligo para o que eles dizem — respondeu Helen.

— Eles vão parar de mandar dinheiro.

— E daí?

— Para mim é diferente — disse Michelle. — Outras pessoas dependem de mim. Uma família. — Ela interrompeu o que estava dizendo. — Eu não quis dizer...

— Tudo bem.

— Só que elas ainda são pequenas...

— Eu entendo.

— Não me diga que você nunca teve medo deles. Toda aquela história de não poder falar com ninguém nem revelar suas informações privadas. Sempre houve uma espécie de ameaça naquilo, nunca expressa abertamente, mas era óbvio o que queriam dizer.

— Se isso for verdade — retrucou Helen —, então acho que falar com Sharp é nossa melhor chance de descobrir o que de fato aconteceu. Sempre foi muito conveniente para a Trident culpar

Vince, você sabe disso. Nunca foi justo. Ele já tinha sido preso. Era considerado mau-caráter, então foi fácil. As pessoas iam entender isso. Tudo o que precisavam fazer era admitir que tinham errado ao lhe oferecer um emprego, que não deviam ter feito isso, e que era uma lição a ser aprendida. Mas isso importa, não é? Dizer como ele realmente era. Achei que fosse importante para você.

Michelle fechou os olhos.

— Por que estamos aqui, realmente? — perguntou Helen.

Depois de alguns segundos, Michelle respondeu:

— Vinny me escreveu uma carta. Pouco antes de eles desaparecerem. Um dos barcos de turismo a trouxe. Ele revelou por que tinha sido preso. Da última vez. Nunca contei a ninguém.

— Está bem.

— Isso só o fazia parecer pior do que ele era. E já havia tanto contra ele que achei que não seria legal esfregar sal nessa ferida. Só teria servido para isso, para que fosse divulgado no mesmo instante. Entende?

— Sim.

Ela encontrou os olhos de Helen, e o olhar que as duas trocaram foi urgente e cheio de sofrimento.

— Mas havia outra coisa naquela carta que eu devia ter contado, Helen. Era importante. Podia ter ajudado. Mas eu estava com muito medo de dizer qualquer coisa.

Helen esperou.

— Vinny me disse que havia um homem atrás dele. Achava que ia conseguir fugir do próprio passado por causa do emprego nos faróis, mas, na verdade, acabou acontecendo o contrário. Essa pessoa sabia exatamente onde ele estava. Vinny era um alvo fácil quando estava no mar.

— De quem você está falando?

— Do cara para quem ele fez aquilo. A última coisa.

— Não estou entendendo.

Michelle olhou para trás, como se seu marido, ou um funcionário da Trident House, pudesse estar parado ali. No vestíbulo, um bebê começou a chorar.

— Esse cara trabalhava para a Trident — disse ela. — Vinny descobriu logo depois que conseguiu o emprego. Um velho amigo contou para ele; disse que era inacreditável, mas adivinha quem mais tinha dado um jeito de entrar? Não como faroleiro. Ele trabalhava na administração, mas sob o mesmo teto, por assim dizer. Tinha se dado o apelido de Torre Branca. Era assim que as gangues da cidade o chamavam. Porque ele tinha os cabelos brancos desde criança. Como se chama isso mesmo?

— Albinismo.

— O nome verdadeiro dele era Eddie.

— Eddie aceitou o trabalho porque poderia chegar até Vince?

— Ele deve ter descoberto que Vinny tinha sido contratado pela Trident, então decidiu que esse era um bom jeito, tanto quanto qualquer outro, e foi abrindo caminho.

Helen se sentiu zonza. Era assim no caso daquele desaparecimento. Sempre que uma nova ideia surgia, ou um acontecimento era considerado de um novo ponto de vista em sua mente, ou uma possibilidade lhe ocorria às três da manhã tão completamente formada que ela precisava se sentar, suada e desorientada, e acender o abajur da mesinha de cabeceira para se situar, o farol balançava em seu globo de neve. As peças sempre se encaixavam de um novo jeito.

— Você está falando de vingança?

— Acho que sim.

— O que aconteceu com Eddie?

— Ele deixou a administração — explicou Michelle. — Ninguém nunca mais o viu. Mas, de qualquer maneira, não acho que tenha sido Eddie. Acho que ele pagou a alguém. Ele tinha capangas em todos os cantos. Pessoas perigosas que poderiam resolver as coisas por baixo dos panos.

— A Trident sabia disso? Devia saber.

— Se sabiam, nunca me disseram nada. Mas é como se Vinny *soubesse* que isso ia acontecer. Ele disse que estava vendo coisas lá. Imaginando coisas que não eram reais, e que isso acontecia às vezes, por causa da solidão e tal, mas aquilo era novidade. Então, quando eles desapareceram, quanto mais penso no que aconteceu, mais fica nítido para mim que foi isso. Não foi o mar, ou espiões, ou qualquer coisa assim. Foi esse homem, o tal Torre Branca. Eddie. Ele ainda está por aí e, se souber que andei falando do Vinny, o que quer que tenha sido, vai vir atrás de mim e da minha família.

Helen pensou nos passarinhos que o pai de Arthur havia criado. Seu marido se lembrava de subir a colina de manhã cedo, antes da escola.

Eles se curam e voam para longe.

Por um mísero instante, ela viu a covinha do sorriso de Arthur quando desviava os olhos do livro que estava lendo e olhava para ela.

Como a mente se apega a essas coisas? Ela vivia esquecendo o número do ônibus que devia pegar de casa para o centro da cidade, mas se lembrava daquilo.

— É fácil se sentir responsável — disse ela, com cuidado. — Também me sinto. Imagino que Jenny também. Nossas histórias sempre vão parecer mais importantes. Mas, olhe, existe mais uma dúzia de histórias para esse tal de Torre Branca. Coisas que nos fazem temer que a gente tenha mais a ver com o desaparecimento do que imagina, que todas sejamos culpadas, de alguma maneira...

— Esse escritor me seguindo — disse Michelle — traz tudo de volta à tona. Como foi em 1973. Não consigo passar por isso de novo, Helen. Eu tinha dezenove anos, caramba, era uma criança. Nem sabia o que tinha me atingido. Havia perdido o homem por quem era apaixonada. — Sua garganta se fechou; a voz falhou.

— Sinto falta do Vinny. Todo dia. E você também sente falta do Arthur e Jenny, do Bill. Com Roger não é a mesma coisa. Se eu tivesse a sua idade, nunca teria me casado com outra pessoa, como você fez, porque não faria sentido. Mas eu tinha que seguir com a minha vida; não podia desistir. Eu não trocaria minhas filhas por nada no mundo, mas talvez seja verdade que a gente nunca mais ama de novo como amou da primeira vez.

— É verdade — disse Helen.

— Fico mais segura se mantiver a boca fechada.

— É isso que a Trident quer que você pense.

— Que diferença um livro idiota vai fazer?

— Talvez nenhuma. Mas para mim, vai.

Dois estudantes nos bancos da frente olhavam para elas. Michelle disse:

— Então, em vez disso, conte para Jenny. É por ela que você está fazendo isso, não é?

— Claro — respondeu Helen. — E, acredite em mim, eu tentei.

— Onde ela está morando?

Helen lhe contou.

— A Trident me deu o endereço.

— Ser a Sra. Faroleiro-Chefe ainda tem suas vantagens. — Mas ela disse aquilo com um sorriso. — Vinte anos é tempo suficiente, não é? Todas nós superamos. Ela não pode usar isso contra você. Não é como se...

— Pode, sim.

Michelle pegou a mão dela.

— Posso ajudar, se você quiser.

— Não sei como você poderia.

— Se você me ajudar. Tome cuidado, Helen. Só isso. Tome cuidado com o que vai dizer a ele. Está bem?

— Vou tomar.

Michelle olhou para o relógio.

— Ai, meu Deus, já passou meia hora. Tenho que ir até a Debenhams e voltar antes que Roger chame a polícia para me procurar.

Ela pegou a bolsa e a jaqueta, depois as duas se levantaram e se abraçaram. Helen não estava acostumada a abraços, esse gesto nunca foi natural para ela, e, além disso, agora não havia ninguém que precisasse deles.

— Foi bom ver você — disse Michelle.

— Foi bom ver você também.

Helen vestiu o casaco e observou a outra mulher ir embora, percorrer o corredor e sair para a luz clara da tarde.

25

HELEN

Teria sido normal encontrar um dos novos vizinhos à porta de casa, ou quando estivesse fechando a porta do carro. Em vez disso, ela havia conhecido Bill e Jenny Walker em um baile de caridade no salão de festas do vilarejo de Mortehaven, enquanto Arthur estava no farol. Tinha passado grande parte da semana chorando no banheiro, pelo menos de segunda a quinta, porque achava que era um lugar seguro para chorar. Normalmente, ela não se importava quando Arthur estava fora, o chalé vazio, mas tinha sentido daquela vez. Dependia da época do ano.

A esposa de Frank, Betty, tinha aparecido com uma torta de carne e perguntado se ela podia fazer a gentileza de ajudar na chapelaria. Uma das funcionárias tinha desistido; eles ficariam muito gratos. Como sempre que era pressionada, ela sentiu que não podia recusar. Seu instinto era ajudar, mesmo que, depois que Betty foi embora, ela tivesse se perguntado por que havia concordado com aquilo. Mas a chapelaria do salão de festas era um lugar escuro, e pôr papeizinhos em cabides com casacos fazia um sentido laborioso e inofensivo.

— Você já conheceu seus vizinhos de porta? — perguntou Betty.

Ela não tinha conhecido. O carro dos Walker havia chegado no dia anterior, o novo faroleiro-assistente e sua família, caóticos, com malas e filhos. Helen já devia ter ido até lá. Parecia antipática por não ter ido. Era a Sra. Faroleiro-Chefe, era sua obrigação. Devia estar liderando as tropas, oferecendo seus serviços, como fizera quando Betty havia se mudado.

Arthur não tinha controle sobre seus turnos, mas o dia anterior fora um marco enorme e pavoroso. Por trezentos e sessenta e quatro dias no ano, ele girava na direção dela, vindo de um horizonte vil. Helen tinha um segundo para olhar nos olhos vivos dele antes de fechar os seus.

O baile foi um sucesso. Helen ficou com os casacos macios e perfumados. Ela sentiu o cheiro quente e apimentado das colônias masculinas e o almíscar feminino de flores e sexo. Nos momentos mais tranquilos, ela fumava para se impedir de chorar e mexia nas mangas aveludadas penduradas em fileiras, espremidas e enrugadas feito o topo de um cogumelo. Perto do fim, ele foi até ela para pegar os casacos que a esposa tinha deixado.

— Você é a Helen — disse, antes de se apresentar.

Ela ficou grata pela escuridão. Bill Walker não era nada do que ela esperava, apesar de não esperar nada específico. Ele era mais arrumado e mais jovem, com um nariz comprido e traços simétricos, que lembravam a ela um dos cardeais de Rafael. Ele a olhou de uma forma que ela não era olhada havia muito tempo, e Helen quase acreditou que era outra mulher e que nenhuma das coisas que lhe aconteceram tinham mesmo acontecido.

— Aqueles dois — disse ele. — É, o dos botões. Não, o próximo.

No fim, ele entrou e apontou para os dois casacos. A proximidade dele, a pele clara e sem rugas, parecera inexplicavelmente reconfortante. Ela devia ser vinte anos mais velha do que ele, pelo menos.

Como se fossem espectadores, os casacos se reuniram em torno deles. Foram alguns segundos, não mais que isso. Ela os reviveria tantas vezes que devem ter sido mais.

— Você está bem? — perguntou Bill, pois ele percebia.

— Estou — respondeu ela, porque jamais diria o contrário.

Não sabia por onde começar, nem se devia começar, com alguém que acabara de conhecer.

A esposa dele ainda estava no bar. Não ia sair de lá por vontade própria, ele teria que ir buscá-la. Os dois dançaram ao som de "A Winter Shade of Pale" ali na chapelaria, as duas únicas pessoas no mundo. Na escuridão cheia de fuligem, ele a puxou para si, ou ela foi sem precisar ser persuadida, era difícil dizer, e os dois se abraçaram, a bochecha dela na dele, enquanto o cômodo zumbia mais alto e o teto girava para longe.

26

HELEN

Não sei o que me atraiu nele. Se não tivesse sido Bill, teria sido outra pessoa. Naquela época da minha vida, poderia ter sido qualquer um.

Parece egoísta, mas espero que me entenda. Se for colocar isso no livro, precisa ser direito. Não quero nenhum erro.

Será que Jenny vai acreditar em mim? Eu deveria achar que não. Mas esta é uma história que posso contar, sabendo que é verdade. Prefiro deixá-la registrada em vez de esquecida.

Foi assim que Bill e eu nos conhecemos. A tentação era mais por causa do que aquilo me fazia sentir do que qualquer sentimento que eu tivesse por ele. Era bom ser desejada. Isso não é uma desculpa. Eu fiz o que fiz e foi decisão minha. Mas quando sentimos aquela conexão inicial... Eu me pergunto se não é uma palavra exagerada demais, "conexão". O que é isso, afinal? Seria um jeito chique de dizer "atração"? Eu nem diria que me sentia atraída por ele. Mas ele tinha me visto chorar. Tinha visto uma parte secreta de mim e, quando isso aconteceu, me pareceu lógico que ele também visse o resto. Eu estava sozinha e triste. Fazia muito tempo que um homem não me abraçava — que não tocava em nenhuma parte de mim —, e então Bill apareceu. Ele me fez sentir tudo que as relações amorosas devem nos fazer sentir: jovem, desejada, livre de erros do passado, mesmo que o erro do presente fosse o pior de todos.

Se senti alguma coisa por ele? Não. Não pelo Bill. Senti por alguém que quis ser gentil comigo. Que me ouvia, depois que meu marido tinha parado de fazer isso.

Por morarmos nos chalés, não tínhamos como evitar estar próximos. Morávamos quase um em cima do outro; mesmo quando os homens estavam longe, as mulheres viviam juntas. Não dava para decidir que, certo dia, você não estava a fim de ser sociável, porque sempre havia alguém limpando o jardim na frente de casa, ou gritando pela janela, perguntando se eu queria uma xícara de café. Portanto, se eu não aparecesse pelo menos uma vez por dia, eles esmurravam a porta perguntando se estava tudo bem. Algumas pessoas podem gostar disso, mas não era para mim. Gosto da porta da minha casa e ela fica fechada por um bom motivo.

Quando Arthur estava fora, às vezes isso queria dizer que Bill estava em casa, e vice-versa. Era assim que a escala funcionava. Cada um ficava oito semanas na torre, depois quatro em casa, e eles se revezavam entre quatro homens, se contarmos com Frank. Então, de certa forma, era a situação ideal para isso. Quando eu não tinha meu marido, aparecia a chance de ter Bill. Poderia ter funcionado muito bem... mas não foi o que aconteceu.

Claro, quando Jenny descobriu, ela imaginou o pior. Não sei o que a fez perceber. Ela nunca disse e eu também nunca perguntei. Imagino que tenha desconfiado por um tempo. Bill não tentava esconder o que sentia por mim e, para ser sincera, nem tenho certeza se *tinha* algo a ver comigo. Não no fundo. Acho que Bill queria um jeito de fugir de uma vida que não lhe agradava. Nosso "caso" foi uma escolha que ele pôde fazer sozinho.

Ela me disse que sabia no dia do memorial. Falou uma coisa muito estranha naquele dia. Disse: "Ele teve o que merecia." Eu também, de certa forma.

A Trident House fez a homenagem quando decidiu que meu marido havia morrido. Ninguém me consultou, nem pediu minha bênção, minha compreensão, nada disso.

Falando nisso, você conseguiu alguma coisa com eles? Não, faz sentido. Imagino que possa ligar para eles outras seis vezes e ainda assim não vai receber nenhuma resposta. A Trident vai querer distância do que você está fazendo, então duvido que comentem muito. Não quero desdenhar, mas vão ridicularizar as histórias que você já publicou. Vão dizer: "O que um homem como ele sabe de um problema como este?" E estarão certos. Mas, em vinte anos, você foi a primeira pessoa que me perguntou sobre minha participação nesse caso. De todos os jornalistas que tentaram investigar, nenhum bateu na minha porta e pediu minha opinião.

A Trident preferiria apagar isso da história deles. Que eu saiba, eles nunca participaram de nada do que veio depois: nunca deram entrevistas, divulgaram registros, nada de transparência. Hoje em dia não seria assim. Existe uma exigência maior por isso agora. Mas, na época, a ideia era encobrir tudo. Para azar da instituição, as pessoas não funcionam assim. Sentimentos e lembranças também não. Não é possível escondê-los em um arquivo. Não dá para calar as pessoas, por mais que se tente.

Eu me lembro do dia do memorial por todos os motivos errados. Estava frio, era quase primavera, e não ventava. A praia de Mortehaven estava lisa e marrom, salpicada de seixos, e ainda visualizo claramente a borda do mar se arrastando pela costa; tinha uma cor de espuma apodrecida, fermentada como cerveja. Havia homens de uniforme parados ao lado de pranchas cobertas de flores. Havia fotos do Arthur e dos outros, nos encarando, olhando para a terra. Um enterro falso, porque não havia nada para enterrar.

Chovia sem parar. Eu estava de salto alto porque me pareceu desrespeitoso — que estúpida — não usar, mas meus sapatos afundavam na areia. O rosto de Arthur naquela foto não pertencia a ele. Sabe quando a gente vê uma foto no jornal de uma menina assassinada e procura nos olhos dela alguma pista do que aconteceu, alguma dica de que no fundo ela sabia? Bom, naquele dia olhei para Arthur e percebi que aquilo era segredo dele e sempre seria. Nossos parentes e amigos nos incentivavam a "lutar" — por respostas e resoluções —, mas uma luta, por definição, é se posicionar contra algo, não é? E aquilo era exaustivo demais para mim. Eu não estava lutando contra a Trident House. Era contra ele, contra Arthur. Ele não queria que eu soubesse. Muitos supõem que temos de buscar respostas pelas pessoas que amamos quando elas morrem. Mas e se elas preferissem o silêncio?

Depois, Jenny me atacou. Não a culpo. Eu estava tentando ajudá-la com o bebê, porque as filhas dela estavam correndo e fazendo bagunça na praia e vi que ela andava chorando e não estava dormindo, assim como eu. Então, do nada, ela me deu um tapa na cara. O pior foi ver o rosto de Arthur e o de Bill nos cartazes e o olhar de Arthur dizendo "graças a Deus escapei dessa".

Naquele momento, eu teria trocado de lugar com ele sem pensar duas vezes, onde quer que estivesse. Acorrentado em um navio ou esfaqueado até a morte em alguma enseada, qualquer coisa era melhor. Senti inveja da privacidade dele. Não é fácil desaparecer. Por mais que eu tente, não sei como ele conseguiu. O problema é que Jenny nunca ouviu meu lado da história. Você pode dizer que o problema sou eu, e seus leitores vão concordar, tenho certeza disso. Nada é pior do que uma mulher que se envolve com o marido de outra. O papel do marido na situação não importa: provavelmente ele foi enganado ou seduzido, e é engraçado como os homens insistem em ter o poder em todos os aspectos da vida, a não ser quando não é bom para eles. Aí eles se contentam em ser frágeis e deixar a mulher assumir a responsabilidade. Jenny continuou amando Bill e isso é problema dela, é prerrogativa dela. Bill era um marido e um pai e o significado desses papéis é mais importante do que eu poderia ter o privilégio de saber.

A verdade é que eu dancei mesmo com Bill no baile de caridade, enquanto Arthur estava fora, no farol, e me aproximei dele nas semanas seguintes. Em uma ocasião, depois que fiquei chateada na casa deles, ele me beijou.

O beijo foi rápido e sem importância. Pareceu totalmente errado. Mas esse foi o ponto de virada. Questionei o que eu estava fazendo — aquilo não era eu, não mesmo — e o que exatamente eu queria com aquilo. Em parte eram os elogios, admito. Não sabia o que um homem mais jovem via em mim. Eu tinha sido tola e me arrependi do meu erro. Queria que Bill tivesse se arrependido também.

Disse a ele que não podia continuar. Achei que fosse concordar, mas a reação dele foi impressionante. Ficou muito irritado, ao mesmo tempo que me prometia devoção. Disse que estava apaixonado por mim. Quase cuspiu as palavras, como se odiasse aquela situação, mas não pudesse fazer nada para mudá-la.

Depois disso, fiz o que pude para evitá-lo. Inventei desculpas para Jenny e fiquei aliviada quando Bill voltou para a Donzela, já que assim não teria que vê-lo. Quando ele estava em terra sem Arthur, seu comportamento era assustador. Essa é a única palavra que posso usar. Ele aparecia no meu chalé, dizendo que tinha ido trocar uma lâmpada que Jenny havia mencionado e, depois, eu notava que coisas minhas tinham sumido. Calcinhas e sabonetes, sapatos e bijuterias: até hoje tenho certeza de que ele roubou um objeto muito valioso para mim, uma corrente que Arthur me deu quando me pediu em casamento. Não sei mais onde pode ter ido parar e, obviamente, eu não podia contar para Arthur, então ele deve ter achado que perdi ou não queria mais usar.

Bill parecia querer tanto que fôssemos um casal que — na cabeça dele, pelo menos — isso se tornou realidade. Ele falava das viagens que poderíamos fazer. Lugares bonitos da região que ia me mostrar quando voltasse para o continente. Jantares a que me levaria nos restaurantes favoritos dele.

Era como se eu não tivesse lhe dito naquele dia que queria terminar com ele o que quer que a gente tivesse: um único gesto íntimo, estarmos nos conhecendo, a confusão do nosso encontro, coisas que, tudo bem, podiam ser consideradas traição no sentido mais suave, e não o pior, da palavra, pelo menos para mim; em vez disso, parecia que eu tinha resolvido terminar meu casamento com Arthur e ficar com ele. Bill era descarado. Pegava minha mão quando Jenny estava na sala ou colocava o braço em volta da minha cintura quando eu estava na cozinha fatiando o bolo de frutas que ela trouxera. Não importava quantas vezes eu dissesse não, ele se recusava a me deixar em paz. E as conchas! Aquelas conchas malditas que ele trazia para mim, que tinha esculpido no farol. Elas enchiam minha casa, minhas gavetas, qualquer lugar onde eu pudesse esconder aqueles troços porque morria de medo de que alguém visse. Não podia jogá-las fora, porque Jenny podia achar tudo na lixeira. Ela costumava pôr os vidros na lixeira no último minuto. Eu não podia correr esse risco.

Fiquei encurralada. Não havia como escapar. A menos que confessasse a breve relação que havíamos tido... E, de qualquer forma, seria a palavra de Bill contra a minha.

Você pode dizer que um beijo bastava. Mas eu gostaria que Jenny soubesse que não foi nada além disso. Bill e eu não nos amávamos. O amor é puro, límpido e bondoso; vem de um lugar nobre, carinhoso. Não vem da frustração, da chantagem, do ódio ou da insatisfação. Bill não me amava. Quero dizer isso para Jenny e tentei por anos. Escrevi cartas para ela, fui visitá-la, liguei para ela, mas não adianta.

Agora você está aqui. E acha que quero descobrir o que aconteceu com Arthur, que espero que encontre algo em que nunca pensamos. Bom, não é isso. Vinte anos é tempo mais do que suficiente para pensar no que não podemos mudar. Prefiro me concentrar no que posso.

Meu marido está morto, mas eu não. E Jenny também não. E essa história que compartilho com ela não morreu, está viva. E, se isso é verdade, então pode mudar, crescer, achar uma saída. Estou cansada da morte e das perdas. Já tive bastante disso.

Já contei sobre o jardim. Do jeito que a vida tem de crescer de novo, sair do frio. É isso que espero. É o que eu quero.

27

JENNY

Ron deve ter deixado o carro engatado porque, quando ela deu a partida, o veículo pulou para trás feito um coelho assustado. Fazia tempo que não dirigia e se sentia nervosa ao volante, o cérebro confuso por causa das mensagens. Seta, espelhos, verifique o ponto cego. Ela costumava fazer isso sem pensar. Em certos momentos, aquilo tudo parecia sobrecarregá-la.

Não estava ansiosa para aquele dia, a festa de aniversário de seis anos do neto. Jenny nunca gostou de ocasiões especiais, mas, com Bill a seu lado, tudo havia sido suportável.

Mas agora estava sozinha e tinha que se defender nos eventos familiares, se misturar a desconhecidos, cujas críticas silenciosas a seguiam pelos cômodos. Será que se lembravam dela de anos antes? Seus pais lembrariam. Ela havia sido a histérica, que brigava com os outros diante das câmeras e falava palavrões. Mas Hannah dissera que ela precisava sair de casa, que tinha ficado trancada por tempo demais, estava começando a "ficar estranha".

Jenny ligou a ventilação e achou que o ar saindo cheirava a peixe. Ela devia usar mais o carro. Mas aonde iria, a não ser à casa dos filhos ou ao supermercado? Comece a participar das reuniões do Women's Institute, sugerira Hannah. Mas a ideia de tricotar cobertores com um bando de velhinhas a deixava triste. Ela já imaginava como seria quando descobrissem quem ela era. Fofocas ao som das agulhas de tricô.

Estava reunindo forças para sair da vaga quando, pelo retrovisor, viu uma mulher subindo a rua.

Jenny se abaixou no banco do motorista. Tinha esse hábito. Sempre que via alguém conhecido no parque ou no mercado, não se aproximava da pessoa com uma surpresa alegre e um comprimento, como as outras pessoas fariam. Ela se escondia atrás de um poste ou da pilha mais próxima de papel higiênico até que fossem embora.

Só que ela não conhecia aquela pessoa. Pelo menos achava que não. Calça jeans, jaqueta pesada, cabelos louros presos em um coque. Jenny não conseguia ver o rosto dela direito.

Talvez reconhecesse a altura e o corpo da mulher. É, talvez. O cheiro de peixe ficou mais forte. Ela desligou a ventilação.

A mulher passou pelo carro e parou em frente ao portão de Jenny. Tirou um pedaço de papel do bolso e conferiu o endereço. Depois, bateu na porta e esperou por um tempo, uns bons dois minutos, antes de dar um passo para o lado e espiar pela janela da sala. Jenny ficou feliz por ter fechado as cortinas.

Outra batida, mais espera. O que quer que ela quisesse, era importante.

Ainda abaixada no banco, Jenny engatou a primeira marcha e saiu, sem conferir o ponto cego.

Quando era pequena, havia enroladinhos de Marmite e dança das cadeiras. Agora, as festas tinham pula-pulas e artistas fazendo figuras com balões no salão do vilarejo. As trinta crianças da turma tinham sido convidadas, e depois todos voltavam para a casa geminada de Hannah para comer um bolo do tamanho de uma tapeçaria.

Jenny estava parada à margem da festa. Enquanto Hannah corria atrás das crianças, enchendo pratos de papel com pedaços de pizza marguerita murcha e palitos de cenoura deprimentes que haviam ficado muito tempo fora da geladeira, ela evitava conversas. Os pais pareciam cansados e incomodados e se posicionavam perto das tigelas de salgadinhos de queijo, observando o bolo das Tartarugas Ninja ser finalmente descoberto e aceso com velas suficientes para lançar um foguete ao espaço.

— Mãe, pode me ajudar a limpar tudo?

Ela ficou aliviada por ter uma tarefa: ficar na cozinha, esvaziando discos manchados de ketchup em uma lixeira preta. Na sala ao lado, começou uma briga entre crianças. Ela ouviu alguém chorar, outra pessoa acalmar e uma porta se fechar com cuidado. Colocou a chaleira no fogo.

Primeiro, o carro com o motor ligado diante de sua casa. Agora Michelle Davies. Duas décadas depois, mais velha e parecendo acabada, mas sem dúvida era ela.

— *Por que você fez isso?*

Uma pergunta para ela mesma ou para Bill... Não importava, na verdade. Mas era melhor tomar cuidado com isso: Hannah a flagrara falando sozinha no fim de semana anterior e dera uma bronca nela.

— Não enlouqueça, mãe. Não tenho espaço para isso, então você teria que ir para uma casa de repouso e só tem um jeito de sair de lá.

Mas se Jenny não dissesse aquelas coisas em voz alta, Bill nunca a ouviria, e ela acreditava que, de alguma forma, onde quer que estivesse, ele podia ouvir.

Se ela se concentrasse, via o marido com clareza, parado ali, ao lado do armário da cozinha, pegando as xícaras de café, um fio fino de fumaça de cigarro saindo de seu rosto escondido, feito uma chaminé queimando no meio da floresta.

Sempre via Bill como ele era quando o perdeu. Era incapaz de atualizá-lo ou de imaginá-lo mais velho. O rosto humano muda de maneiras misteriosas e espontâneas, não só por causa da genética, mas também por causa da vida. A não ser que saibamos o que aconteceu com uma pessoa, não podemos alterar sua aparência. Por isso, Jenny o preservava como o homem com quem havia se casado, antes do desaparecimento, antes de terem conhecido Helen Black, antes mesmo de terem visto a terrível Pedra da Donzela.

Encheu a xícara, apesar de Hannah ter pouco Nescafé e ela só ter conseguido um café fraco, que precisava ser melhorado com três colheres de açúcar.

Hannah enfiou a cabeça para dentro da cozinha.

— Vamos cantar parabéns em um segundo.

— Não estou me sentindo bem, meu amor.

— O que houve?

— É só uma dor de cabeça. Vou ficar bem.

Hannah pareceu preocupada.

— Tenho paracetamol no banheiro.

— Tudo bem. Pode ir. Vou me sentar um pouco.

Jenny se apoiou no balcão e se esforçou para não chorar. Ela se desesperava com os gatilhos mais silenciosos, como, por exemplo, a falta de café. Naqueles momentos de dificuldade trivial, parecia que o mundo estava contra ela, pouco disposto a compensá-la.

O caso de Bill fora algo pior do que seu desaparecimento. Pelo menos, no último, ele havia sido a vítima. Mas, como Jenny dissera a si mesma milhares de vezes, ele também tinha sido vítima de Helen.

Tudo havia começado com aquelas xícaras de chá. Enquanto mexia o café, com notas de "Parabéns pra você" vazando pelas paredes e o saco de lixo apoiado nas pernas como se ela fosse uma mendiga à porta de uma loja, Jenny se lembrou de uma tarde em que voltou para o Masters, quando Bill estava em casa. Helen sentada ali, bonita e arrumada, na sala boa deles. No sofá, Bill estava com o braço em volta dela, e as xícaras de chá haviam esfriado diante deles. Depois, Jenny passou um bom tempo pensando no chá; eles deviam estar conversando havia bastante tempo e se esquecido da bebida. O fato de aquelas xícaras de chá estarem frias a incomodara.

Mais tarde, quando tinha perguntado a Bill por que Helen fora até o chalé, ele respondera com desprezo. Quando perguntara de novo, ele respondera aos gritos que, se ela passasse menos tempo com uma garrafa, talvez entendesse. O insulto ainda a machucava tanto quanto se ele tivesse acabado de dizer aquilo. Jenny passara dias sem conseguir olhar para ele, falar com ele, e a separação depois daquilo havia sido uma das difíceis: quando ele voltou para a torre, ela não sabia o que pensar. Sempre que via Helen, ela se afastava, com medo de uma briga, mas, ao mesmo tempo, estava desesperada para confrontá-la.

Em vez disso, bebia e tentava não se preocupar, mas, quanto mais bebia, mais nervosa ficava e vice-versa. Jenny prometera a si mesma que nunca se tornaria a própria mãe. Mas tinha começado devagar, como essas coisas acontecem. De início, ela bebia só quando Bill estava longe, porque a bebida lhe fazia companhia, ou quando as meninas a irritavam, ou depois que Mark tinha nascido e ela não dormia mais. Logo, uma taça se transformara em uma garrafa.

Jenny foi para o corredor. A festa seguira para o jardim. Pelas portas de vidro, viu um grupo de crianças reunidas em torno de uma criatura cheia de franjas pendurada em uma árvore. Elas batiam no boneco com gravetos. Depois de certo tempo, alguns doces caíram.

Bill a acusava de não ter empatia. Depois do que Helen havia passado, ela não devia contar com a ajuda dos amigos?

Jenny não entendia por que *ela* não podia ser a amiga. Por que tinha que ser ele? Os dois faziam tudo juntos. Ele não tinha amigos que ela não conhecesse.

Depois disso, nunca mais foi fácil ter Bill em casa. Sempre que Jenny saía, ela supunha que ele corria para a casa de Helen ou Helen corria para a casa deles. Quando voltava para casa, Jenny conferia os copos de água para ver se estavam secos e a torneira do banheiro, que ela sempre deixava para o lado, e inspirava fundo para o caso de detectar algum perfume. Helen sempre usava o mesmo, Eau Passionnée, as únicas palavras em francês que Jenny conhecia, e só porque tinha estado no Almirante uma vez, visto a fragrância na cômoda e passado um pouco em si mesma. Nunca usava perfume, então tinha se sentido uma nova mulher com ele. O mais vergonhoso era que tinha ido até Exeter um dia, algumas semanas depois, e comprado um frasco. Queria se sentir como Helen. Para ver como era. Mas, quando Bill tinha voltado para casa e ela fora buscá-lo no barco, a primeira coisa que ele lhe dissera tinha sido:

— Que cheiro é esse? Não combina com você.

E ela nunca mais usou o perfume.

Um carro parou diante da casa de Hannah. Jenny ouviu uma porta bater. O pânico lhe subiu pela garganta. Ela agarrou o corrimão e correu escada acima.

Momentos depois, olhando pela janela do quarto de Hannah, percebeu que era apenas um pai que viera mais cedo buscar o filho, aquele que tinha chorado.

Hannah tem razão, pensou ela, triste. Eu fiquei estranha.

O quarto da filha estava uma bagunça, a cama desarrumada, as coisas do genro esparramados pela mesa de cabeceira. Bill não era bagunceiro. Ser faroleiro havia ensinado certas coisas a ele, como o modo de enrolar as meias e guardá-las na gaveta, em vez de largá-las murchas no carpete, feito um par de ratos esmagados na rodovia.

Se ao menos ela conseguisse descrever a dor que a obrigara a fazer aquela coisa horrível.

Tivera vontade de sacudi-lo. Tinha lhe dado filhos lindos e um lar amoroso, e Bill ainda assim olhava pela cerca e achava que um casal como aquele, que havia enfrentado aquilo, era melhor do que eles?

Carol havia colocado ainda mais lenha na fogueira. Lembrara a Jenny como ela havia criado os filhos sozinha, vivido só com as meninas desde que Bill começara a trabalhar na torre, e, depois, quando Mark nascera, ela também ficara sozinha com ele, lavando fraldas, esquentando mamadeira, curvada sobre o berço do bebê às três da manhã, enquanto a Donzela piscava para ela a noite toda.

Durante aquelas noites, Jenny chorava de raiva: não sabia o que seria pior, se Bill estivesse cuidando da luz e tão acordado quanto ela — acordado, mas não ajudando, sem saber que ela estava prestes a jogar o bebê pela janela, fazê-lo voar pelo céu feito um cometa com seu cobertorzinho — ou se estivesse dormindo. Ela o teria matado se o imaginasse dormindo. E o teria matado se pensasse em Helen, e quanto menos ela dormia, mais pensava nela e piores eram seus pensamentos. Ela passou meses com Mark sem dormir. Não dormir a deixava maluca.

Helen não tinha criado a família dele, tinha? Não dera filhos a ele nem passara suas roupas. Não havia preparado rocambole de sorvete para ele e feito cafuné quando ele reclamava da Interferência e de como aquilo dava a impressão de seu estômago estar cheio de carvão.

Mas ainda assim Helen achava que tinha o direito de escrever aquelas malditas cartas que só faziam com que ela própria se sentisse melhor, não Jenny. Assim que começava a lê-las, assim que via o nome de Bill escrito nelas, Jenny as amassava e as jogava fora.

Aposto que vários homens amaram você, pensara Jenny sobre Helen na época. Não é justo você decidir que o quer agora, quando ele é meu e é tudo que tenho.

A camisola da filha estava jogada no chão, ao pé da cama. Jenny se sentou e passou a mão nela. Lembrou-se de dobrar a camisola de Hannah quando a filha era pequena, de colocar a peça embaixo do travesseiro, de beijar a testa suada da menina ao dar boa-noite. "Você volta para conferir como estou? Volte daqui a pouco." "Está bem, eu volto." "Daqui a pouco, mamãe. Promete?"

Prometo. Como Bill podia ter apagado sua luz para elas?

Logo, Hannah veria sua mãe inocente como a fraude que era: a mulher que havia fingido ser a vítima durante todos aqueles anos, mas que não era nada daquilo. Ela pararia de falar com Jenny, de maneira tão fria e permanente quanto Jenny havia parado de falar com a própria mãe.

— Mãe?

Hannah apareceu à porta. Jenny levou um susto.

— Você me assustou.

— Eu não sabia onde você estava. Como está a cabeça?

— Hã?

— Sua dor de cabeça.

— Ah. Melhorou.

— As pessoas estão indo embora — explicou Hannah. — Graças a Deus. — Havia um pano de prato manchado em seu ombro. — Greg está preparando as lembrancinhas. Você vai descer?

Jenny desviou o olhar. Tentou impedir as lágrimas, mas não adiantou.

Só queria dar um susto no marido. Não que ele sumisse para sempre.

— O que houve? — Hannah entrou no quarto. — Mãe, o que aconteceu?

Jenny puxou a camisola para seu colo e disse:

— Tem uma coisa que preciso lhe contar.

28

Trident House
North Fields, 88
Londres

Sra. Michelle Davies
Church Road, 8
Towcester
Northants

12 de agosto de 1992

Cara Sra. Davies,

REF: PENSÃO ANUAL

Anexado a esta carta há um cheque para sua devida pensão. Espero que isso atenda às suas necessidades.

Um aviso: a instituição está a par de que há outras pessoas interessadas em pesquisar a história do farol Pedra da Donzela. Não preciso lembrar que nossa posição continua clara: nem nós nem ninguém ligado ao desaparecimento podem dar mais detalhes sobre o assunto. O caso foi encerrado e não exige reabertura.

Atenciosamente,

[Assinatura]
Fraternidade Trident House

29

MICHELLE

Ela havia notado a ave pela primeira vez uma semana antes, depois de ter viajado para ver Jenny. Tinha sido uma viagem perdida. Ela passara toda a volta decidindo quais outras mentiras teria que contar a Roger, que havia se irritado por precisar tirar o dia de folga para cuidar das meninas. Ela já havia inventado a amiga doente que não tinha muito tempo de vida.

Certa tarde, o animal apareceu no gramado, enquanto ela dobrava as cadeiras do jardim, e desde então não parara de aparecer em todos os cantos, no parapeito, enquanto ela preparava o café da manhã, sob o carvalho ou empoleirado na gaiola do porquinho-da-índia, os olhos redondos encarando-a. Sempre aparecia sozinho.

— Quem é você? — perguntara à ave um dia. — Vá embora.

Michelle passara a ter medo de vê-la, mesmo quando certo tempo se passava entre os encontros. Mas isso era pior, porque ela achava que a ave tinha ido embora, até que reaparecia de repente, quando menos esperava, feito um cutucão nas costelas bem quando estamos adormecendo.

No domingo à tarde, Roger saiu com as meninas. Michelle estava sentada no sofá, lendo a *Woman's Weekender* e começando a se interessar pela reportagem sobre um casal enganado por empréstimos consignados, quando uma mancha branca piscou no canto de seu olho. A ave estava no gramado outra vez, as penas se assentando. O animal se virou sem sair do lugar, tentando se localizar, mas, quando a viu, parou e a observou com curiosidade.

— Xô — disse, abrindo a porta do jardim de inverno, mas a ave não se mexeu até Michelle sair e correr até ela, chegando a um metro de distância.

Então a ave voou e pousou em um galho acima da cabeça de Michelle.

— Me deixe em paz — disse ela.

Dentro de casa, Michelle fechou as cortinas e tentou voltar à *Woman's Weekender*, mas *sabia* que a ave estava lá, mesmo que não conseguisse vê-la, pousada na árvore, observando.

Quando Roger voltou para casa, as cortinas estavam fechadas.

— O que está acontecendo? — perguntou ele

Ela respondeu que não era nada, só estava com enxaqueca.

Na manhã seguinte, a ave estava diante da janela de seu quarto. Roger havia saído para o trabalho. Ela ficou feliz por ele não estar lá para vê-la abrir a janela e tacar um copo d'água na ave, dando um grito estrangulado, que provocou um bater acelerado de asas e fez sua filha mais velha entrar no quarto correndo, a boca cheia de pasta de dentes.

— Mamãe, o que você está fazendo? Está parecendo uma palhaça.

Michelle olhou para o próprio reflexo no espelho e ficou surpresa com o que viu: os cabelos despenteados, a maquiagem do dia anterior se tornara uma grande mancha preta.

— Vamos — disse. — Está na hora de se arrumar.

No caminho para o Monday Club, o rádio tocou "Fire and Rain", de James Taylor. Michelle pensou na noite em que havia conhecido Vinny, nos lábios dele quando fumava.

Depois de deixar as duas meninas, ela foi até a Sainsbury's, por mais que não precisasse de nada. Então apoiou a cabeça no volante.

A música a deixara triste.

Fevereiro de 1972. Ela só tinha ido à festa porque Erica a obrigara. Não tinha nada para vestir, então procurara no cesto de roupa suja e achara uma calça boca de sino, que encharcara com o Rive Gauche da mãe. Tinha tomado um pé na bunda uma semana antes e não estava a fim de ir.

— Vamos, vai ser divertido — insistira Erica.

Quando chegaram, ela pensou: Já vi muitas cenas assim. Uma garota vomitava em um vaso de plantas do lado de fora da casa e a ponta da trança não parava de entrar em sua boca.

— Este é o Vinny.

Michelle tinha ouvido falar do primo ex-presidiário de Erica. Ela se perguntou por que não havia prestado mais atenção. Vinny era um pouco mais alto do que todas as outras pessoas, tinha cabelos escuros e dentes ligeiramente tortos. Só conseguia olhar para ele quando não estava olhando para ela. Olhar nos olhos dele causava um choque de humilhação.

Quando Erica se afastou, ele disse:

— *Michelle*... Isso me lembra aquela música dos Beatles.

— Você curte Beatles?

— Sou mais os Stones.

— Nunca fui muito fã do meu nome — admitiu Michelle. — Ele me faz lembrar do mar. Não sei por quê. O mar me assusta um pouco. Talvez por ser muito profundo.

Ela estava falando demais.

Vinny tinha um sorriso bonito, caloroso e sincero, que chegou até seus olhos.

— Quer comemorar comigo? — perguntou ele.

— O que você está comemorando?

Ele pegou uma garrafa de Babycham.

— Vamos.

Estava mais fresco fora da casa, na escada, depois que a menina e sua trança tinham entrado.

— Consegui um emprego hoje — disse ele. — De faroleiro.

Ela via seus cílios no escuro.

— Nunca conheci um faroleiro.

— Agora conhece.

— E eu aqui falando do mar...

— Foi aí que percebi que era com você que eu queria comemorar.

Ela sorriu. A bebida era doce.

— Tem um cigarro? — perguntou ela.

Vinny mexeu na jaqueta.

— É maconha.

Quando ele acendeu o fósforo, ela olhou a palma de suas mãos e pareceu que estava vendo uma parte íntima dele.

— Não parece um emprego de verdade — afirmou ela, querendo ficar ali fora com ele.

— O que é um emprego de verdade?

— Não sei. — Ela passou o baseado para ele. — Um que não faça a gente se sentir sozinho.

— Não vou me sentir mais sozinho do que já me sinto.

— Está se sentindo sozinho agora?

Ele sorriu para ela.

— Não exatamente.

Uma parte de mim sempre se sente atraída pelo cara errado, pensou Michelle. Talvez haja um pouco disso em toda mulher.

No estacionamento da Sainsbury's, a buzina de um Volkswagen soou atrás dela. A motorista abaixou o vidro.

— Vai sair? — perguntou, impaciente. — Meus dois filhos estão no carro.

Michelle se lembrou de que estava parada em uma vaga para mães com bebês.

— Desculpe. Vou. Vou, sim.

Ela deu a ré e saiu do estacionamento pelo lado errado, fazendo um ciclista gritar que ela era uma vadia cega. Ao ligar a seta para a esquerda na rotatória, viu outra vez a ave pousada na ilha do meio, sozinha, encarando-a.

Ela acordou no meio da noite. Com os dedos dos pés frios. Duas e trinta e três da manhã.

O corpo de Roger a seu lado a acalmou, as costas gordas se erguendo e baixando com os roncos. Ela se levantou e vestiu o robe, que pareceu rígido, depois de ter secado no varal e esturricado no sol.

No primeiro andar, no escritório do marido, ela pegou a pasta escondida sob a mesa. Roger a incentivara a jogá-la fora.

— Para que você quer guardar essa porcaria?

Ele falava que era uma porcaria que ocupava espaço demais, uma reclamação que nunca fazia em relação aos vários "redutores de estresse" cromados que ficavam espalhados em cima da mesa.

Michelle se sentou na cadeira dele e abriu a pasta. Cartas da Trident, variações de um mesmo tema: *Nossos pêsames... chocados e abismados... se houver algo que possamos fazer.* Então a pensão, que, na verdade, era um suborno: dinheiro para que ficasse quieta e, em troca, fosse sustentada.

Por fim, o veredito deles: *Já investigamos tudo o que podíamos... A prisão muda as pessoas... o isolamento... não era o melhor lugar para Vincent, considerando a saúde mental dele.*

Saúde mental? Até aquele dia, Vinny tinha uma das melhores cabeças que ela já havia conhecido.

Entrevistas: 1973.

Michelle se inclinou para a frente, sob a luz fraca, e passou a unha pela borda da pasta. Enquanto as investigações aconteciam, Helen Black insistira em receber cópias de tudo. A Trident não tinha como negar; a última coisa de que precisavam era um parente abalado procurando a imprensa.

Ela voltou a ler as transcrições, palavras ditas vinte anos antes, mas ainda vivas naquelas páginas. Apesar de conhecer bem o texto, ele fez sua cabeça doer, e seu coração ainda mais.

Ela queria ter sido a pessoa a falar sobre Vinny. Em vez disso, tinha sido Pearl, a tia dele, porque o havia criado. Michelle podia ter contado a eles como Vinny era de verdade, não aquelas mentiras, que o pintavam como um ladrão fracassado. Ter documentado todas aquelas coisas boas sobre ele teria significado alguma coisa.

Michelle conseguia ignorar a maior parte do depoimento de Pearl, mas era difícil deixar passar uma. Ela chegou ao parágrafo e ficou ali, analisando as palavras até perderem o sentido. A afirmação de Mike Senner a abalava. Sempre a havia abalado. O pescador jurava que tinha estado na torre uma semana antes de a encontrarem vazia; dizia que tinha ido encher os tanques de água e falado com Bill e Vince. Os dois haviam contado sobre uma visita inesperada.

Por que os investigadores não tinham ido atrás daquela pista? Fazia sentido. E provava o que havia acontecido, com certeza.

O relógio na mesa de Roger informava que faltavam cinco para as quatro. Os olhos dela estavam se fechando; logo amanheceria.

No andar de cima, ela voltou para a cama, tomando cuidado para não incomodar o marido. Uma sombra se moveu pela parede, as pontas dos galhos se estendendo pelas cortinas. Ela sentiu o peso do homem que havia amado, que ainda amava, o fantasma dele, sentado a seu lado, tranquilizador feito um cachorro, diminuindo e desaparecendo enquanto ela caía no sono.

VII

1972

30

ARTHUR

O barco

Helen,

Eu nunca escrevo para você. Nunca escrevi, não sei como. Cartas de um farol... Você já não leu um livro sobre isso? Um desses romances bobos que você comprou em uma estação de trem, antes de termos entrado para essa vida. Faroleiros que escreviam cartas para as namoradas. Longe dos olhos, perto do coração. Não é desse jeito. Quando terminou, você disse: "Duvido que seja assim." E estava certa. Não é para a gente. Você preferiria que eu tivesse escrito? Isso teria impedido você? O que está na minha cabeça não sai direito, na maioria das vezes. Quero contar para você, querida. Quero contar tanta coisa...

Cartões-postais nunca terminados; cartões-postais nunca enviados. Eu os rasgo e os jogo no mar para vê-los flutuar para longe.

Em outra vida, uma vida de sorte, vejo os pedaços sendo levados até a praia. Ela vai encontrá-los, reuni-los, remontá-los. Tudo vai fazer sentido.

Trinta e seis dias na torre

— O que houve com você? — pergunta Bill a Vince na quarta-feira enquanto almoçam uma canja de galinha com pão velho, que está começando a endurecer e mofar. A sopa é enlatada e a gordura se acumula por cima, mas, depois que é aquecida e engrossada, fica boa. — Parece estar passando mal.

— Foi alguma coisa que eu comi. Estou me sentindo um lixo.

Bill fuma e sorri para mim, como se tudo aquilo fosse uma piada.

— O que foi? — pergunto.

— Nada. Meu Deus do céu, alguém tem que manter o ânimo aqui.

Vince mexe na sopa, sem apetite. Eu entendo. Estou louco para comer carne fresca, qualquer coisa fresca. No rochedo do norte, a gente criava galinhas. As boas nos davam ovos durante toda a estada, e as que não davam viravam ensopado. A gente olhava para as aves quando chegava e torcia para pelo menos uma delas estar ficando velha pelo bem do nosso estômago.

— Meu intestino — reclama Vince. — Está todo revirado.

— Vamos mandar você embora antes que o tempo vire, não é, Arthur? — sugere Bill.

Coço o queixo, passando a unha nos pelos crescendo. Vejo Helen olhando para mim com carinho, ou algo que eu entendia como carinho, apesar de estar mais para desprezo. Onde arrumou essa barba, Arthur Black? Nunca vi você de barba e não faz seu estilo, não faz nem um pouco seu estilo.

Houve uma época em que ela não me conhecia, e talvez aquilo no fim das contas fizesse meu estilo.

— Aí eu e você íamos ficar aqui, Bill.

Ele joga a cinza do cigarro na tigela de sopa.

— Não por muito tempo — responde ele. — Mandariam outra pessoa.

Naquele momento, olhando para meu assistente, sinto vontade de derrubar as xícaras e os pratos da mesa, mandar aquela bagunça toda para o chão enquanto vou para cima dele e acabo com aquele sorrisinho estúpido.

— Não — digo. — Não seria por muito tempo.

Vince olha para nós dois.

— O que você quer fazer? — pergunto.

— Vou ficar bem — responde ele, afastando a comida. — Prefiro não tirar um coitado de casa tão perto do Natal.

— Não vou cobrir seu turno, se é isso que está querendo — afirma Bill.

— Obrigado pela empatia, cara.

— Você vai ter muita empatia em casa, de um médico.

— Parece até que quer que eu vá embora, filho da mãe.

Bill dá de ombros.

— Só não quero pegar isso, cara. O balde já está sofrendo o suficiente com você.

Vince apoia a cabeça entre as mãos.

— Pode ter sido minha comida — resmunga.

— Se foi a de alguém... — diz Bill.

— Achei que se todo mundo tivesse isso...

— E logo todo mundo vai ter...

— Vou esperar um dia — afirma Vince. — Ver se passa.

— Eu cubro o seu turno — ofereço. — Volte para a cama.

Quando ele vai embora, Bill pede:

— Chame um barco, Arthur. Ele está mal pra caralho.

— Já decidi. Amanhã vai ter passado.

— E se não tiver?

— Aí a gente chama alguém.

— Não se o mar estiver agitado, porra.

— Não vai estar.

— Não é o que está dizendo a previsão — afirma Bill.

Acendo um cigarro.

— A previsão nem sempre acerta.

— E você acerta?

No Norte, quando chegou a hora das galinhas, meu faroleiro--chefe me mostrou o que fazer. Ele segurou uma de cabeça para baixo e me pediu para cortar o pescoço dela. Um corte limpo da esquerda para a direita.

— O que está querendo dizer, Bill?

Ele olha para mim por um instante.

— Foda-se — diz, por fim. — Você é o faroleiro-chefe, não eu. Faça o que quiser.

Peguei estes dolomitos em Flamborough Head. Na época, meu faroleiro-chefe me chamou em um dia tranquilo e disse: "Tem um centavo aqui, garoto, e um pouco de vinagre. Agora veja o que consegue fazer."

As rochas com cálcio borbulharam com o ácido. Aprendi a classificar a rigidez delas em uma escala de um a dez esfregando as mais duras com uma moeda. Ele me deu seu bloquinho e seu manual com todas as anotações. Já tinha começado a pintar na época e era sua forma de dizer: "Isto é seu agora. Fique com isto por um tempo, depois passe adiante."

Para Helen, as pedras são mórbidas. Para mim, é o contrário. Quando tocamos uma pedra que existe há milhares de anos, é como se nós e a história déssemos as mãos.

Ela diz que fico mais à vontade no farol do que em terra e talvez esteja certa. A vida na terra me parece errada. A instabilidade de tudo me abala. Telefones tocam de forma inesperada. As lojas da região vendem dois tipos de leite e não consigo decidir qual deles comprar. No mercado ou no ponto de ônibus, as pessoas me contam as novidades em detalhes: "Bom dia, Arthur, já voltou? Parece que vi você ontem mesmo. Helen contou que o Stan da Laura finalmente foi tirar as pedras da bexiga?"

Elas falam sobre a semana seguinte ou algum dia em julho em que sei que não vou estar em casa, mas eu assinto, sabendo que não vai fazer a menor diferença para mim. De certa forma, minha vida em terra é sempre de passagem, já que estou lá mas não estou. É como ir a uma festa cheia de pessoas que não conheço, sem saber o que vestir e tendo que ir embora antes da meia-noite.

Quando estou no continente, tenho que fingir ser um homem que não sou, fazer parte de algo de que não faço parte. É difícil explicar isso para as pessoas normais. Elas não se interessariam pela imobilidade silenciosa e interminável da vigília da manhã, nem pelo fato de um bom assado ocupar sua cabeça por um dia inteiro e pelo seguinte. O mundo dos faróis é pequeno. Lento. É isso que as outras pessoas não conseguem: elas são incapazes de fazer nada devagar e com significado.

Meu cérebro funciona de maneira diferente aqui. Em terra, ele meio que adormece; não é tão esperto quanto é aqui. Por exemplo, quando vou pegar o barco, sei exatamente qual deve ser o peso da minha mala com tudo dentro: chinelos, cuecas, toalhas, pente, lenços, toalhas de rosto, calças de trabalho, calças confortáveis, pulôveres, nécessaire, cigarros, creme de barbear. Isso tem a ver com minha vida no farol, então eu sei o peso de cada item e de todos juntos e, quando falta alguma coisa, percebo o que é sem muito esforço. Já parei Helen no píer para avisar que tinha deixado o cortador de unha no armário do banheiro. Quando volto para a terra, perco tudo isso. Tenho coisas demais com que me preocupar e não adianta nada, porque elas estão sempre mudando. Então, apesar de parecer que a torre exige menos de mim, ou que aqui eu me desligo, isso não é verdade.

Helen me confunde ainda mais quando volto. Algumas noites ela quer falar comigo e outras, não. Ela sai e não sei aonde vai.

Embora agora eu possa imaginar. Pode não ser só o Bill. Ela pode ter vários, rir de mim pelas costas, me chamar de bobo, de homem que não consegue segurar a esposa.

Não descanso porque fico pensando nos dois juntos. Como ela foi capaz? E ele, a quem ajudei no início, mostrando o que devia fazer e oferecendo minha amizade; que acalmei depois do susto e do vômito durante a travessia. Esse tempo todo — quanto tempo? — ele não era quem eu pensava.

Não descanso porque fico pensando em você.

O sono é o refúgio, mas ele não deixa que eu me aproxime. No beliche, sinto calor, depois frio; suo, depois tremo, é noite, então amanhece e não consigo me lembrar do que aconteceu nesse meio-tempo.

Um dos nossos geradores pifou. Chamo o técnico pelo rádio e eles dizem que vão mandar alguém. Mas não quero que venha. Não quero ninguém novo aqui. Ninguém mesmo.

Às quatro da tarde, uma névoa espessa avança sobre o mar: eles perderam a chance. Subo até o mezanino para carregar o canhão. Está muito frio lá fora, estranhamente quieto.

Há uma mancha no mezanino, uma única pegada.

Pequena. Eu pisco. Ela some.

A névoa faz isso. Abafa e imobiliza tudo. Eu não seria o primeiro faroleiro a atribuir meu humor aos elementos externos, já que eles se tornam companheiros tão próximos quanto nossos colegas dentro do farol, mas a névoa tem uma característica específica. Ela sufoca a luz e o som, reduzindo o mundo até só sobrar você.

O sol de dezembro é fraco, na melhor das hipóteses. Hoje está esverdeado, bege nos cantos. As famílias em terra devem estar montando as árvores de Natal e decorando as casas com fitas e velas. Helen e eu costumávamos nos esforçar para decorar a nossa, mas hoje em dia não fazemos mais isso. Sempre vamos ter os sininhos de anjo, porque ela cresceu com eles, e um pedaço de guirlanda em volta do espelho. Quase nunca estou em casa no Natal. Ela não tem por que fazer isso sozinha.

Anoto N e E no registro — E para "escuro" —, depois leio o termômetro e registro a visibilidade, menos de meio metro da torre.

Passo muito tempo fazendo isso, mais do que os outros. Eles não escrevem muito... Datas, símbolos, a cada três horas como exigido, nada que lhes pertença de fato. Não sei por que estou escrevendo nem o que estou escrevendo especificamente. Talvez esteja escrevendo para você. É a névoa ou as horas ou a infinitude de tudo.

Do lado de fora, pego uma pena que sobrou quando Vince tirou as aves dele do mezanino. Pare de chamá-las de minhas aves, não são minhas, porra, diz Vince, mas são, por causa do modo como penso nelas, porque foi ele quem as encontrou. Seguro a pena antes de soltá-la. Ela paira por um instante, sustentada pelo ar pesado, depois desaparece. Não cai, nem desaba, nem gira, como faria com a brisa. Ela desaparece.

Quando me levanto, é para ver uma forma no mar, ao longe, surgindo da névoa. Então a Trident mandou mesmo alguém. Só que o barco está vindo da direção errada, do mar aberto. Não pode ser o técnico, no fim das contas. Aperto os olhos, sem saber se é uma peculiaridade do clima, mas os binóculos confirmam que o barco se aproxima rápido. Sem hesitar, dou corda no canhão e aperto o êmbolo para disparar. É ensurdecedor e abre caminho em meio à névoa. O relógio começa a contar cinco minutos, mas disparo novamente em seguida, antes de dar corda no canhão para recarregar.

O barco parece não ouvir. Segue depressa em direção ao farol, ignorando as explosões, meus braços balançando e meus gritos para que ele se afaste.

Pelos binóculos, meu alvo aparece embaçado. O mastro do barco é alto, mas a embarcação em si é pequena. Vejo uma cabeça pilotando-o e concluo que, se posso vê-lo, ele também deve me ver, por isso grito outra vez:

— Vire tudo para estibordo, tudo para estibordo!

O canhão dispara. Por que ele continua avançando? Não está vendo minha luz?

Então percebo a vela rasgada, mais parada do que uma meia no varal em um dia sem vento. Ele veio pedir ajuda; não quer dar meia-volta. Grito que vou preparar o gancho e ele não responde, por isso uso o semáforo. Por fim, ele levanta o braço.

— Oi! — grito. — Estou vendo você!

Ele mantém o braço erguido, os dedos unidos, mais como um remo do que sua mão. Não é só o barco que é pequeno; ele também é.

— Oi — repito, desta vez sem gritar.

O barco vira para estibordo, mas a pessoa dentro dele começa a acenar. Não é um aceno de pedido de socorro, mas de reconhecimento. Ele passa pela torre. Eu o vejo ir embora e, em segundos, a névoa o engole. Ele se foi.

31

BILL

Dedo podre

Cinquenta e três dias na torre

Sid chega na quinta-feira. Mal tiramos a mesa do café da manhã e Arthur nos avisa que o bote está vindo. É o mecânico para consertar o gerador. Ele parece surpreso, como se não esperasse a visita. A névoa continua densa. Eu não esperava que a Trident fosse mandar homem nenhum. Por que Arthur não questiona isso? Esta semana, a barba dele se fechou, seus olhos ainda mais. Alguns faroleiros passam tanto tempo nas torres que começam a ouvir o canto das sereias.

Alguns minutos de gritos em meio à escuridão silenciosa são necessários antes que o barco se posicione e o recém-chegado seja preso ao guincho. Não é um barqueiro que eu reconheça. Está mascarado sob um chapéu impermeável, o rosto escondido, mas ele faz um ótimo trabalho mantendo a corda esticada e o barco a uma distância regular, o que não é fácil, já que o mar em torno da torre parece a água de uma banheira escorrendo pelo ralo. São os rochedos que me assustam: pedaços frios de carbono que não têm nada a ver com os homens. Assim como o mar, como o céu. Não há nenhum sentimento, nenhuma conexão. E se a vida se reduzir a isso, então faz sentido para mim. Não existe céu nem inferno nem bom nem mau porque nada disso importa.

— Prazer — diz o mecânico. — Eu sou o Sid.

Ele estende a mão. É mais alto do que eu e Arthur, tem um corpo de boxeador. Juro que, se o pessoal da Trident passasse mais de uma noite em um farol no meio do mar, pararia de contratar quem ocupa o espaço de duas pessoas. Sid é mais velho do que o normal. Tem tatuada no braço uma caveira na mandíbula de um lobo. Seu cabelo é grosso e claro.

— De onde você é? — pergunta Arthur, quando nós três estamos sentados na cozinha, fumando, as mãos ao redor de xícaras de chá.

— De todos os cantos. — Sid sacode o maço vazio, depois rouba um cigarro de Arthur. — Nunca fico parado. Fiquei sabendo que eu seria bom para os faróis, tipo vocês, porque são transferidos de um lado para outro. Mas isso aqui, não, eu não ia aguentar. É pequeno demais.

Sid olha em volta, como se nunca tivesse estado em uma torre e achasse engraçado ver a mesinha, as cadeiras e os homens que vivem ali dentro.

Normalmente, as pessoas que vêm sabem que não se encaixam ali. Elas estão no nosso mundo, então têm que tomar cuidado, como aconteceria em terra se a gente contratasse um encanador e ele viesse fazer o trabalho. Mas Sid me parece estranho. Não sei por quê. A voz dele é aguda demais para um homem e para alguém tão grande. Não é bem uma voz de mulher, mas não é muito diferente disso. Não combina com ele, como se não lhe pertencesse, ainda mais porque o sotaque dele é forte, do Norte, e me lembra o do meu avô, que tinha punhos de aço e um nariz que parecia uma raiz torta.

Ele me lembra alguém. Ele me lembra de um sonho que tive.

— Preciso de espaço — diz Sid. — Não me importo de visitar de vez em quando, mas não aguentaria morar aqui. Tem fogo? Obrigado. Caralho, vocês devem fumar muito. Só fumo quando estou entediado. Por que vocês não têm detergente? Achei que vocês, faroleiros, fossem obcecados por isso. Mas vocês não têm.

O faroleiro-chefe franze a testa.

— Estamos esperando que a Trident aprove.

— Você devia ter avisado. Eu podia ter trazido um pouco. Podia ter comprado um no mercado e trazido como presente de Natal antecipado. Não teria sido um problema.

— O sabão dá conta.

— Vocês não se cansam? De ficar sentados sem fazer nada o dia inteiro?

— É um pouco mais do que isso — explica Arthur.

— É, mas ainda assim é chato.

— Não depois que você se acostuma.

— Eu não ia querer me acostumar, cara. É, esse seria meu medo. — Sid sopra fumaça na direção do cano do contrapeso. — Imagine se vocês ainda tivessem que suspender e abaixar esse troço durante o dia inteiro. Não é mais tão trabalhoso, é?

Arthur concorda, depois fala sobre os pesos em correntes que costumam ficar ali dentro e sobre o fato de que quem estiver de plantão tem que suspender os pesos até a lanterna para girar as lentes, antes de baixá-los outra vez. A cada quarenta minutos, como um relógio cuco. Arthur devia gostar, eu acho, da época em que nada era elétrico. É o tipo de coisa de que ele gosta: cabeça baixa, movimentos contínuos, como meu pai e o pai do meu pai. É um dos motivos para Arthur ser o menino de ouro deles. Um veterano da Trident, extremamente confiável, que nunca ultrapassou nenhum limite nem por um centímetro. Arthur prova que a vida na torre funciona. Os homens sobrevivem a ela e sobrevivem bem. Todos os faroleiros com quem já trabalhei falaram que aprenderam com ele. Como se ele fosse um Santo Graal que talvez um dia pudessem tocar.

Mas ele não é, não depois que o conhecemos. É por isso que não importa que ela me diga que cometeu um erro, eu não acredito.

— É uma coisa horrível, o câncer — afirma Sid, apagando o cigarro. — Que maluquice que é. Sabia que já tive três vezes? Sou um grande especialista em desviar de balas. Devo ter um gato dentro de mim para ter todas essas vidas. Mais chá? Obrigado, duas colheres de açúcar. Não precisa economizar, cara. É, duas, isso mesmo. Não sei por que pego esses bicos. Mas pego, acho que preciso pôr comida na mesa. Me mostre alguém que teve câncer tantas vezes, isso tira mesmo a energia da gente. Cachorros também têm. Eu não sabia, mas o cachorro do meu amigo teve, só que o animal não recebeu tratamento nenhum porque era um cachorro, então morreu. Cadê o terceiro?

— Terceiro? — pergunta Arthur.

— O outro cara.

— Está dormindo.

— A essa hora? Caralho, o que ele acha que é isso? Férias?

— Está doente.

— Se está de cama, não deve ser muito forte. Vocês deviam contar que tive câncer três vezes e ver o que ele acha. Quase quero ter de novo, sabia? Já meio que virou um jogo para mim. Como estou ganhando, posso apostar de novo e ver como me saio, ver quantas vezes consigo vencer isso. Mas aqueles hospitais são complicados... Dizem que tenho dedo podre, porque não paro de ser internado.

— Minha mãe era de Yorkshire.

É a primeira coisa que digo a ele.

— É? — Ele se vira para mim. Olhos prateados. — De onde era sua avó?

— Hã?

— Não preciso da sua história de vida, companheiro.

— Eu chutei. O sotaque.

— Então foi um péssimo chute. Como falei, sou de todo lugar. Quando a gente é assim, testemunha o circo todo que é a vida. Vocês dois já ouviram falar da gralha-branca? Um amigo meu disse que viu uma vez na Donzela. Com certeza foi na Donzela, tipo, cem por cento de certeza. Não era uma gaivota, porque meu amigo entende dessas coisas; era uma gralha-branca. Ele estava lá em cima no mezanino e a porra do pássaro saiu do nada e pousou ao lado dele, encarando meu amigo. Era completamente branca, uma gralha-branca grande pra cacete.

— Não tem gralhas aqui — diz Arthur.

— Teve daquela vez. Mas foi há muito tempo, sabe. Tenho problema com pássaros, não suporto esses bichos. Têm um visual pré-histórico, não é, são só bico, patas e voam para todo lado. Já tentaram ajudar um pássaro quando ele não consegue voar? O bicho grita com você, é sério. É assustador.

Por fim, levo Sid até o gerador. Observo sua nuca enquanto descemos a escada; uma volta para o óleo, outra para a parafina, mais uma até o depósito. Os cabelos dele são de uma cor muito estranha, quase branca, mas não de verdade, e não do branco que vem com a idade. A parte mais escura do meu cérebro parece reconhecê-lo, mas a imagem se desfaz quando tento alcançá-la.

O mecânico é tão grande que não sei como nós dois vamos caber lá embaixo com as baterias e o maquinário entulhado, mas conseguimos. Arthur diz que tenho que ficar com ele. Eu não quero. Não gosto do jeito como olha para mim, como se soubesse de tudo que já passou pela minha cabeça.

— Quem é o seu barqueiro?

Sid começa a retirar a gasolina do gerador.

— Meu o quê?

— Seu barqueiro. Eu não conheço.

— Também não conheço, cara.

— Normalmente é o Jory. É ele quem costuma vir.

— Desculpe decepcionar vocês. — É escuro ali embaixo, cheio de sombras. — Aposto que você estava esperando uns presentes, não é, já que está perto do Natal.

— Às vezes isso acontece.

— É, vocês, faroleiros, acham que merecem a caridade dos outros.

— Acho que não é bem por aí.

— Soube que todas as crianças da escola mandam presentes para vocês. — Os dedos de Sid trabalham rápido. Ele não presta atenção ao que está fazendo, faz tudo um pouco alheio, como alguém mexendo em uma panela enquanto fala ao telefone. — E a escola também. Vocês não comandam um pelotão no Vietnã, cara, não sintam tanta pena de si mesmos.

— A gente sempre fica muito grato.

— É um exagero, se quer saber. E sabe do que mais, Bill? Tem essa história de tendinite também. Você já teve? Então devia agradecer a Deus. Acordei com a mão toda travada, sem mexer nadinha. E não era só minha mão, e sim o pulso e até o cotovelo, totalmente dormente. Era melhor amarrar um saco de batata em mim de tão inútil que ficou. O médico me disse...

— O médico do câncer?

— Não, outro. Esse médico disse: "Sidney, você está com tendinite." Falei: "Estou com o quê?" E ele me disse que é quando o nervo fica preso ao chegar na mão e a gente tem que aturar aquilo até melhorar porque não tem mais porra nenhuma para fazer. — Ele remexe os ombros. Algo estala. — Claro que eu não podia trabalhar e era um saco, apesar de não ser tão ruim quanto o câncer, aquilo era horrível mesmo, mas parece que o médico estava certo e a tendinite desapareceu por conta própria. Ela me pegou de surpresa. Tipo a gralha-branca que vocês têm aqui.

— Não tem gralha-branca aqui.

— Se você diz... Meu amigo sabe do que está falando.

— Quem é seu amigo? Talvez eu conheça o cara.

Sid tira o carburador.

— Você é casado, Bill?

— Sou.

— Com a Jenny, não é?

— Como sabe o nome dela?

Ele desenrosca a base da boia.

— Ela me faz lembrar um burro.

— Vou contar a ela que você disse isso.

— Como estão as coisas? Com a Jenny. Soube que ela é uma bêbada.

O cheiro de combustível invade minhas narinas.

— O quê?

— Esses boatos se espalham. — O olhar dele encontra o meu. — Tipo, em terra. As pessoas falam.

— Isso não é da sua conta.

— É verdade. Eu devia cuidar do meu nariz grande. Só que fico curioso para saber o que faz um homem e uma mulher quererem ficar juntos a vida toda, sabe? Isso me fascina. Eu mesmo não sou casado, nunca quis. Não consigo pensar em nada pior.

Tenho que falar alguma coisa ou então vou dar um soco nele. Tenho que encher minha boca ou então vou encher meu punho. Meu pai dizia: "Você é um garoto que apanha, Bill; não é um garoto que bate."

— É uma merda, não é? — Sid pega uma escova de aço. — Viver amarrado. A vida é longa. Nunca quis me dar ao trabalho. Sou um cara solitário.

— A gente acaba ficando muito tempo longe com esse emprego.

— E você gosta disso, não é, Bill?

Minha cabeça dói.

— Desculpe — diz ele. — Só estou interessado. As pessoas me procuram para contar os problemas delas.

— Não tenho problemas.

Ali embaixo, Sid parece mais novo do que parecia no andar de cima. Suas mãos parecem macias enquanto ele limpa a sujeira da boia, não as mãos de um homem que trabalha com os dedos cobertos de graxa. Não paro de pensar em seus dentes quando ele sorriu, muito brancos, os caninos afiados. Meu peito parece cheio, como se eu tivesse engolido um saco de areia.

— Continue dizendo isso para si mesmo, companheiro — diz ele. — Você nunca vai adivinhar o que já fui, antes de entrar nesse jogo. Vamos lá. Adivinhe. Aposto que não vai acertar.

— Não consigo.

— Já dei uma pista. — Ele joga um spray na passagem de ar. — As pessoas me procuravam para contar os problemas delas. Uma vez por semana. No domingo. Cacete, você não frequenta a igreja, então!

— Você era *padre*?

— Por quê? Não pareço um homem santo?

— Não.

— Faz muito tempo. Me passe a chave de fenda, por favor.

— Por quê?

— Porque preciso dela.

— Por que padre?

— Só falei isso para você desabafar o que tem preso no peito.

— Não tenho nada no peito.

Ele limpa o nariz com o braço tatuado.

— E aquele saco?

— Que saco?

— Você disse que parecia que tinha um saco de areia no peito com tudo o que estava acumulado dentro de você.

Olho para ele. Mais de perto.

— Você não ama sua esposa, a Jenny Burro, mas adoraria ter uma chance com a do faroleiro-chefe. — Sid gira a chave de fenda. — É, você adoraria ter uma chance com ela. Você ama aquela mulher há um tempão, não é?, desde que veio para cá, e a sua esposa parece acabada perto dela. Você gosta tanto da Helen que não consegue olhar direito para ela. Nem consegue tocar nela, nem para ajudar com as sacolas de compras. Você tem medo de que fique óbvio para ele e que ele fique sabendo. Bom, ele já sabe, companheiro. Ele sabe o que você quer, que você é louco por ela. Está surpreso? Claro que ele sabe, seu idiota. Você acha que ele está velho e acabado, não acha, e o que um desgraçado desses vai fazer com você? Eu não ia pagar para ver, cara. É um sujeito que não tem nada a perder.

— Eu não sei quem você é...

— Sabe, sim. Você sabe exatamente quem eu sou.

Sid bate o indicador no polegar. O barulho que faz parece o de uma antiga linha telefônica conectando.

— Você perdeu a chance com Helen — diz ele. — Depois do que aconteceu com eles, ela está destruída, não é? Nunca vai melhorar e não foi você que fez isso com ela. Foi ele.

— Nunca mais fale sobre a Helen — aviso. — Você não a conhece.

— Nem você, seu maluco de merda. Mas eu conheço você. É, eu conheço todos vocês. Só o suficiente, e o suficiente já é demais.

Ele limpa as mãos e sorri de novo, mostrando os dentes de baixo.

— Agora, o que vai ter para jantar? Faz um tempão que não como comida caseira.

32

VINCE

Toc-toc

Dezoito dias na torre

Alguém vem para a cama, mas isso não significa que tenha anoitecido. Está escuro, mas não significa que tenha anoitecido. Ou talvez tenha, sempre existe essa chance. Partes de acontecimentos e sons que pertencem ao mundo real: o vapor de uma xícara de chá ou o fedor de cantina de uma lata de ravióli da Heinz. Sem ter para onde ir ou estar, a não ser encolhido no mesmo lugar, com o estômago embrulhado, um estômago parecendo uma rede cheia de caranguejos, preocupado, esperando, os dias se repetindo. Na prisão, eu tinha uma fresta para ver a luz do dia. Ninguém quer que você seja paparicado pela quantidade de luz que tem, porque a luz é um luxo para o homem que tem o coração sombrio. Mas, quando estava claro, eu olhava para as estrelas, cinco ou seis delas, talvez, e me parecia a coisa mais linda na época e ainda parecem agora. Eu ficava deitado ali com algum ladrão no beliche de cima, roncando ou coçando o saco, e olhava fixamente para aquelas estrelas enquanto não conseguia dormir.

É pior para os outros. Eles têm que cobrir meu turno e limpar tudo que eu sujo. Estou acostumado a cagar e vomitar em baldes.

Bill e o faroleiro-chefe estão acostumados a louça frágil e privadas de porcelana, ou seja lá do que as privadas sejam feitas. Passar mal aqui ou na cadeia não faz muita diferença.

O faroleiro-chefe entra. Ajoelha-se, tira uma caixa do armário. Ouço as rochas e pedras batendo umas nas outras, *toc-toc*, suave, frio, constante. O tempo passa.

— Já disse que sei ler mãos? — pergunta Michelle depois do trabalho.

Eu tinha ido encontrá-la em Charing Cross. Ela saiu da estação lotada, o guarda-chuva pendendo como se tivesse levado um tiro. Acenou e sorriu. Como foi que consegui isso?, pensei.

— Não sou muito fã dessas baboseiras, você é?

— Como assim?

— Gente morta. Pensar que a gente já viveu antes.

— Não sei o que acho disso. — Passamos pela Trafalgar Square. Pombos cinza em uma coluna cinza. — Minha avó me ensinou a ler mãos.

— É?

— E tarô.

— Aquelas cartas com os bodes pendurados de ponta-cabeça.

— Você nunca fez uma leitura.

— Claro que não!

— Posso ler para você, se quiser.

Ela não leu. Em vez disso, voltamos para o apartamento dela na rua Stratford e transamos. Quando acordei no dia seguinte, ela segurava uma das minhas mãos e a encarava.

— O que foi? — perguntei.

— Você não tem uma linha do destino — comentou ela.

— E devia ter?

Ela falou que sim. Afirmei que, contanto que eu tivesse uma linha do amor, tudo bem.

— Isso você tem — afirmou ela.

Meio acordado, meio dormindo, me afogando em um semimundo. Ontem à noite, ouvi a voz do faroleiro-chefe no rádio. Ele está chamando um médico, não está? Arthur vai cuidar de mim.

Toc-toc.

Quem está aí?

Um homem vindo do mar para me buscar. Cabelos brancos, pele branca; pés pingando no atracadouro, mãos nos degraus. Ali está ele na entrada. Agora à porta.

Prometi a Michelle que tinha acabado. Quando escrevi para ela, jurei, chega de brigas. O perigo acabou. Confie em mim.

Havia um cara na cadeia que jogava muito xadrez e foi com ele que aprendi. Ele disse que era como ser uma das peças, uma das importantes, o cavalo, por exemplo. Se puser o cavalo no tabuleiro, vai fazer parte do jogo e o jogo tem como pegá-lo. Mas, se você o tirar, é só um cavalo, não podemos chamá-lo de mais nada, ele não pode ser trancado, entendido nem jogado. Nem mesmo faz parte do jogo.

Temos que nos tirar do tabuleiro de vez em quando. Voltar a ser quem somos, nosso eu real, quando estamos sozinhos e não precisamos fingir. Podemos fazer isso em um farol. Não há ninguém nos puxando de um lado para outro.

Quando vierem me pegar, então vou saber. Do que sou feito. Como sou. O que estou disposto a fazer.

Meu segredo na cozinha, embaixo da pia. Como o faroleiro-chefe e as pedras dele, um prazer secreto. Imagino o peso da arma, com curvas tão macias quanto as dela.

Faz horas que estou flutuando. Pouco consciente do fato de que o faroleiro-chefe entrou no quarto, o beliche rangeu e a cortina balançou em meio à escuridão profunda, depois um sussurro:

— Vince, está me ouvindo? Falta pouco, amigo.

Vagando por aquela escuridão, o suficiente para levar meus pensamentos até o topo da torre, parte do céu ou do mar, ou então estou perdido em algum lugar na terra, procurando aquela luz desconhecida, inalcançável, sentindo que morri.

Dezenove dias

Um dia de que me lembro, algum dia entre um milhão deles, foi quando os cigarros acabaram. Apalpando o bolso como se fosse uma bochecha mole, percebendo, que merda, fumamos tudo. Três faroleiros correndo entre os andares, revistando casacos e camisas, cada cantinho em que um cigarro de emergência pode ter sido colocado. Sacudindo cada caixa e lata, pensando naquele amigo que certa vez me deu um, o qual eu escondi, mas não lembro onde. Uma revista em busca de bitucas jogadas em lixeiras, desfazendo as pontas para juntar tabaco e enrolá-lo em um cigarro fumável. Uma ou duas tragadas, mas valia a pena.

Fumar em um farol é mais do que um hábito. Dois minutos e meio no tempo em que estamos. Coração calmo, alma calma. E depois? Esperar um barco passar, pedir que uma equipe venha, mas pode demorar dias e as horas se estendem sem parar enquanto o mar ri de nós, homens minúsculos com desejos minúsculos.

Então Arthur encontrou um maço. Se fosse Bill, teria guardado para si. Cigarros não são como latas de sardinhas e não precisam ser divididos. Mas o faroleiro-chefe pôs um cigarro ao lado de cada prato, um por dia, nada a mais para ele, nada a menos para nós. Esperávamos ansiosos por aquele cigarro, a ponto de ter se tornado algo divino. Nós três fumávamos depois do jantar em silêncio, o craquelar quente do papel, o suave *puf* de nossos lábios. Nada antes disso ou desde então teve um sabor tão bom.

Um pesadelo me acorda, ou podem ter sido os lençóis molhados de suor e enroscados nas minhas pernas. Eu estava escalando, mas meus músculos cederam, então caí e acordei.

Outra pessoa, *toc-toc*. Uma conversa de fundo, ao longe, acima ou abaixo, não sei dizer, mas há outra pessoa aqui porque Bill e o faroleiro-chefe capricham na entonação, usando vozes melhores e mais claras, em vez de grunhidos e xingamentos.

Tento me sentar. Minhas costas desgrudam do lençol amassado. O sangue sobe à minha cabeça. Dói. Eu me deito.

Meu estômago está vazio, mas pensar em comida me enjoa. Pensar nos chocolates que a esposa de Bill mandou me enjoa. Minhas articulações doem, todas elas, os pontos do corpo em que coisas redondas encaixam em buracos redondos. Há um balde no chão. Não sei quando o usei pela última vez nem se foi limpo.

Eles trouxeram um médico, é isso. Quero um médico. Mas não é um médico, não é ninguém. Estou sonhando em subir até o mezanino para pegar ar fresco e deixar o vento levar isso de mim, mas nunca vou chegar lá em cima, nunca vou me levantar, e sinto sede, sede de verdade, a necessidade de sair, uma bebida que tenho que tomar para não morrer. E se eu morrer?

Quando acordo de novo, está um frio de rachar. A parede está gelada de umidade. Puxo o lençol e o cobertor, que também estão congelando.

Sonhos salobros que eu atravesso quase me afogando, minha língua tomada por um líquido amargo. Volto para lá, caminhando, um prédio residencial à frente. Não o vejo como era na vida real, mas alterado. Torto. Meu amigo Reg atrás de mim, os outros também. Não os vi, mas os senti, ouvi suas jaquetas roçando enquanto andavam...

Vamos voltar. Melhor não fazer isso.

Mas o sonho continuou como se eu não tivesse ouvido e o cachorro começou a latir. Vi seus dentes. Suas gengivas escuras cheias de veias e a ferida com pus enquanto ele rosnava.

Sangue e pelos, o grito agudo de uma criança. Meu amigo em meus braços, gelado.

A janela do quarto é um quadrado opaco. Penso em N de névoa.

Três vozes.

Preciso de água. Espero entrar na cozinha e me ver lá, com os outros, o faroleiro-chefe, Bill e eu, sentados à mesa, fumando e jogando cartas, e é minha voz que ouço, mas a versão que está de pé, pensando isso, não está envolvida. Ela é invisível. Está morta. Morreu dentro dos próprios sonhos.

Contudo, quando chego ao andar de baixo, não me vejo. Encontro um cara grande e grisalho.

— Já não era sem tempo — diz Arthur.

O cara grande e grisalho não fala nada, mas olha para mim e sorri.

VIII

Entrevistas: 1973

33

HELEN

— Eu aguento. Seja o que for. Se tiverem morrido, vou aguentar. Prefiro isso a não saber. Vocês nos diriam, não é? Se descobrissem, vocês nos diriam?

— Sabemos como isso é difícil para você, Helen.

Ela gostaria que não falassem isso. Eles não têm como saber. A ideia de nunca mais ver Arthur era um abismo estranho, um livro de páginas vazias, o degrau que achávamos que estava no escuro, mas não estava.

Dia 2 de janeiro. Terça-feira de manhã. Onze e quarenta e cinco.

Quatro dias desde que haviam sumido. Quando via a Pedra da Donzela pela janela da sala, Helen tinha a sensação esquisita de estar observando um carro passar sem ninguém ao volante.

— Faz alguma ideia do que aconteceu com seu marido?

Os detetives estavam sentados diante dela, os mensageiros da má notícia, da falta de notícia, de nada. Em alguns momentos, aquilo parecia inconcebível, uma elaborada brincadeira só por diversão ou tédio para ver como podiam animar as coisas em terra, quanto tempo demoraria até que aquela gente atrapalhada do continente os encontrasse, os lagartos, agarrados discretamente a uma rocha.

— Não sei. Não faz sentido. As pessoas não desaparecem do nada, não é?

— Normalmente não.

— Vocês acham que eles morreram.

— É cedo demais para tirar conclusões.

— Mas é o que estão pensando. Não estão? Eu estou.

— Vamos voltar um pouco, por favor. A última mensagem que recebemos de Arthur era para cancelar o pedido de um mecânico para consertar o gerador.

— É.

— Por que você acha que Arthur cancelou o pedido, Helen?

— O gerador foi consertado.

— Mas a Trident não mandou ninguém.

— Um deles deve ter consertado. Arthur pode ter feito isso. Ou Bill.

O homem escreveu alguma coisa em seu bloco de notas. Havia perguntas demais, e todas eram uma perda de tempo, de pessoas que não sabiam nada sobre faróis, sobre o que significava estar envolvido com um farol, com uma pessoa que estava em um farol.

— Arthur teve algum comportamento diferente do normal da última vez que o viu?

— Não.

— Ele citou alguma pessoa específica, algum nome novo ou diferente?

— Acho que não.

— Queremos conferir se Arthur e os outros não foram pegos por outra pessoa na torre. Alguém com um barco. É o tipo de coisa que ele faria?

Helen balançou a cabeça. Arthur era pragmático e sensato; a cabeça dele parecia um catálogo. No primeiro encontro dos dois, ele citara o nome das estrelas. Não tinha sido nem um ato romântico; é que ele simplesmente sabia. Betelgeuse. Cassiopeia. Nomes como bolinhas de gude em uma tigela de vidro. Ele desmontava relógios e os remontava para ver como se encaixavam e como funcionavam, a elegância do mecanismo. Montava quebra-cabeças cobertos de céu e mar porque, por ser faroleiro, havia aprendido a notar os detalhes que os definiam quando ela via apenas cinza. Ela sempre achara que ele tinha os ombros mais lindos que já vira. Era uma coisa estranha pela qual se sentia atraída, mas fazer o quê. Antes, ela saíra com um homem que tinha os ombros caídos, cujas roupas pareciam correr o risco constante de escorregar do corpo, como uma camisa em um cabide pequeno demais. Em comparação, ela podia equilibrar duas cestas nos ombros de Arthur. Na época, estava pronta para se casar e começar uma família.

— Arthur estava um pouco deprimido?

— Como assim, um pouco? Ou a pessoa está ou não está.

— Ele alguma vez disse que estava meio para baixo? Você observou alguma perda de apetite, ou se ele vinha dormindo mais do que o normal ou se tinha parado de conversar com as pessoas?

— Arthur quase nunca conversava com as pessoas.

— Então ele podia estar sofrendo de depressão.

— Acho que não. Nós nunca conversamos sobre isso.

Helen pensou no marido na cozinha, semanas antes, parado diante do forno, bem ali, *bem ali*, de costas para ela, e a lembrança parecia próxima o bastante para que pudesse tocá-la. Ele havia passado geleia no pão e ela ficara irritada porque, antes de comer o pão, ele tinha lavado, secado e guardado a faca. Só então tinha se sentado para comer. Não dissera nada, porque um casamento longo lhe ensinara que, se não tinha algo de bom para dizer, era melhor não dizer nada.

Ela podia fazer as coisas como preferia quando ele estava longe. Assim que ele voltava, ela se irritava, mas não dizia nada porque aquilo era um casamento, na maior parte do tempo.

— A senhora poderia nos dizer o que fazia antes de entrar para a Trident House?

— Eu trabalhava em Londres. Como vendedora.

— Um estilo de vida muito diferente, então.

— Acho que sim. Já passei mais da metade da minha vida com a instituição, mas ainda penso naquela época e em como é diferente hoje em dia e tem sido diferente há muito tempo.

— Você gosta de morar aqui sozinha? É muito isolado.

— Não penso muito nisso.

— São, o quê, mais de seis quilômetros até Mortehaven?

— Arthur dizia que era como se a Trident não quisesse que fôssemos embora.

— Isolamento pode causar danos, Helen. Temos que considerar isso não só em relação aos homens, mas também às famílias. Se Arthur estava deprimido...

— Eu nunca disse que ele estava deprimido.

— Mas faria sentido se ele estivesse.

— Por quê?

Os detetives a observaram com pena.

— A reclusão pode causar danos graves a uma pessoa. Ainda mais se ela já estiver em um estado vulnerável.

— O que você está insinuando?

— É muito cedo para insinuar qualquer coisa. Estamos analisando as várias possibilidades.

Ela já havia considerado as possibilidades. Bill havia contado a Arthur. Ele mentira sobre os sentimentos de Helen e a duração do caso: um estudante de meias até os joelhos cutucando um ninho. A ideia de que Arthur havia acreditado a deixara com um vazio no peito.

— Os efeitos da reclusão são sérios. Isso não é normal para uma pessoa. Sabe se o Sr. Walker tinha problemas com isso? Ou o Sr. Bourne?

— Eu não conhecia nenhum dos dois muito bem.

— Mas, como morava do lado do Sr. Walker, devia conhecê-lo.

— Não muito.

— É amiga da esposa dele, a Jenny? Há quanto tempo eles estão aqui?

— Uns dois anos.

— E nunca houve nenhuma briga nos chalés, nenhum desentendimento?

— Não.

— Imagino que vocês têm confortado uma à outra.

Helen se concentrou na toalha de mesa impermeável. Jenny lhe dera de presente de aniversário no ano anterior. A estampa tinha desenhos das áreas rurais de Devon em tons de salmão misturados a receitas de sopa e torta de berbigão. Jenny era uma ótima cozinheira. Ela preparava terrines bem engorduradas e pudins de melaço; iguarias para Bill levar para o farol. Jenny sentia orgulho do talento que tinha na cozinha, para arrumar a casa, para criar os filhos, tudo que faltava em Helen.

Quando Bill estava fora, às vezes ela convidava Helen para um jantar caseiro. Helen aceitava os convites incomodada. Durante as refeições, conversava com as crianças enquanto Jenny servia a comida em tigelas, em seguida vinho, depois limpava a mesa, com dezenas de diálogos iniciados e nenhum concluído. Helen insistia em lavar a louça e havia algo na imagem de duas mulheres à pia da cozinha — uma lavando, outra secando e o rádio murmurando — que gerava uma atmosfera de confiança.

Me perdoe, Jenny. Eu estava sozinha e solitária.

— Ela vai receber uma pensão, para criar os filhos. E você também, Helen. A Trident House deixou isso claro. Custe o que custar, vocês vão ficar sob nossos cuidados.

— Talvez isso não seja necessário. Eles ainda podem voltar.

Mas aquilo já era necessário. No sábado de manhã, a equipe da Trident chegou em dois Vauxhall Victors, descendo a estrada estreita até o complexo. Jenny e as crianças estavam esperando Bill voltar. Os representantes foram até a porta, e Helen, que observava da janela, entendeu na hora. Os ombros rígidos, a cabeça baixa, o chapéu respeitosamente removido assim que a porta se abriu. Jenny caiu no primeiro degrau.

Helen sabia como era sentir sua vida evaporando, mas nunca tinha visto isso acontecer com outra pessoa. Ela percebeu que era incapaz de ver aquilo, porque a dor de Jenny exigira que ela virasse o rosto no último instante, como se passasse por um acidente na estrada e sentisse que a cena exigia privacidade.

Bill devia ter tido um infarto, pensou ela, ou caído do barco e se afogado. Ela não demorou para aceitar isso. Sua primeira emoção egoísta foi alívio.

Quando os representantes olharam para o chalé dela, houve um instante em que tudo ao seu redor ficara imóvel: o tique-taque do relógio, o zumbido da geladeira, o tremular da chaleira na cozinha fervendo a água. Mais tarde, depois que ficou sabendo, parte dela se perguntou se havia desejado que aquilo acontecesse, uma mudança ou uma revelação, e tinha acontecido.

— Você está bem, Helen? Podemos continuar?

— Podem me dar licença? Preciso de um pouco de ar fresco.

Do lado de fora, o vento uivava, o mar amarronzado se agitava, gerando ondas cobertas de espuma branca. Ondas de nuvens corriam pelo céu. Helen estava sem casaco, o frio cortante parecia necessário. O vento espancava seu vestido. Ela via a sombra da Donzela, uma vertical remota abrigando o próprio contingente de emergência. A Trident havia achado que colocá-las ali, onde podiam ver uma mancha fraca da horrenda torre, faria com que se sentissem mais próximas dos maridos, mas só piorara as coisas. Os homens não podiam vê-las. Para Arthur, sua vida em terra parava de existir, mas ela ainda conseguia vê-lo e isso a incomodava todos os dias. Preferia não ver nada.

Volte para mim, pensou.

A torre a encarou, incapaz de ceder. Todas as torres são orgulhosas; a Donzela ainda mais. Sentia orgulho de ter levado Arthur. Era seu lugar secreto, longe dela, e gostava disso. Ela pensou nas rochas que ele havia colecionado nos faróis nas ilhas, notando os paralelos e as discrepâncias, enquanto ela queria bater nele e gritar: "Olhe para mim, seu idiota, olhe para mim. Não vê como preciso de você?"

Ela não se lembrava de quando começara a amá-lo, porque parecia que o tinha amado a vida toda, sem saber direito onde começava ou terminava. Mas, no fim, o consolo da Donzela, o farol em si, tinha dado a ele o que ela não podia. Depois da dificuldade que haviam tentado enfrentar juntos, mas que a deixara sem nada para oferecer.

As lágrimas surgiram quentes, mas congelaram em seus olhos. Ela disse a si mesma que tinha vivido coisa pior, mas, naquele momento silencioso de lágrimas contidas, não era o que parecia.

Não adiantava explicar isso para as pessoas que estavam lá dentro. Como podiam entender a reclamação mais básica dela, a reclamação mais difícil e amarga que tinha a respeito do marido e sobre a qual nunca havia encontrado palavras para conversar com ele porque seu silêncio a amordaçava como nunca. O fato de ela não ter sido a única a procurar alguém diferente. Tinha havido outra mulher. Um amor do qual ela não podia se aproximar, nem torcer para que fosse comparável ao seu. Que havia tirado Arthur dela, em quem ele pensava quando estavam juntos e desejava sempre que se tocavam.

34

JENNY

— Estou sem leite, ou faria uma xícara de chá para vocês. Só que não posso sair e comprar mais, não é, porque não vou sair desta casa até Bill voltar. Não vou sair até que ele entre por aquela porta e a gente veja que tudo isso foi um grande erro porque ele vai chegar a qualquer minuto, tenho certeza, e preciso estar aqui, esperando por ele.

Jenny se recostou na cadeira e tentou controlar a tremedeira. O interrogatório não estava sendo como ela havia imaginado depois de ter visto tantos programas policiais na TV. Primeiro, eles não estavam em uma delegacia. Estavam na casa dela, no Masters, que agora tinha um leve aroma de enroladinho de salsicha. Ela passara a manhã toda vendo pessoas estranhas entrarem no chalé, as fronteiras normais que separavam o privado do público — a porta da frente, o limite de seu quarto — invadidas em um instante. Os detetives eram piedosos, mas achavam aceitável comer em um momento como aquele, de alguma forma aceitável levar papéis amassados para a casa dela, manchados de massa folhada e fatias de carne quente.

— Agradecemos por conversar com a gente, Jenny.

O bebê começou a chorar. No corredor, sua irmã se apressou para pegá-lo. A porta da frente se abriu. Ela se assustou: era Bill. Não, não era.

— Posso muito bem conversar com vocês, se pararem de dizer que ele se foi. Como se estivesse morto. Ele não morreu. A gente tem que esperar mais um pouco, só isso.

Fitas de papel pendiam do teto da sala de estar, cansadas de manter o sorriso desde o dia 12 de dezembro. O anjo no alto da árvore fechou um dos olhos, não querendo ver. Eles haviam discutido por causa do anjo, já que ele não queria isso, queria uma estrela, e Jenny o atacara porque a única coisa que ele fazia era criticá-la, qualquer coisa que ela fazia, não importava quanto tentasse, e será que ele não podia simplesmente deixar que ela fizesse o que queria? Ele sabia como o Natal era importante para ela.

Jenny decorava a casa todo ano, mesmo que Bill não estivesse lá. Na manhã de Natal, ela o imaginava no farol, com os cartões e presentes que ela havia embalado em novembro, prontos para que ele abrisse. As crianças gritavam músicas de Natal da mesa do jardim, bem alto para que ele ouvisse. Se o vento soprasse para o lado certo, talvez ele ouvisse.

— Onde você acha que Bill está, Jenny?

A voz do homem soou cuidadosa, como se ele fosse fazer algo que pudesse machucá-la.

— Acho que ele está no mar agora, seguro e quentinho em um barco.

— As primeiras vinte e quatro horas depois que um desaparecimento é relatado são cruciais. Já se passaram noventa e seis...

— Ele está vivo.

— Você acha que seu marido e os outros homens que estavam com ele fugiram da torre?

— Acho. Alguma coisa pegou os três e os levou embora.

— Como a pessoa mencionada no relato de Mike Senner?

A mulher tinha o rosto redondo e pálpebras pesadas, uma postura que era, de alguma forma, tanto de alerta quanto de entediada, feito uma coruja em um minizoológico, pouco interessada nos transeuntes.

— A atmosfera lá é ruim. Bill diz muito isso.

— Entre os três?

— Não, o próprio lugar. É como se coisas ruins tivessem acontecido lá.

— Coisas que Bill fez? Ou um dos outros?

Jenny engoliu em seco. Sua garganta doía. Todos imaginavam que Mike Senner estava mentindo, e talvez estivesse. Mike era conhecido por contar histórias com o intuito de chamar a atenção para si mesmo, e o bom senso dizia que ninguém podia aportar em uma torre sem a aprovação da Trident House. Mas ele parecia ter tanta certeza... Tinha jurado que havia sido o último a ver os três. Dissera que Bill contara que eles haviam recebido a visita de um homem. Isso não era importante? Ninguém ligava para isso?

Se ela admitisse que acreditava na história de Mike, eles marcariam a caixinha dela com uma cruz. Vasculhariam o armário dela, as lixeiras. Seus recibos de produtos de limpeza.

— Não foi isso que eu quis dizer. As coisas travam. Ficam presas. Um farol não tem espaço suficiente. Tudo fica entulhado.

— Estamos falando de fantasmas?

— Não de um lençol com buracos no lugar dos olhos. Mas de uma atmosfera, de uma atmosfera ruim. Alguns faróis têm isso. Veja só o Smalls.

— O que tem o Smalls?

A história tinha sido contada a ela por Bill, o que havia acontecido no farol de Smalls, na costa do País de Gales, no século anterior. Naquela época, as estações eram bimanuais, só tinham dois faroleiros ao mesmo tempo, e, depois de algumas semanas, um deles morrera num acidente. Todo mundo sabia que os dois não se davam bem, então o que ficara para trás teve medo de ser preso por assassinato caso tentasse se livrar do corpo. Por isso, decidiu esperar todo o tempo passar até os substitutos chegarem. O problema foi que, depois de um tempo, ele não aguentava mais o cheiro. Tudo o que podia fazer era construir um caixão e pendurá-lo na lanterna, mas, assim que o pôs lá, uma rajada de vento o abriu. O cadáver podre ficou lá, com os braços balançando. Toda vez que o vento soprava, o braço do morto batia no alto da torre.

Bill disse que devia parecer que o homem estava acenando para ele. O morto dizendo *Venha* para o vivo, chamando-o para se juntar a ele. Aquilo começou a afetar a cabeça dele. Enlouqueceu o cara. Navios passavam ao longe e viam aquele homem acenando. Achavam que não havia nada de errado, então nunca se aproximavam. No fim das contas, o faroleiro vivo tinha ficado pior do que o morto. Ele tivera que ouvir o braço balançando dia e noite, batendo na janela, pedindo para entrar. Quando voltou para o continente, estava destruído, dominado por pesadelos e pelo uivo assustador do vento.

A coruja se ajeitou na cadeira, mas ainda com aquela expressão impassível, plácida.

— É uma história interessante.

— Para você não passa disso, não é? Uma história.

Sem dúvida, Jenny parecia maluca, os cabelos despenteados desde sábado, as mesmas roupas do dia anterior, sem contar que a camisa era de Bill. Tinha o cheiro dele. De casca de árvore e suor.

— Sua vizinha Helen diz que eles se afogaram.

— Ela deve achar isso mesmo. É uma mentirosa. Você vai ver.

— Mentirosa?

— É um crime ela dizer isso. É esposa do faroleiro-chefe. Devia ser mais leal em vez de dar a impressão de que eles não sabiam o que estavam fazendo. Quando Bill voltar, vai ficar feliz por eu ter confiado nele e não ter dito que foi porque ele não sabia fazer seu trabalho.

— Helen nos levou a acreditar que todo mundo nos chalés se apoia.

— Se apoiava, sim.

— Se apoiava?

— Você vai repetir cada coisinha que eu disser?

— Havia dois relógios parados na torre, Jenny. Os dois pararam quinze para as nove. Esse horário tinha algum significado especial para Bill?

— Não.

— Para algum de vocês?

— Não.

— Você não sabe ou não tinha?

— Não sei. Os dois. Nenhum dos dois.

— Helen sugeriu que a pilha pudesse ter acabado.

— E acabou?

A mulher teve a decência de ficar envergonhada.

— Infelizmente, não pudemos conferir isso. As duas pilhas estavam no lugar, mas podiam ter sido invertidas. A equipe de busca enviada pela Trident retirou as pilhas e as substituiu. Então eles não podiam ter certeza.

Ela visualizou Bill se debatendo em meio às ondas. Ele não sabia nadar.

— Tinha alguma coisa no farol com eles. E, antes que você diga que isso é loucura, não é nenhuma maluquice maior do que dizer que dois relógios em perfeito estado pararam no mesmo minuto, no mesmo dia.

— Existe outra opção: a de que um dos faroleiros parou os relógios.

— Por que alguém faria isso?

Houve uma batida na porta. Um assistente trouxe duas xícaras de um líquido amarronzado parecido com o molho de carne espesso servido na churrascaria de Mortehaven. Jenny se lembrou de Bill antes de os dois se casarem, vestindo seu melhor terno para levá-la para jantar lá.

O cheiro do café a deixou enjoada.

— Preciso ir ao banheiro.

Depois, no corredor, ela encontrou Carol, que lhe ofereceu o bebê para que segurasse. Mas ela não o queria. Não queria o toque de ninguém. Só de Bill.

Quando voltou para a sala de estar, a cena ainda estava montada. Até o fim da vida deles, o Natal seria daquele jeito: detetives, enroladinhos, sininhos de papel e árvore murcha. Hannah e Julia estavam na casa de uma amiga, mas ela não podia deixá-las lá para sempre, logo teria que explicar. Sete e dois anos, elas entenderiam o básico: que talvez nunca mais vissem o pai. Talvez Hannah se lembrasse dele, mas Julia provavelmente não. O bebê não teria nada.

Ele vai voltar.

Se ela pensar nisso várias vezes, talvez se torne verdade.

E se não se tornar? Ela teria que sobreviver a cada dia, sabendo o que fizera. Bem feito. Ela merecia a perda.

— Estamos investigando se os três podem ter planejado o desaparecimento.

— Isso é ridículo. Bill nunca faria isso comigo.

— Arthur faria isso com Helen?

— Depende.

— Do quê?

— Não sei como é o casamento deles, sei?

O homem tomou um gole de café. Depois escreveu em seu bloco.

— Seu marido falava sobre Vincent Bourne?

— Bill não gostava de falar do farol quando estava em casa.

— O fato de Vincent ter estado na cadeia podia incomodar algumas pessoas.

— Existem coisas piores do que roubar. Não é como se ele tivesse machucado alguém.

O homem a observou por um instante. Então olhou para a mulher, que passou a unha da cor de presunto embalado em torno da borda da xícara.

— Você conhecia o substituto, Jenny?

Ela o vira uma vez, chegando a Mortehaven, depois de ter substituído Frank. Vinte e poucos anos, magro, ombros curvados. Tinha um cigarro na boca, quase invisível embaixo do bigode grosso. Sentira o cheiro de sua camisa furada por traças, mofada, defumada, um aroma úmido e antigo que ela passara a associar à torre, porque Bill sempre voltava com o mesmo cheiro. Eram necessários dias de lavagem e sachês de pot-pourri na gaveta das camisas para ele voltar a ter o cheiro de sua casa.

— É verdade que o Sr. Bourne foi preso por roubo. Mas a última passagem dele pela prisão foi por um crime bem mais grave.

— Qual?

— Lamento, mas não podemos divulgar. Um detalhe assim poderia gerar especulação e prejudicar a investigação.

— Um detalhe? Eu não diria que é um detalhe Vince ter sido preso por um crime que colocaria Bill em risco. Pelo que foi? Me conte. Sou esposa dele. Tenho o direito de saber.

— Não podemos concluir que o crime do Sr. Bourne teve alguma coisa a ver com o desaparecimento, nem que ele colocava alguém em risco.

— Mas há essa possibilidade?

A dupla olhou com pena para ela. Com pena, pensou ela, por algo além daquelas circunstâncias. Eles conversaram por um tempo, depois lhe contaram.

Ela levou certo tempo para processar o que haviam dito. Foi como chegar ao fim de um programa de TV e perceber que tinha assistido tudo errado. A verdade sobre Vincent Bourne ondulou por ela como uma bandeira na ponta de um navio, uma mancha solitária de vermelho vivo.

Ela não era a única que tinha um segredo.

35

PEARL

— Sinceramente, quase morri vindo para cá, uma mulher da minha idade, no meu estado. Me deram uns remédios para afinar o sangue por causa do coração, mas a única coisa que fazem é me deixar zonza e morrendo de frio o tempo todo. Olhem só para mim, estou tremendo! Com as mãos de um fantasma, dá para ver através delas. É a varfarina, é, sim. Acho que eu preferia ter outro derrame.

— Quer uma bebida, Sra. Morrell?

— Só se você tiver licor de cereja, aí eu quero. E não é senhora, é senhorita. Imagino que você acha que uma mulher como eu deve ter um marido, não é?

— Não parei para pensar nisso.

— Bom, eu tive. Tivemos um grande casamento, chique e tal. Aí ele sumiu, não foi? Saiu para comprar um litro de leite um dia e nunca mais voltou. A gente ouve histórias assim. No meu caso, foi verdade. Nem me deu um beijo na bochecha antes de ir embora. Acha que eu devia ter continuado usando a aliança depois dessa? Porra nenhuma. Ele me deixou para cuidar sozinha do bebê, que tinha cinco meses e berrava noite e dia, vê se pode. Achei que o tivesse visto em um posto de gasolina em 1968, enchendo o tanque com uma vagabunda no banco da frente. Posso fumar?

O homem passou um cinzeiro de vidro para ela, requintado, típico de um estabelecimento como aquele. Pearl nunca havia se hospedado em nenhum lugar como o Princess Regent, com aquela cama gigantesca, travesseiros de pena e banheiro no quarto. E os cafés da manhã... ovos e bacon, arenque e panquecas. Era bem diferente dos crumpets com os cigarros de sempre, consumidos enquanto ela observava, da janela do arranha-céu em que morava, o trânsito se arrastar pela A406.

— Obrigado por ter vindo até aqui, Srta. Morrell.

— Vão pagar para eu ficar aqui no hotel até terminar, não vão?

— A Trident House quer cuidar dos familiares nesse momento difícil.

— Se você está dizendo. Eu não gostaria de estar na pele deles. Mas não posso dizer que tenha ficado surpresa, para ser sincera. O destino daquele garoto era ser um assassino. Ele se meteu em problemas a vida inteira, e ia continuar fazendo isso até o fim. Agora você está aí, quebrando a cabeça, mas, para mim, não tem nenhum grande mistério aqui. Todo mundo está falando sobre um mistério, mas isso não existe. Quando me ligaram, pensei: "Ah, pronto."

— Como assim?

— Eu sabia que ia acontecer. Talvez não assim. Confesso que foi um jeito inteligente de fazer isso. Mas eu sabia que ia acontecer.

— O quê, exatamente?

— Não é o seu trabalho descobrir? Eu não sabia nada sobre isso. Nem sabia que ele tinha começado a trabalhar no farol. Quando saiu da cadeia, ele não me ligou nem foi lá em casa, aquele babaca ingrato. Eu nem sabia que ele tinha saído. Só soube porque Erica conhecia a menina com quem ele tinha começado a namorar. Foi assim que a gente ficou sabendo.

— Ele tem namorada?

— Por incrível que pareça.

— Qual é o nome dela?

— Erica deve saber. Erica é minha filha. Ela queria vir, mas falei que não. Eu sou a adulta responsável. Querendo ou não, sou responsável por aquele degenerado.

— O que você achava de Vincent trabalhar nos faróis?

— Fiquei chocada por ter sido contratado, depois do que ele fez. Mas aí imaginei que devia ter mentido. Vinny sempre foi um bom mentiroso.

— A Trident achou que o passado dele o tornava um candidato apropriado para o trabalho.

— Rá! Agora eu já ouvi tudo. Ninguém ligou para o crime pelo qual ele foi condenado? Isso não desestimulou ninguém? Pois devia. Não ligam para quem põem naqueles faróis e para os coitados que acabam ficando na companhia deles? Sinto muito por esses homens, de verdade. Meu sobrinho é culpado pelo sumiço deles. E é muito difícil dizer isso, que ele é meu sobrinho, porque, se eu tivesse escolha, diria que ele não tem nada a ver comigo, não é do meu sangue. Mas, se me perguntasse há um ano onde eu achava que ele ia parar, eu diria alguma coisa parecida.

— Você acha que Vincent machucou os outros?

— Claro. Ele sabia como fazer isso. Aprendeu na rua, depois a cadeia terminou o trabalho.

— Como você descreveria seu sobrinho? Com suas próprias palavras.

— E eu usaria as palavras de quem? Foi um pesadelo desde o dia em que nasceu. Minha irmã não conseguia lidar com ele: ela está enterrada agora. Foi ele quem provocou isso.

— Quantos anos Vincent tinha quando a mãe morreu?

— Treze. Olhe aqui, antes de começar a sentir pena dele, a vida nem sempre cheira a rosas. Quanto mais rápido ele aprendesse, melhor, ainda mais no caso dele. Tinha o capeta no corpo, aquele garoto. Eu disse isso a Pam assim que olhei para ele. Esse bebê não é muito normal, Pamela. Tinha um olhar estranho, de verdade. Quando deixou de ser um bebê e começou a andar, ele passou a bater nela. Dava tapas nela. Deixava minha irmã com hematomas e olhos roxos. Dava cabeçada na mãe sempre que ela o pegava no colo, ou a chutava e batia e nunca comia nada que ela colocava na frente dele. E nunca dormia também, passava a noite inteira gritando, e ela nunca pregava o olho. Pam enlouqueceu. Ele era levado para orfanatos a toda hora... Quantos anos tinha na época, uns dois, três? De qualquer maneira, já andava quando foi levado. O serviço social veio e isso abalou Pam, pode acreditar, mas ela não estava bem. Nunca quis o garoto, e isso dificultou tudo. Pelo menos eu queria Erica, ou seja, eu aceitava o fato de que ia ter um bebê. Ela tentou lidar com Vinny por um tempo, mas não aguentou. Não com o demônio que tinha dentro dele.

— Quando você diz que ele "era levado a toda hora", quer dizer que ele voltou para a mãe?

— Algumas vezes. Não era só Pam que não conseguia lidar com ele. As famílias adotivas e tal também não. Viviam mandando o garoto de volta porque ele estragava a vida delas. E eu pensava: "Deixem a coitada da menina em paz! Ela disse que não quer o filho, então larguem do pé da minha irmã." Isso só a deixou pior.

— Pior?

— Com as drogas. No fim, teve overdose. Tenho quase certeza de que foi de propósito. Não sei se a culpo. Não foi culpa da Pamela, foi dele. Dele e do pai dele.

— Onde está o pai dele agora?

— E eu sei? Não dou a mínima.

— Ele não ajudou a criar o filho?

— Isso é piada por acaso? Nunca nem olhei na cara daquele rato sujo e vou falar uma coisa: ele devia agradecer a Deus por isso. Eu ia estrangular o cara. Torceria o pescoço dele como se fosse um peru de Natal e depois rechearia o cara pelo cu. Pam só o viu uma vez. Ela não compactuou com a chegada do Vinny, se é que me entende.

— Não sei se entendo.

— Era só um cara em um beco que, uma noite, meteu nela, apesar de ela não querer. Entendeu agora?

— Sinto muito.

— Por quê? Não tem nada a ver com você.

A mulher que fazia as perguntas se recostou na cadeira. Eles obviamente tinham pensado: "Você entrevista a velha, seu jeito feminino vai ajudar. Ela vai ser mais tranquila com você."

Então o homem se inclinou para a frente, entrelaçando os dedos sobre a mesa.

— Por que você ficou com Vincent depois que ela morreu?

— Irmãs se ajudam. Na última vez que falei com Pam, ela me fez prometer isso. Disse: "Pearl, você tem que me jurar que vai cuidar dele." É por isso que acho que ela queria se matar. É de imaginar que, por ter dois filhos, teriam me dado um lugar melhor para morar, não é? Para ser sincera, aceitei em parte por causa disso. Achei que, se ficasse com Vinny, ganharia uma casa melhor. Mas fazer uma boa ação não é mais como antigamente.

— Quando ele foi preso pela primeira vez?

— Agora que você perguntou... Ele devia ter uns catorze, quinze anos. Por participar de pegas, esse tipo de coisa. Vinny recebeu um monte de multas, mas o que eu podia fazer? Não controlava o garoto. Não tem graça, mas fiquei feliz quando ele foi preso. Borstal era uma boa para ele porque não sabia viver direito no mundo normal, mas também não se dava bem nos lares adotivos. E deve ter sido bom para ele, já que voltou várias vezes.

— Quanto tempo ele ficou em Borstal?

— Alguns meses de cada vez. A não ser na última. Dessa vez ele ficou pouco mais de um ano, e, falando nisso, acho que pegaram leve com ele. O Glen da Rita pegou seis anos só porque nunca terminou de construir um banheiro chique na casa de um cara rico no Heath. Era de imaginar que podiam chamar outra pessoa, não é, já que moravam naquele bairro, em uma mansão? Não precisavam fazer um escândalo por causa disso.

— Ele já foi violento com você?

— Glen?

— Vincent.

— Ele que tentasse para ver.

— Então você mesma nunca teve provas de que Vincent era violento?

— Não precisei. Eu vi os hematomas da Pam, esqueceu?

— Se Vincent machucou os homens que estavam com ele...

— Se matou os dois, você quer dizer?

— Se tivesse matado, o que ele teria feito?

— Não faço a menor ideia, cara. Só sei que Vinny tinha um apelido na prisão. Houdini. Já ouviu falar dele, do ilusionista? Chamavam o garoto de Houdini Peludo por causa do bigode, aquela coisa horrível de que ele gostava. Sei que agrada a algumas mulheres, mas acho nojenta aquela pelugem toda em volta da boca. Quando vi meu marido no posto de gasolina, ele tinha uma barba comprida pendendo do queixo. Dava para prender uma tigela de cereal nela. Olhei para a vagabunda no banco da frente e pensei: "Pode ficar com ele, querida."

O homem franziu a testa. Pearl acendeu outro Rothmans.

— Houdini por causa do jeito que ele planejava as fugas. Para um garoto sem educação, até que a cabeça dele funcionava. Isso me faz pensar que o pai dele podia ser qualquer pessoa. A gente achava que era uma coisa, mas talvez não fosse, talvez fosse rico, tenha estudado em uma daquelas escolas chiques, tivesse uma casa chique e houvesse simplesmente decidido ir atrás de um pouco de aventura uma noite e Pam foi a sortuda. Sabe o que é isso? Arrogância. Tal pai, tal filho. Vinny dizia que a gente é bom nas coisas em parte por causa de talento e em parte porque acredita que é o melhor e convence os outros de que é mesmo. É mentira. Ele é um vigarista. Conseguia se safar de qualquer coisa. Pode ter escapado do farol. Saberia exatamente como. E faria parecer para os outros exatamente como ele queria que parecesse. Como nos dar a ideia errada. Não acho que Vinny tenha morrido.

— Então onde ele está?

— Sei lá. Os três é que têm que saber e pronto. Mas Vinny conhecia gente que podia ajudá-lo a fazer isso e acobertar tudo, dando a impressão de que era uma coisa quando era outra.

O homem sorriu, como se tivesse ficado satisfeito com a fala dela.

— Como o cara que estava lá com eles. O mecânico.

O sorriso sumiu.

— Nenhum mecânico esteve lá.

— Aquele pescador que foi até lá disse que sim.

— O depoimento do Mike Senner tem muitos problemas, por isso não vamos investigar.

— Quem disse?

— A Trident House. Todos os detetives que se envolveram no caso.

— Caralho, vocês não fazem a menor ideia, não é?

— É bom senso, Srta. Morrell. Não existem paradas não autorizadas no farol da Pedra da Donzela, ainda mais com o tempo ruim. A instituição sabe de tudo que acontece nas torres.

— Mas não sabe o que aconteceu nessa daqui, sabe?

— Não estamos dispostos a desperdiçar recursos com uma testemunha pouco confiável.

— E se ele estiver certo?

— Nenhum mecânico foi enviado. Nenhum barco saiu do porto. Nenhum barqueiro fez o trabalho. Ninguém viu esse indivíduo em Mortehaven nem em nenhum outro lugar.

— Não me peça respostas, cara. São vocês que devem ter isso. De qualquer forma, acho que não importa mesmo, já que a única coisa que isso prova é a minha teoria. Aquele mecânico, ou quem quer que fosse, só podia ser do bando do Vinny. E se meu coração estivesse melhor, aquele vagabundo babaca do meu sobrinho talvez ficasse com um pedaço dele. Que coisa louca, não é? Erica me disse antes de eu vir para cá, ela me disse que Vinny só queria uma coisa na vida: se afastar de todas as pessoas que o conheciam e recomeçar, onde não encontrasse os mesmos rostos em cada esquina. Vinny disse que um dia desses ia fugir. E o que aconteceu? O babaquinha foi lá e fugiu.

IX

1972

36

ARTHUR

Máquinas

Helen,

Eu o vi hoje. Você acha que eu nunca conto as coisas para você. Seu rosto, agora mesmo, lendo isso. É por isso que não conto.

Às vezes, me lembro do meu pai. Em choque por causa de bombas e explosões. Quando olho no espelho, vejo um homem morto. Gritos à noite. Minha cabeça despedaçada por um tiro.

Trinta e oito dias na torre

A névoa ainda cobre tudo, como um pedaço de pano enfiado em uma boca. Passa um pouco das cinco quando Vince se levanta.

— Quem é ele? — pergunta.

— Você não sabe, companheiro, eles não me mandaram aqui de bobeira — diz Sid.

Vince está mais fraco do que nunca. Peço que coma, mas ele diz que não consegue, vai vomitar tudo. Corto o pão mesmo assim e, como estamos sem manteiga, então uso um pouco da gordura cristalizada que tirei de uma carne há três semanas.

Bill fuma um cigarro atrás do outro. Está com a broca na mesa e uma concha da qual desistiu. A broca é fina e incisiva.

Esta tarde, eu o flagrei revirando o quarto, remexendo a calça que peguei emprestada e devolvi, puxando os bolsos para fora.

— O que você está procurando?

— Nada.

Ele enfiou a calça de volta no nicho e desceu a escada passando por mim. Será que ele ficaria assim se eu pegasse os dois juntos? Com o rosto vermelho, as mãos vermelhas. Vince desaba em uma cadeira.

— Que dia é hoje?

Não sei que dia é. Só que faz duas luas que vi seu barco: a embarcação com a vela rasgada e a mão acenando. Você está vindo me pegar. Por isso cancelei a ajuda. Não queria que interferissem, mandassem alguém para cá que ia assustar você.

Sid solta um fluxo contínuo de fumaça. Ele olha para Vince com frieza, sem piscar, feito um réptil.

— Você parece um garoto que eu conheço — diz. — Não tem família no Norte, tem?

— Não — responde Vince, pegando o pão.

— Talvez eu conheça você de outro lugar.

Vince estremece.

— Não estou enxergando — explica. — Mal consigo ver o rosto de vocês.

— Coma — peço. — Depois volte para a cama.

— Preciso de um balde.

— Vou levar um para lá.

— Para vomitar.

— Eu sei.

Hora do jantar. O estranho me observa por cima do prato, seus olhos azul-claros, uma camada fina de gelo no vidro da janela em janeiro.

Sid chegou ao amanhecer, depois que vi o seu barco. Duas coisas chegando ao mesmo tempo, relacionadas, mas não relacionadas. Existe um livro sobre isso, *A colisão das entidades*. Eu o li na lanterna, em um dia perfeito de primavera, quando o amanhecer refratava pelas lentes de maneira tão radiante que a luz se tornava roxa e verde, laranja e rosa, um caleidoscópio psicodélico. Pode levar dias, anos, milênios: um grito das estrelas recebido anos-luz depois em terra. Não contei a ninguém sobre você. Eu sei da sua timidez. Você tem que confiar em mim. Você confiava em mim? Decepcionei você.

Quero dizer que sinto muito.

— Quem foi o chef? — pergunta Sid.

Junto minha faca e meu garfo, alinho as pontas.

— Eu.

— Seria melhor se a massa estivesse mais arejada. O sapo está meio mole.

— O sapo é a salsicha.

— Não é, não. É a massa.

— Você faz um buraco na massa e depois coloca a salsicha.

— A salsicha parece um buraco. Elas são os buracos. Por isso o prato se chama "sapo no buraco".

— Essa porra é enlatada — interrompe Bill. — Chame do que quiser.

Bill pega o prato e o leva até a lanterna para manter o canhão disparando. Comprime os lábios. Talvez tenha pegado a doença de Vince. Penso que todos podemos pegar e estar mortos de manhã.

Sid come mais. Ouço sua língua passar pela massa amarela. Quando Bill vai embora, alguém diz:

— Ele está com medo de mim.

Sid disse isso ou fui eu?

— É uma intoxicação alimentar. — O estranho limpa os dedos em uma folha de papel-toalha. — O outro homem. Ele comeu o que não devia.

— O quê?

— Os chocolates eram para Bill. Mas ele não comeu.

Ele sorri e uma ideia surge. Sedosa e rápida, como uma lontra na margem de um rio.

— Você pode resolver isso — diz Sid. — Mas já entendeu tudo, não foi, meu velho? Uma cabeça boa como a sua. Vai ser uma pena quando não precisarem mais de faroleiros como você. O que vai fazer, então, hein? Trinta anos é muito tempo para um homem que não tem nenhuma razão para viver, a não ser a esposa bonita. Mas de tempos em tempos você se pergunta o que faria sem ela.

Olhar para ele é ficar na beira do precipício. Entrar em um cômodo onde não devo estar. Não posso deixar de ver o que meus olhos viram. A escuridão está sobre nós, dentro de nós, o pedaço de pano enfiado ainda mais fundo na boca.

— Quem é você?

O silêncio é marcado por explosões vindas de cima, o chamado solitário do canhão, feito baleias gemendo umas para as outras através das ondas escuras. Perguntas que ecoam sem resposta.

— Vou embora de manhã, meu amigo. Não se preocupe com isso. — Em seguida, ele se vira para o relógio de parede e diz: — Quinze para as nove. Tenho que ir dormir.

— Quinze para as nove — repito.

— Essa é minha hora de dormir e essa é minha hora de acordar. — Ele se aproxima de mim. Aqueles dentes. — Sempre foi, sempre será. Dia após dia, o fim dos dias, o início dos dias. Assim nem preciso pensar nisso.

Quando subo para o turno da meia-noite, Bill está dentro da torre, com o polegar no êmbolo. Sua cabeça está tombada para a frente, apoiada no peito. Ele não me ouve chegar. Paro bem atrás dele, perto o bastante para ver a faixa rosada de pele atrás de suas orelhas, que os dedos de Helen tocaram. Quero perguntar por que ele achou que ia se safar.

O sangue me toma: meus órgãos, meu coração, minhas veias, um saco cheio de sangue.

— Bill.

Ele se sobressalta. O detonador é acionado sem querer. BURRRRRRRRR.

— Merda. O que foi?

— Você estava dormindo.

— Desculpe.

— Você não serve para nada se dormir no seu plantão.

Eu poderia agarrá-lo agora. Mas tem você.

— Que horas são?

Ele se levanta. Quase cai. É inútil, uma toupeira saindo do solo.

— Tem alguma coisa errada? Você está muito pálido, Bill.

Ele não olha direto para mim.

— Só estou cansado.

— Deixa pra lá. Logo mais você vai embora. Vai estar em terra antes da gente e vai ficar ansioso para isso, não é, cara? Diga a Helen que daqui a pouco vou estar com ela, está bem? Diga isso a ela por mim.

Eu o vejo analisar a possibilidade e então quase abrir a boca para contar. Palavras impossíveis que poderiam ser ditas com facilidade.

— Por favor, Arthur — diz ele.

Não entendo o que quer de mim.

— Vá logo lá para baixo.

Ele faz o que mando. Apago meu cigarro.

Trinta e nove dias na torre

Às duas da manhã, confiro a luz, examino a chama, recarrego o canhão, registro a visibilidade e a direção do vento, que sei que é leste-sudeste, mas uso a rosa dos ventos para ter certeza. Quando entrei para os faróis, gostava de voltar aos costumes antigos e às técnicas que valia a pena aprender. Aprendíamos tarefas adequadas, como fixar uma porta ou costurar um botão, assar pão, consertar aparelhos elétricos, preparar uma refeição ou acender uma fogueira. Tudo vale a pena, mas aqueles homens em terra não conseguiriam fazer metade disso, pelo menos não a parte da costura e da cozinha. Depois havia as instruções para a iluminação, como funcionava e como devíamos consertá-la quando algo dava errado. Tudo me parecia útil e proveitoso. Não há vaidade nisso, nada pessoal, nada materialista nem irrelevante. Eu sentia que podia viver bem se tivesse que fazer tudo sozinho. Helen nunca foi o tipo de mulher que achava que tinha nascido para cuidar de mim. Vai contra a natureza dela achar que uma mulher é minimamente responsável por isso, mas, de qualquer forma, não sei se gosta que eu não precise dela para nenhuma dessas coisas.

Queria que ela soubesse de todas as outras maneiras como eu precisei dela.

Maneiras invisíveis. Maneiras importantes.

Eu poderia ter dito a ela esses anos todos, mas nunca falei. Por que não? Se ela estivesse aqui, eu poderia contar tudo que nunca consegui em terra. Pedir desculpas, e que tudo vai ficar bem, se ao menos a gente pudesse voltar ao início.

Tenho medo do dia em que não vão mais precisar de faroleiros. Quem eu sou sem os faróis, sem este mundo, sem minha mulher? Quando a automação chegar, vamos sumir. Ouço as pessoas comentarem que já está acontecendo, o país todo está se preparando para isso. É o progresso, dizem, e a ilha de Godrevy é assim desde a guerra. Logo, e não gosto de pensar em quando, uma máquina vai fazer meu trabalho. Essa máquina não vai precisar da torre como preciso, não vai amar este farol como amo. A tecnologia pode acender a luz e disparar o canhão, mas não pode cuidar do farol, e faróis precisam de cuidados, o lado material deles, a alma deles. A torre vai ficar vazia, sentindo falta do companheirismo e da irmandade das décadas anteriores, dos cigarros na cozinha, das reuniões em torno da TV, da amizade e da confiança que antes cresciam nelas, e nenhum outro homem vai ter este lugar para ele.

Depois, muito depois, em algum momento após meu plantão, a noite profunda se transformava em um amanhecer brilhante. No quarto, calculo mal a distância entre a porta e o cano do contrapeso e bato com o quadril nele. Vince está roncando. Ele é alto demais para o beliche, então seus pés ficam pendurados, se mexendo de vez em quando, feito a asa de uma andorinha-do-mar ferida na praia tentando alçar voo. Encosto a palma da mão em sua testa. O ronco para momentaneamente. Vince abre um dos olhos, um brilho aquoso como o de uma foca.

Pela janela, a quilômetros de distância, o mar seca e a terra se ergue.

Há uma luz brilhando lá ou é na água?

Quando essas torres foram construídas, eles fizeram questão de que nossos quartos fossem voltados para a costa. Um faroleiro vai para a cama sentindo que sua luz ilumina sua casa. Todos querem sua luz lá, não querem que ninguém comece a ter ideias sobre o mar abaixo da torre, mais silencioso e profundo do que é seguro sabermos. Quando um faroleiro está na cama, é quando as lembranças crescem mais do que ele, e ele precisa da terra, ter certeza de que está lá, assim como uma criança espera escutar os passos do pai no meio da noite.

Todos estamos presos à terra, desde que éramos formas compridas e rugosas que se arrastaram para fora da água, e nossas nadadeiras começaram a estapear a areia, e nossas guelras almejaram ar.

A luz em terra estremece, tímida. De repente, fica mais forte, brilhante, ansiosa, e eu sei que é você. Sei que está lá falando comigo. Entendo o que está me dizendo. O que devo fazer.

Sinto o cheiro dos seus cabelos e toco a forma suave da sua nuca e, por fim, *por fim*, é assim que adormeço, com sua luz em meus olhos fechados.

37

BILL

A pasta

Eu tinha sete anos quando descobri que a matei. Meu irmão chutou uma bola de futebol na minha cabeça e disse:

— Não seja chorão, Billyzinho. Assassinos não choram.

Quando perguntei ao meu velho o que isso significava, ele desviou os olhos do prato de ovos fritos e me disse que era melhor eu saber, que já estava bem crescidinho. O meu nascimento a havia abatido.

A palavra me fez lembrar de olhos de ovelhas se revirando, gritos em uma câmara de gás, sangue manchando a parede de um abatedouro. Eu já suspeitava, antes da bolada. Os olhares que os professores e pais dos meus amigos me lançavam, de pena e desprezo. Os cochichos sobre o que havia acontecido, como eu era um coitadinho, como ela era gentil, gentil demais para ter um fim tão lamentável. Um desperdício: nada de bom havia saído daquilo. A foto de trinta centímetros que ficava no armário do corredor de casa, como um altar. Ninguém nunca havia me explicado por que minha mãe não estava lá. Ainda assim, esperava-se que eu a amasse e me arrependesse, sem nem saber por quê, e que pensasse duas vezes antes de sorrir ou ficar feliz, porque aquilo tivera um custo pesado demais para ser explicado em voz alta. A sugestão de que a pessoa errada tinha sido perdida. A troca não valera a pena.

Aquela era a única foto que eu tinha da minha mãe. Foi assim que ela ficou em minha memória, com o passar dos anos, congelada em uma expressão ligeiramente sorridente. Eu nunca a vira irritada, triste ou rindo histericamente de uma piada; nada além do olhar gracioso e paciente que me dirigia quando eu chegava da escola ou apanhava dos meus irmãos.

Ninguém mais me perdoou. Só ela.

No instante em que conheci Helen Black, ela me lembrou aquela imagem. Mas, dessa vez, eu podia falar com ela, tocar sua pele. Podia segurar sua mão.

Eu queria contar tudo o que ela havia perdido, meu pai e os castigos, que ele costumava entrar no meu quarto com o cinto na mão e se sentar na minha cama, e que talvez ela pudesse ter me salvado se estivesse lá, brilhando à luz do continente. Sobre a prima que morava em Dorset e o mar que eu odiava, mas sabia ser meu destino. Sobre ter que compensar o fato de estar vivo fazendo o que me pediam, sempre, sem questionar. E que isso tinha me levado aos faróis, a uma vida da qual não posso escapar.

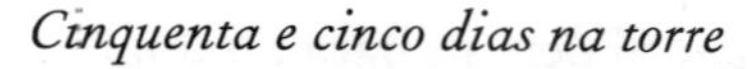

Cinquenta e cinco dias na torre

Quando acordo de manhã, o quarto está silencioso. Uma luz fraca vaza pela fresta da cortina. O quarto está vazio.

Olho para cima. O beliche do mecânico está arrumado, como se ninguém tivesse dormido ali. Vince sumiu. Entro em pânico, como se houvesse passado muito tempo dormindo e todos tivessem morrido, ou me deixado para trás.

Três dias até eu voltar para o continente. Ela não vai mais ter que mentir para ele, nem para mim, nem para si mesma. Não agora que Arthur sabe a verdade.

Claro que ele sabe, seu idiota.

Arthur encontrou a corrente que roubei do Almirante numa tarde em que Jenny estava na cidade. Se alguém perguntasse, eu diria que tinha ido ao chalé dela consertar uma prateleira. Eu não pretendia pegar nada, só queria sentir o cheiro dela por um tempo: os lenços, o perfume, os pijamas. O colar havia sumido de onde eu o guardava, no bolso da calça que usava quando ela me beijou. A mesma que ele pegou emprestado sem pedir.

É um cara que não tem nada a perder.

Talvez eu quisesse que Arthur a achasse. Aí ele se culparia.

Eu me agacho para mexer no meu nicho, procurando um cigarro. Lá dentro, no fundo, minha mão encosta em um saco de papel frágil. Por um momento, fico confuso. Então a ficha cai. São os chocolates que minha esposa mandou. Parece que estou aqui há tanto tempo... Eu os pego. Eles têm um cheiro floral forte, que mudou nas últimas três semanas.

Penso em comer um. Para ser sincero com ela, pela última vez: "É, eu experimentei. Estavam ótimos, obrigado."

Em vez disso, vou até a cozinha e jogo tudo no lixo.

Arthur está à mesa com um livro.

— A névoa se dissipou — falo, parado à pia, tomando o cuidado de dar as costas para ele. — Cadê o Vince?

— Lá em cima.

A água potável está com gosto de sal e alga.

— E o Sid?

Arthur diz que ele já foi embora. Deve ter pegado um barco cedo.

Fecho a torneira. Ela continua pingando.

— Quem cuidou do guincho? — pergunto.

— Não fui eu.

— Então foi Vince.

— Não.

É tudo que o faroleiro-chefe vai dizer. O Arthur de antes teria insistido: falado sobre a chegada de Sid em meio à névoa, sobre como ele se comportou e as coisas que disse. Mas nenhuma palavra sai e aquele apagão é a última vez em que eu e ele vamos concordar.

Vince está com o livro de registro do clima aberto à sua frente. Acho que vai me perguntar sobre Sid e ainda não decidi o que vou dizer, até que ponto vou chegar, mas não preciso me preocupar porque ele está concentrado em outra coisa.

— Você devia ver isso, Bill.

As lentes da lanterna piscam. Eu me aproximo.

— Venha aqui — pede ele. — Viu?

Olho por cima do ombro dele para as folhas na mesa.

— Achei que só podia ser do ano passado — explica Vince, abalado. — Foi o que pensei quando vi. Não pode estar certo. Houve algum erro. É um registro antigo. O faroleiro-chefe deve ter se confundido. Mas isso é recente, Bill. É deste mês.

Ele me mostra um amontoado de letras e números anotados com a caneta preta do faroleiro-chefe, curvas e formas que viraram rabiscos, tão fundas em alguns pontos que a folha se rasgou. *Agitado e violento. Caótico. Vendaval. Tempestade violenta se transformando em furacão...*

— Força dez, onze, doze — diz Vince. — Nunca tivemos a porra de um doze. Isso não é verdade. Nada disso aconteceu.

Então eu vejo a bolsa. Está no primeiro degrau da escadinha que leva à luz. É pequena e quadrada, algo que ninguém notaria de cara, e Vince ainda não a viu. Não é o kit de ferramentas que esperaríamos que um mecânico tivesse, e sim uma pasta. Fina, compacta e brilhante como um gato molhado de chuva.

— Bill — chama Vince. — O que vamos fazer?

A bolsa é da mesma cor de Sid. Daquela cor indescritível.

Esse é o nosso acordo. Arthur sabe disso e eu também.

Que o mecânico não era um mecânico, no fim das contas. Que nenhuma pessoa normal sai da torre sozinha, sem deixar vestígios. Como um homem prateado saindo de uma cerca viva diante de um Sunbeam-Talbot em 1951, um após o outro.

— Que porra é essa, cara? — Vince fecha o registro. — Você não se importa?

Penso nos cigarros do meu irmão escondidos no armário de casa. Em fumar na varanda, no escuro, esperando que eles voltassem. Penso no aroma úmido e metálico da chuva.

Fuja.

— O que é isso? — pergunta ele, virando-se para onde estou olhando.

Vou até a pasta, me ajoelho, abro os fechos e fico surpreso quando ela se abre.

— Bill... — Sua voz soa ansiosa. — O que tem aí dentro? Quero ver.

Eu olho. Não consigo.

— Nada — respondo, fechando-a. — Está vazia.

Às vezes, em casa, Jenny captura uma aranha com um copo. Como não gosta de aranhas, ela faz isso rápido, como se não pudesse pensar naquilo ou ver. Simplesmente cobre o bicho e o leva embora. Pego a pasta do mesmo jeito, sem pensar nela. Então a levo para o mezanino e a jogo por cima da cerca, no meio do mar.

38

VINCE

Vigilante

No meu primeiro dia de treinamento, fiquei sabendo que ele era o melhor. Arthur Black, disseram. É ele quem você vai querer conhecer. Normalmente ninguém falava dos faroleiros-chefes. Notoriedade não era uma coisa boa. Por exemplo, o faroleiro-chefe do Skerries, que passava o tempo todo pelado lá, supostamente porque podia, porque a esposa dele não permitia isso em casa. O homem fazia o trabalho sem nada no corpo, desde trocar o pavio a lavar o chão, e só quando cozinhava é que se forçava a usar um avental. Todo mundo odiava quando ele cozinhava ou sempre que tinha que subir a escada atrás dele. Mas conhecer alguém pelo nome por causa do motivo certo era raro. No dia em que comecei a trabalhar com Arthur Black, com seu orgulho tranquilo, seu coração bom e sua cabeça sensata, percebi que nunca encontraria alguém melhor.

Faz dias e dias que a névoa cobriu tudo, mas não foi isso que ele escreveu.

Arthur não é mais o mesmo. Não é mais a mesma pessoa.

Aconteceu alguma coisa. Não sei o quê.

Meu faroleiro-chefe ficou estranho. Mais estranho. O que li no livro de registro não faz sentido. Já analisei isso de todas as maneiras que encontrei, mas sempre acabo chegando à mesma conclusão.

Arthur envelheceu. Ele errou.

Nada é pior do que isso e não vou deixar minha cabeça desconfiar de outra hipótese.

Vinte dias na torre

O mar parece uma aquarela, fotografada com uma luz esverdeada. É o meu turno, mas não observo o mar, e sim a praia. Patrulho a costa distante com meus binóculos, de olho no capanga do Eddie porque aposto que ele vai voltar, seja qual for seu nome verdadeiro. Deve estar falando com o chefe agora. Devem estar pensando no melhor jeito de fazer isso, planejando como qualquer profissional faria. O barco saindo do cais, um ponto que se torna uma digital, avançando rápido, hoje, amanhã...

Toc-toc.

Eu sei quem é.

Tento tirar a cabeça disso com minhas tarefas. Minha camisa está fedendo e meias precisam ser costuradas, mas gosto de consertar as coisas, não me importo muito com isso. A atividade me leva para um lugar calmo, onde penso no que faço, e, agora que parei de me sentir mal, agora que voltei a me sentir gente, tenho um verdadeiro prazer por estar ali fazendo isso.

Verifico os binóculos.

Quando conheci Michelle, pensei: "É isso que vai acontecer. Erica vai contar a ela o que eu fiz e ponto-final. Erica vai deixar que eu me aproxime e depois vai tomar isso de mim porque era o que acontecia na minha adolescência: em toda a família, esperavam que eu sentisse alguma coisa por eles, mas, depois de seis ou oito vezes, não dá mais. Aí a gente ouve que é frio e estranho e que ninguém gosta da gente. Que tem algum problema com a gente."

Mas Erica não contou. E agora acredito na nossa vida nos chalés pela primeira vez, Michelle e eu, um futuro para nós dois. Às vezes acho que ela é igual aos faróis e que foi por isso que me senti atraído por ela, ou por que me senti atraído por eles: estava no escuro, boiando por aí, então, de repente, vi uma luz mais clara do que qualquer outra coisa que já tinha visto e não tive escolha a não ser ir até ela e torcer para que me acolhesse.

Não vou deixar essa luz apagar. Não por causa de Eddie. Nem por ninguém.

Na cozinha, enfio o braço no espaço sob a pia. É mais ou menos do tamanho de um tijolo. Para quem tem o pulso fino como o meu, basta curvar o braço lá dentro da parede. Por um segundo, entro em pânico, pensando que o capanga de Eddie o achou, mas não, está ali.

Pego a arma e confiro se está carregada.

E, quando penso no que estava escrito no registro, caso eu esteja errado e Bill esteja certo, sei que só há uma solução. Eu mesmo. Só eu. Vou resolver os problemas.

As coisas apodrecem depois de um tempo em uma torre. Foi o que me disseram na sede: "Cuidado com as torres, elas podem enlouquecer alguém", e eu sinto muito pelo faroleiro-chefe e por Bill se Sid voltar, se trouxer Eddie com ele. Sinto muito por isso, de verdade.

No fim da tarde, o vigilante da Trident chega para encher os tanques de água. Algumas das estações dos rochedos têm maneiras de filtrar água e nós temos o suficiente para nos manter por meses, mas, por estarmos tão longe e com tão pouco espaço, temos que receber água potável. O barco se chama *Espírito de Ynys*, seja lá o que isso signifique. Arthur diz que tem a ver com um feiticeiro gaélico, mas vai saber. Barcos recebem todo tipo de nome.

— Mike, é você? — grita Bill do atracadouro.

— Oi, Bill. Quer levar alguma coisa para o continente?

— Só a mim mesmo.

— Não vai demorar muito, meu amigo — diz o pescador. — Quantos dias?

— Três.

— Melhor cruzar os dedos. A previsão diz que há uma tempestade vindo. E parece que vai ser feia.

— Sid veio aqui consertar o gerador — explica Bill, de repente. — Você conhece esse sujeito?

— Quem é Sid?

— Um cara grande. Ficou umas duas noites.

Mike Senner balança a cabeça.

— Em terra, disseram que o faroleiro-chefe cancelou o pedido.

— Quando?

— Quando o gerador quebrou. — Mike leva a mão à testa e semicerra os olhos para olhar o atracadouro. — Vou pedir que verifiquem.

— Eles com certeza não mandaram ninguém?

— Deixe para lá, Bill — falo.

— Ninguém vem de barco para cá há muito tempo — afirma Mike. — Com aquele tempo, não dava... Se um homem fosse maluco o bastante para isso, a gente ia ficar sabendo.

— Ninguém viu o cara em terra?

— Acho que não.

Bill está abalado. Mas eu sei. Eddie tem caras especializados em nunca ser vistos.

— Vou falar com eles — diz Mike —, para você ficar mais tranquilo. Mas acho que não vão acreditar, Bill. Que alguém veio até aqui sem que eles soubessem. Vão dizer: "Ninguém poderia fazer isso, Mike, seu safado. Você sabe que ninguém conseguiria fazer uma coisa dessas."

X

1992

39

Myrtle Rise, 16
West Hill
Bath

Rabbit's Foot Press
Editora Tandem
Rua Bridge, 110
Londres

26 de agosto de 1992

Caros senhores,

Estou auxiliando o escritor Dan Sharp em sua análise do desaparecimento no farol Pedra da Donzela. Soube que os romances que ele publicou com vocês foram escritos sob um pseudônimo e ficaria grata se pudessem me passar o nome verdadeiro dele.

Aguardo sua resposta.
Atenciosamente,

Helen Black

40

HELEN

Ela chegou cedo, então podia ter entrado e esperado por ele. Em vez disso, ficou do lado de fora, apesar da chuva, observando a porta do café do outro lado da rua. Depois de algum tempo, ele apareceu — também tinha chegado cedo, mas só por um minuto — com os cabelos molhados, gotas caindo no casaco. Seu jeito de caminhar e o formato de sua cabeça eram tão familiares... Por que ela não notara antes? Não acreditava que não havia percebido. Michelle estava certa. Quando embarcara no projeto, Dan Sharp dissera aos jornais que se sentia nostálgico em relação ao acontecimento, e, além disso, sua afeição pelo mar o havia motivado. Helen não duvidava disso, mas ele não fora sincero em relação ao resto.

Ela decidiu, depois de vê-lo entrar, que o deixaria se secar e organizar suas anotações. Já estava pronta para a última confissão. Agora que sabia quem ele era.

Contara tudo a ele, com exceção daquilo, que era o mais importante, e mesmo assim não mentira. Simplesmente não havia revelado tudo.

Antes, ela sentira certa desconexão. Como ele poderia entender? Ele, o homem dos sequestros de piratas e perigos do oceano. Mas passara a vê-lo como uma pessoa igual a ela.

A verdade era que ela não suportava a ideia de que ele ouviria aquilo de outra pessoa, que ele colocaria a história em seu livro usando as palavras de outros, enquanto ela passara décadas procurando palavras que de alguma forma lhe fossem aceitáveis. Era relevante para a história. Era relevante para Arthur, quem ele era e o que poderia ter feito.

Ela pôs o capuz do casaco e atravessou a rua.

41

HELEN

É bom me sentar. O ônibus me deixou a quilômetros daqui, mas foi culpa minha. Era de esperar que eu já conseguisse diferençar todos eles, mas nunca me lembro de quais vêm até aqui. É, está bem. Um bule de chá, por favor.

Vou começar do início; é um lugar tão bom quanto qualquer outro. Só que a memória não funciona assim, não é? São vários pequenos flashes de momentos que surgem em uma ordem curiosa. A gente se lembra das coisas mais estranhas, como do casal de quem alugamos uma casa na praia. Nunca esqueço que o dono da casa se recusava a trabalhar às segundas-feiras. Nunca tinha trabalhado e nunca trabalharia, segundo ele. Já avisava nas entrevistas de emprego — que não gostava de trabalhar às segundas — porque não queria ter aquela sensação de domingo à noite, sabe, quando a gente se prepara para voltar ao trabalho e as coisas parecem... Como posso dizer? Estranhas. Acho que, quanto maior o trauma que a gente sofre, mais nossa cabeça se prende às coisas mais frívolas. Fica mais fácil lidar com elas assim. De certa forma, devo muito àquele homem que não trabalhava às segundas.

O nome do nosso filho era Tommy. Então, claro, a casa na praia não foi onde começou. Tudo começou seis anos antes, quando descobri que estava grávida. Foi um choque, a princípio. Não me importo de admitir que levei um tempo para me acostumar com a ideia. Não que eu não quisesse um filho. Só não achava que ter um filho era o objetivo final: eu estava muito satisfeita comigo mesma, apesar de não ser mãe.

Antes de Tommy morrer, não me importava em pensar que a concepção dele tinha sido um acidente, mas hoje em dia não consigo dizer isso. Fico com a impressão de que provoquei a morte dele por ter imaginado que não era para ele ter vindo ao mundo. Ele devia ter nascido, *sim*, e por isso a surpresa que senti ao descobrir que o estava carregando me parece um milagre hoje em dia. Não o planejamos, mas ele nunca foi um acidente.

Arthur e eu não sabíamos como íamos conseguir, ou que tipo de pais seríamos, mas ninguém sabe essas coisas. A única coisa que nos cabe é seguir em frente e fazer o melhor.

Tommy foi um bebê muito fofo. Eu não era especialista no que era normal para bebês naquela época, mas, comparado com o que Jenny precisou lidar na casa ao lado, ele foi ótimo. Ele dormia e comia bem, começou a engatinhar aos sete meses e a andar com um ano e três meses, e, meu Deus, o que a gente esquece é muito triste. Achamos que vamos decorar cada coisinha porque cada coisinha neles nos consome: o que comem, os barulhos que fazem, os punhos fechados e os braços balançando, os cabelos ralos na nuca e os ombros macios e redondos no banho...

Mas não. Não conseguimos. Toda semana seu filho é substituído por outro, um maior, mais avançado, e eu acho que não é possível se lembrar de todas as personalidades direito. É como conhecer dez pessoas diferentes em dois anos. Mas eu e Tommy tínhamos uma coisa: a gente gostava um do outro. Éramos amigos. Desde que nasceu, ele tinha um sorriso que era só para mim.

Você parece triste. Não tem filhos? Bom, então vai ser mais fácil. Também vai ser mais fácil falar com você sobre isso. Com pais, a gente se sente contagiosa, como se eles olhassem para a gente e tivessem medo de que aquele azar específico e impensável os infecte também. Ou eles têm a sensação de que estão escutando nossa história, mas não ouvindo direito porque estão ocupados, pensando: "Graças a Deus não foi com a gente."

Quando me perguntam se tenho filhos, eu penso no que dizer. Às vezes digo que não, o que é tecnicamente verdade: não, não tenho filhos. Outras vezes digo que sim, que tinha um filho, mas ele morreu. E sabe o que eu queria que me perguntassem? O nome dele. Queria que me perguntassem o nome dele. Mas as pessoas balançam a cabeça e dizem: "Sinto muito, deve ser horrível." E eu assinto e respondo: "É, é, foi, sim."

Quase ninguém me pergunta o nome dele. Por estar morto, é anônimo. Não pode ter sido uma criança de verdade. Não pode ter sido Tommy, porque isso significa que pode acontecer com qualquer um e nenhum de nós está imune.

Sim, eu me considero mãe: uma mulher que perde o filho assim que nasce, ou mesmo antes de nascer, ainda é mãe. As mães como eu, que perderam um filho, sempre me perguntam o nome dele. É assim que a gente sabe. Durante muito tempo, depois que Tommy morreu, escondi isso das pessoas — ninguém entendia como eu me sentia —, mas depois me juntei a um grupo de apoio e isso me tranquilizou. O luto pode ser uma experiência incrivelmente solitária. Antes que perceba, a gente se fecha. E não é que não consiga voltar, mas é que a gente não quer.

Aquelas mães me trouxeram de volta. Queria dizer que foi Arthur quem fez isso, mas não foi. O pessoal do grupo costumava chamar as crianças de "os meninos", e a gente comemorava o aniversário deles, não de um jeito mórbido, mas para lembrar. Isso era tudo o que eu queria: lembrar. Arthur nunca falava sobre Tommy. Depois do enterro, acho que o nome dele nunca mais passou pelos lábios do meu marido. Arthur não queria ver fotos nem mencionar lembranças. Mas eu precisava daquilo para manter Tommy comigo. Não podia fingir que ele nunca havia existido.

É, eu fingi para você. Não vai me perguntar por quê? Talvez você tenha fingido algumas coisas na minha frente, porque é isso que as pessoas fazem. É mais fácil do que ser o que a gente é, tudo aquilo de que a gente não consegue fugir. Você vai ver que a tristeza é muito contundente. Chorei sem parar e achei que nunca mais fosse parar. Passei semanas deitada no escuro, tremendo e pensando que estava ouvindo a voz dele, um sussurro: "Mamãe!" Isso durou meses. A dor me derrubou. Ainda derruba, mas agora eu a sinto chegar, então consigo ficar de pé. No início, ela me pegou, um golpe baixo. Eu cheirava as roupas de Tommy, e a morte dele não parecia real. Como o cheiro dele ainda podia estar lá e ele não? Todas as coisas esperavam por ele, mas ele não ia voltar. Dá para entender por que escondi isso.

Arthur voltou para a Donzela logo depois que Tommy morreu. Achei que a gente fosse sair da instituição e colocar um ao outro em primeiro lugar, mas não. Quando ele estava no farol, eu ficava sozinha no chalé, cortando as cascas do pão por engano e comprando leite para a hora de dormir que ninguém ia tomar. As garrafas ficavam dias na geladeira até eu arrancar as tampas e liberar o fedor de queijo, então eu jogava tudo no ralo da pia.

Arthur e eu nos distanciamos ainda mais. Eu nunca tinha me dado bem com a torre, mas passei a desprezar aquele farol. Sempre que o via, pensava em como era um monstro saindo do mar. Eu só queria o carinho do meu marido, mas, em vez disso, ele o dava para a torre, ou ela para ele. E sei que parece maluquice, mas era assim que eu me sentia. Sabia que a morte de Tommy havia causado aquilo, mas talvez Arthur já tivesse aquilo dentro dele... aquela distância. Ele tinha me dito que ninguém que batesse bem da cabeça ia querer ser faroleiro. Eu me lembrava muito disso naquela época.

Eu sabia que ele amava Tommy, muito. Por isso não lidou com a situação. Bom, não a encarou, talvez seja melhor dizer assim. Não olhou nos olhos dela, como temos que fazer nesses casos, senão a dor nos persegue pelo resto da vida e nos derruba.

Muitas vezes, quis nunca mais ver meu marido. Então, quando eles desapareceram, tive medo de ter provocado aquilo por ter desejado tanto. Assim eu não teria mais que fazer parte da instituição. Poderia me mudar para longe do mar. Não precisaria sentar na nossa cozinha, no Almirante, ouvindo Arthur separar as rochas dele ou seu lápis preenchendo as palavras cruzadas, sem entender por que ele não podia simplesmente me abraçar e dizer que pensava no nosso filho tanto quanto eu.

Hoje entendo que Tommy queria o pai de volta. Ele precisava mais de Arthur do que eu, e isso é o certo, é assim que deve ser. Foi o mar que levou Arthur, porque foi lá que perdemos nosso filho. Às vezes, considero o mar uma grande língua que lambe as pessoas ao meu redor e, se eu me aproximar demais, ele também vai me lamber e me engolir. É por isso que moro aqui.

Tommy tinha acabado de fazer cinco anos. A casa de praia era um lugar lindo. Não merecia isso. As pessoas que nos deixaram ficar lá, inclusive o homem que não trabalhava às segundas, não mereciam. Na vida, as coisas acontecem e derrubam a gente do nada, em uma quinta-feira normal, quando estamos saindo do banho. Não há qualquer aviso prévio. As coisas que passamos o tempo todo temendo nunca acontecem. Pelo menos não da maneira que a gente imagina.

Nosso filho estava ansioso pela primeira viagem que faria com um pai que mal ficava com ele. Na época, Tommy demonstrava interesse pelo trabalho de Arthur, pelo fato de o pai ir e vir e pegar um barco para voltar ao farol, pelas histórias que ele contava sobre tempestades e contrabandistas, que eu supunha serem, na maior parte, inventadas, mas talvez não fossem. Tommy sentia falta do pai quando ele estava fora. Arthur nunca escrevia para mim, mas às vezes escrevia para o filho, só que as cartas só eram trazidas quando o tempo estava bom e um barqueiro estava a fim. Ele dizia para Tommy que, quando a luz da Donzela acendia ao pôr do sol, era o jeito que ele tinha de dizer boa-noite. Quando Arthur estava na torre, a gente conversava sobre o que ele estava fazendo e eu inventava coisas tanto para mim quanto para Tommy. As crianças têm uma maneira incrível de ver o mundo. Ele costumava dizer que o pai era o sol depois que o sol ia dormir, e, tantos anos depois, ainda acho que é a melhor descrição de Arthur que já ouvi.

Ele se afogou. Era uma manhã linda, no verão da Coroação da Rainha. Resolvi tomar um banho de banheira depois do café da manhã. A banheira era daquelas com pés, muito funda, e eu já estava mergulhada nela há tempo suficiente para a água esfriar quando ouvi o grito de Arthur vindo do andar de baixo.

Quando saí, ele estava parado à porta, com os braços colados à lateral do corpo, mas as palmas voltadas para o teto. Seu rosto havia perdido a cor. Levei alguns segundos para me dar conta de que estava todo molhado.

— Cadê o Tommy?

Mas Arthur só me olhava. Era como jogar um balde de água para fazer uma pessoa acordar e mesmo assim ela não acordar.

— Eu o perdi — disse ele.

— O quê? — respondi. — Onde?

Por um segundo, podíamos estar falando do chaveiro com a chave do carro.

— No mar — disse ele.

— Onde no mar?

— No mar — repetiu ele.

Tommy não sabia nadar. Não sem boias. Foram elas que procurei quando saí para vasculhar aquela água horrível. Eu estava procurando as boias vermelhas e amarelas que Tommy usava nos braços. Eu sabia que as encontraria. Mas não esperava vê-las ali na varanda, jogadas, com os casacos impermeáveis que tínhamos levado, mas dos quais ainda não havíamos precisado.

Sumido. Não, Arthur não disse sumido. *Perdido*.

Tive a sensação irracional de que tudo ainda podia estar bem. Tommy ia surgir na praia a qualquer momento, trazido até a areia pela correnteza. Mas desde quando o mar faz alguma coisa como essa por mim?

Não sei o que aconteceu depois disso. Em algum momento a gente deve ter pedido ajuda, porque chegaram pessoas e a ambulância, e eles me enrolaram com um cobertor, apesar de não estar com frio.

Só dois dias depois o corpo dele apareceu na praia. Pequenininho, azulado, a pele enrugada, com a sunga verde que ele tinha escolhido no supermercado quatro dias antes. Arthur disse que ia identificá-lo, mas eu tinha que ver com meus próprios olhos. Ele não parecia estar morto, apenas dormindo. Quando beijei sua cabeça, me pareceu normal, um pouco fria, só isso. Percebi que a alma dele havia deixado o corpo e os dois não estavam mais de mãos dadas. O corpo era apenas um corpo e a alma tinha ido embora. Algumas pessoas dizem que isso nos conforta, mas para mim não adiantou. Fiquei com medo de que o corpo se sentisse sozinho sem a alma, sem luz dentro dele, nada para mantê-lo aquecido. Eu não queria que Tommy fosse enterrado por causa da solidão. Aquilo tomou conta de mim. Não conseguia me livrar da ideia de que ele ficaria com frio e sozinho no necrotério, no caixão e, por fim, debaixo da terra. Até hoje tenho certeza de que, se o tivéssemos enterrado, eu ainda passaria noites em claro, pensando que os ossos dele estavam sozinhos na terra. Nós o cremamos. Eu não queria que sobrasse nada.

Eles tinham ido caminhar no raso. Não tinham ido para o fundo, segundo Arthur, por isso ele não levou as boias. Tommy estava com água na altura do umbigo, era isso que Arthur não parava de dizer, e eu queria que ele parasse, porque aquilo só me fazia pensar em Tommy quando bebê, na época que ficava grudado em mim, durante todos aqueles meses em que eu o mantivera em segurança e na *porra dos vinte minutos* que eu tinha passado na banheira. Arthur havia se afastado para pegar a câmera. Estava a alguns passos de distância, na varanda.

Como era um menino curioso, Tommy deve ter ido para mais fundo, um ou dois passos, e afundado. As correntezas eram famosas ali. Ele tropeçou, se debateu e se afogou. É assim que eu imagino que aconteceu. Que foi rápido e indolor. Quando Arthur voltou com a câmera, já era tarde demais.

A culpa foi um monstro que eu tive que espantar. Se eu a tivesse deixado me dominar, teria matado Arthur sem pensar duas vezes. Teria sufocado meu marido enquanto ele dormia. Mas ele não precisava que eu dissesse que tinha sido culpa dele. Não sei como uma pessoa pode superar isso, porque a tristeza já é ruim sem a culpa. Eu sei que ele se sentia culpado, e isso era a raiz do problema. Por esse motivo ele não conseguia me olhar nem me tocar; e queria ir para o farol.

Claro, eu percebi que ele queria ir embora com Tommy. Ficar com ele de novo. Que tudo o que meu marido sentia foi aumentando e aumentando dentro dele até explodir. Não sei como ele teria feito isso e não consigo imaginar que tenha feito, nem com Bill e Vince nem com ele mesmo, não consigo, mas acho que as pessoas são capazes de qualquer coisa, dependendo das circunstâncias. Se o momento chega. Se nunca mostram todas as cartas que têm. A verdade é que não é normal um homem ficar preso em um farol no meio do mar. A Trident nunca vai admitir que eles não deviam ter obrigado homens a fazer isso, qualquer homem, em qualquer momento, porque não é um estado natural e o preço é alto no fim das contas.

Quando a gente se conheceu, eu não estava pronta para falar dos relógios. Mas posso falar agora. Oito e quarenta e cinco foi a hora em que Tommy morreu. Os dois relógios na Donzela pararam às oito e quarenta e cinco. Não acreditei quando soube. Ainda acho que existe uma chance de não ser verdade. Um pode tranquilamente ter parado cinco ou dez minutos depois, ou antes, e nesse caso não seria nada além de uma coincidência infeliz. Mas as pessoas gostam de padrões, não é, e é um detalhe interessante. Mas nunca esqueci. Sempre penso nisso.

E se Arthur foi o responsável? E se, e se, e se...

Inúmeros caminhos não percorridos. E se eu nunca o tivesse conhecido? E se ele nunca tivesse me cumprimentado na fila em Paddington? E se nunca tivéssemos entrado para a instituição? E se nunca tivéssemos tirado férias, ou se a casa de praia nunca tivesse sido construída, ou se aquele homem tivesse decidido trabalhar às segundas-feiras e ganhado mais e acabado comprando a casa não aqui, mas no exterior, um chalezinho em uma colina na Toscana? E se eu nunca tivesse tomado aquele banho?

Às vezes acho que, se eu tivesse a chance de dizer isso para Jenny Walker, explicar quem eu sou, talvez ela entendesse. Meu momento de fraqueza com Bill. Meu único erro. Ou então não há desculpa.

É mais do que Bill, claro, provavelmente é. Até aceitei que Michelle fosse para a Cornuália explicar meu lado da história, mas foi uma ideia boba e, além disso, sou eu que tenho que falar, não outra pessoa. Mas acho que, se eu puder consertar as coisas com Jenny, se me acertar com ela, então alguma coisa boa vai ter saído disso.

Sabe, existem coisas que eu devia ter dito e eu queria ter dito. Para Arthur e para Tommy, mas não posso ter os dois de volta. É tarde demais.

Mas não é tarde para os outros. Algumas luzes ainda podem ser acesas.

42

JENNY

Por muito tempo, depois que ela parou de falar, as duas ficaram sentadas uma ao lado da outra em cima da colcha. Hannah estava quieta. Mantinha uma pose rígida, nada amigável, com as costas retas e as mãos nos joelhos. Jenny analisava a colcha com uma atenção pouco plausível: florais em tons de pêssego, era uma das que ela havia comprado muito tempo antes, desbotada e gasta após dezenas de lavagens.

No andar de baixo, a porta da frente se fechou e o último convidado da festa foi despachado. Greg havia subido para ver onde elas estavam e Hannah pedira que ele se desculpasse em nome dela.

Hannah se virou para a mãe.

— Você está me dizendo que tentou...

Jenny enxugou o nariz na manga da blusa.

— Não sei o que eu estava tentando fazer, querida. Eu nunca quis machucar seu pai. Você tem que acreditar em mim. Eu só queria que ele...

— O quê?

— Fosse meu marido de novo.

Pela janela aberta, ouviram um cortador de grama ser ligado na casa ao lado. Um som corriqueiro, que se tornara mais nítido. O mundo antigo, antes de Jenny revelar seu segredo, e o novo.

— Esse é o problema com os filhos — disse Hannah. — A gente acha que está sendo esperto quando esconde coisas deles, mas não dá para esconder as coisas. Não conseguimos esconder nada.

Jenny não tirou os olhos do bordado. Ela havia se deitado com Bill embaixo dele muitas vezes, as crianças entrando correndo no quarto, manhãs preciosas.

— Como assim?

— Eu sabia — respondeu Hannah. — De certa forma, no fundo, eu sabia. Eu me lembro de você parada ali na cozinha. Papai estava indo embora. Você chorava, sem falar com ele. Senti o cheiro de alvejante. Havia uma daquelas caixas de chocolate, a etiqueta do frasco. Não entendi o que aquilo significava. Pensei que tivesse inventado. Você era minha mãe. Nunca faria isso. Mas aconteceu e agora você está me dizendo que eu estava certa.

Hannah ficou em silêncio. Jenny se obrigou a erguer os olhos.

— Você se lembra dele? — perguntou. — Sempre diz que se lembra.

— Lembro. Lembro que ele costumava me dar um beijo de boa-noite. Toda noite em que estava em casa, quando achava que eu estava dormindo. Ele ia até o meu quarto e fazia carinho na minha bochecha. Eu me lembro de estar sentada no colo dele para ouvir uma história, antes de dormir. Do cheiro dele. Verniz e tabaco. A gente saía para procurar a lua, quando o céu estava claro, quando o sol se punha. Eu imaginava o farol dele assim: parecido com a lua.

Jenny nunca se sentira tão envergonhada.

— Para uma criança de sete anos — explicou Hannah —, parece que a vida só é feita de alguns momentos. Pedaços de uma imagem sem nenhuma conexão. Só mais tarde que a gente consegue ligar os pontos.

— E agora você conseguiu — disse Jenny.

Hannah balançou a cabeça. Do lado de fora, na rua, crianças passaram de bicicleta. Seus gritos chegaram ao volume máximo, depois se perderam ao longe.

— Quando você me contou que papai traía você — admitiu Hannah —, isso também devia ter sido um choque. Mas não foi, mãe. Eu já sabia. A gente foi à casa da Helen naquela vez. Você e eu, na sala de estar dela. A concha do papai estava na prateleira, atrás do porta-retratos. Não era igual às que ele fazia para você. Era para uma amante, não para uma esposa. Dava para ver que ela havia tentado esconder, mas não tinha conseguido. Eu teria reconhecido as conchas dele em qualquer lugar, mesmo em uma praia com outros milhões de conchas.

Os pontos cor-de-rosa tinham se tornado líquidos e nadavam diante dos olhos de Jenny.

— Você apertou minha mão com tanta força quando voltamos para casa — lembrou Hannah. — Torrada com feijão para o lanche. Só que você queimou o pão e o raspou na pia.

— É.

Hannah a encarou; seus olhos estavam marejados.

— Por que você não me disse nada?

— Como eu podia dizer?

— Não na época. Depois. Quando contou sobre o caso.

— E se você ficasse horrorizada comigo?

— Não estou horrorizada.

— Mas deveria.

Jenny então viu a filha de um jeito novo, como uma mulher, não sua filha, ou a filha de alguém. A preocupação marcava sua testa, feito cortes em uma torta. Uma disposição para compreender, algo que nunca fora fácil para Jenny. Para ouvir sem julgar.

— Eu sei quanto você amava o papai — disse Hannah. — E quanto ele magoou você ao fazer aquilo. Não significa que isso fosse certo, mãe. Não foi certo, nunca será. Mas... — Ela procurou as palavras mais adequadas. — Acho que não tem como eu terminar essa frase. É só "mas". Sempre existe outra maneira de ver as coisas, não é? Sempre há mais coisas a considerar.

— O que você deve estar pensando de mim... — disse Jenny.

— Que você estava com raiva e triste.

— Sinto muito. Sinto muito mesmo, meu amor.

— Ele sentiu?

— O quê?

— Ele sentiu muito?

— Não sei — respondeu Jenny. — Tinha muita coisa que eu não sabia sobre Bill.

Hannah passou uma caixa de lenços de papel para ela. Seus dedos se tocaram.

— Achei que você fosse me odiar — disse Jenny.

— Não odeio você.

— Se eu soubesse que seria a última vez que veria seu pai...

— Não. — Hannah cobriu a mão de Jenny com a sua. — Você foi uma boa esposa.

Ela estendeu os braços e a abraçou. Foi o melhor abraço da vida de Jenny, quente, apertado e forte como as raízes de uma árvore e melhor do que todos os que ganhara de Bill.

As rodovias a deixavam nervosa. Ela preferia estradas menores, só que levava o dobro do tempo. Tinha ouvido falar que rodovias eram mais seguras, se fosse para acreditar nas estatísticas, mas ela não sabia como isso podia ser verdade, na velocidade com que tudo acontecia. Bastava um segundo e ela voaria pelo para-brisa. Jenny tinha pesadelos com essa possibilidade: fogueiras de membros no acostamento; sangue no vidro estilhaçado.

Às vezes, ela se imaginava em meio aos destroços, outras vezes, imaginava conhecidos. Ou então era Bill, um acidente fatal com que ela se deparava por acaso e acabava reconhecendo o rosto dele. Então era ali que ele estivera, depois de todos aqueles anos, levando outra vida, dirigindo outro carro, a caminho de outra casa com outra família. Então ele olhava com arrependimento para ela, enquanto ela entendia tudo aquilo e segurava a sua mão enquanto ele morria.

— Posso dirigir, se você quiser — sugeriu Hannah, mexendo em um pacote de jujubas para pegar as verdes e colocá-las no espaço sob o freio de mão.

— Não faça isso — pediu Jenny. — Vão grudar no carro e encher de poeira.

— É aqui! Saída seis.

Jenny deu a seta para sair da pista lenta. A buzina de um caminhão soou.

— O que foi que eu fiz?

— Você está no acostamento. A via de acesso fica ali. Aqui. Ali. Meu Deus! *Mãe!*

Meia hora depois, elas pararam na Convenção de Videntes da Espiral de Luz de Birmingham.

Cristais e cartas, arco-íris e anjos, um homem de moicano que prometia descobrir o espírito animal dela por apenas cinquenta centavos. Jenny costumava esconder a viagem, mentia, dizia que ia até a piscina. Agora ela não precisava mais fingir, nem sobre aquilo nem nenhuma outra coisa. Tinha desperdiçado tempo demais fingindo quando não precisava.

— Tem certeza? — perguntou Jenny, sabendo que Hannah não gostava daquelas coisas.

Ainda assim, ela dissera que iria, se aquilo significasse que ia conhecer Dan Sharp. Elas haviam combinado que dariam uma hora a ele, até as onze, quando Wendy faria uma sessão.

— Tenho — respondeu Hannah. Ela soltou o cinto e, de repente, se aproximou da mãe para beijar sua bochecha. — Posso ter uma imagem dele, mas, se as últimas semanas me ensinaram alguma coisa, foi que toda história tem mais de um lado.

43

JENNY

Venho todos os anos desde que Bill se foi. Já gostava disso antes, um pouco, mas nunca me deslocava para nada parecido. Não tinha tempo e não era tão importante para mim na época. Hoje em dia é importante porque algo assim pode me colocar em contato com ele de novo. É um espetáculo legal, se você não achar tudo muito ridículo. Wendy é minha favorita, Wendy Albertine. O guia dela faz contato com o outro lado e, quando acha alguém para a gente, ela chama nosso nome. Continuo esperando minha vez.

Depois que você veio me visitar, fui falar com uma vidente. A médium disse que iam se aproveitar de mim e eu pensei: "Bom, aposto que já sei quem vai ser." Mas aí a Julia passou lá em casa e me pediu cinco libras emprestadas e, depois, vi que ela tinha pegado o dobro da minha bolsa, então pode ter sido isso. Eu *sabia* que a Hannah ia revirar os olhos quando ouvisse isso. Ah, por favor, meu amor, não é como se você já não tivesse feito coisa pior.

Cada um com seus problemas, só digo isso. Quando alguém passa pelo que eu passei, não se importa com o que as pessoas pensam. Eu me identifico com as pessoas daqui. Elas perderam alguém que amavam, assim como eu, mas também sabem que a pessoa ainda pode estar por perto. Espero que você tenha aberto a cabeça um pouco desde que a gente se conheceu. Como a Hannah acabou de dizer no carro, é importante ser capaz de mudar nossa opinião sobre as coisas.

Helen não viria a uma convenção dessas nem morta. Rá, entendeu? Não se interessa pelo que tem além da vida. Só aceita o que está na frente dela. Qualquer pessoa imaginaria que, depois da morte do filho, ela ia precisar disso. Muitas pessoas vêm por causa dos filhos que perderam. São eles que nos emocionam. Quando uma criança volta procurando a mãe ou o pai, todo mundo acaba chorando. Sempre fico atenta, caso seja Tommy. Se um dia Wendy disser que Tommy está aqui, eu levantarei a mão para ouvir. Fico triste pensando naquele menininho do outro lado e no fato de ele não ter ninguém aqui, de que ninguém vai vir.

Se ele aparecer, não, eu não contarei a Helen. Nunca soube, quando morávamos nos chalés, se ela sentia raiva de mim por causa dos meus três filhos. Porque ela só teve um, não foi, e ele se afogou. Eu me sentia triste por ela, seria insensível se não me sentisse assim, mas Helen teria feito um favor a si mesma se tivesse conversado comigo. Talvez ela não pensasse em mim desse jeito, como uma amiga com quem podia conversar. Também nunca perguntei, o que era estranho, mas o que eu podia fazer? Talvez ela se sentisse mal com isso e não quisesse mais pensar no assunto.

Helen nunca perdoou Arthur. Disso eu sei. Não posso afirmar que eu perdoaria ou não Bill, se ele fosse responsável por isso. Mas sempre fiquei incomodada porque Bill achava que o casamento deles era perfeito. Ele dizia que era muito bom ver que os Black não tinham que viver um grudado no outro o tempo todo, sabe, fazer tudo juntos e saber o que o outro estava fazendo, como marido e mulher sabem. Quando a gente se mudou para o Masters, perguntei a Helen como ela lidava com todos aqueles anos vendo Arthur ir embora e ela me disse que era da personalidade deles. Os dois gostavam de ficar juntos, mas também gostavam de ficar sozinhos. Era como se fossem duas vidas acontecendo em paralelo, e não uma vida só. Achei que tudo aquilo tinha a ver com Tommy. Nossos maridos já não tinham independência suficiente na torre? Tinham todo o tempo do mundo para eles quando estavam lá.

Bom, mas parece que Helen precisava de alguém, porque ela foi atrás de Bill. Não estou dizendo que não existem mistérios nessa questão, por causa do menino e o que isso causou a ela. Não consigo imaginar, para ser sincera. Não consigo imaginar como seria perder um filho.

Mas ainda assim não entendo por que Bill fez isso. O homem que se casou comigo, que achei que me amava por todas as características que fazem com que eu seja eu e não ela. Helen não era uma de nós. Não era uma esposa da Trident no sentido tradicional. Como era em St. Bees ou em Bull Point, todas nós farinha do mesmo saco: esposas e donas de casa, livros de receita na prateleira, pães de ló e chá na mesa às seis. Trabalhávamos juntas. Não enganávamos umas às outras nem tomávamos chá com o marido alheio. A esposa de Frank, Betty, fazia mais meu estilo, uma moça sincera de Bolton, sem frescura, e os meninos dela e minhas meninas costumavam brincar juntos. Eu percebia que Helen tinha ciúmes. Não tenho orgulho disso, mas admito que gostava do fato de ela ficar enciumada. Helen tinha muitas coisas que eu não tinha, mas naquilo eu ganhava.

Eu devia ter falado com Arthur sobre o caso quando ele estava em casa. Hannah diz que eu devia ter falado, e eu queria ter feito isso. Agora eles se foram, é tarde demais.

Isso me faz pensar na minha mãe. Em tentar uma última vez com ela. Descobrir se ela ainda está viva, ligar, mandar uma carta. Veja, vou estar me protegendo se fizer isso. É egoísmo, de certa forma. Quero saber que fiz tudo o que podia. Sei melhor do que ninguém como é ter essa escolha arrancada das nossas mãos.

Se eu tivesse falado com Arthur, a gente poderia ter pensado em um jeito melhor de agir. Porque foi uma coisa boba, uma ideia boba que tive para devolver parte do que eles haviam me feito sentir. O que posso dizer, a não ser que não estava pensando direito?

Nunca falei com Arthur porque acho que ficava nervosa com ele. Hannah também ficava. É que o faroleiro-chefe nunca quis nos conhecer. Ele nunca ia lá em casa, cumprimentava a gente ou agia com simpatia. Nunca entendi o cara.

Pensando agora, ele parecia mesmo meio desequilibrado. Um daqueles caras que nunca mexem em um fio de cabelo de ninguém, até que um dia o prédio pega fogo e os vizinhos dizem: "Ah, ele era aquele cara quieto, não era? Não faria uma coisa dessas."

O quê? Hannah acha que minha imaginação é fértil demais. Eu realmente invento coisas, depois penso tanto nelas que se tornam verdade.

Mas são sempre os mais quietos, não são? Especialmente quando alguém pressiona. Helen o pressionava. Ela o pressionava com a culpa, depois com as mentiras que contava. Arthur era o tipo de homem que guardava tudo e não falava nada, então, um dia, *bum*!

A verdade é que, se eu descobri, ele também pode ter descoberto. Se Arthur machucou Bill, acho que posso... Quer dizer, acho que entendo.

Ai, meu Deus, já está na hora? Temos que entrar para ver Wendy e conseguir um bom lugar. Não vim até aqui para me esconder no fundo da sala.

Está bem! Hannah me fez prometer. Não quero, mas ela vai ficar irritada comigo a tarde toda se eu não falar. Então, lá vai. Helen costumava me escrever cartas, mas faz tempo que não escreve. Espere, meu amor, vou chegar lá. Me dê uma chance.

Está tudo bem com ela? Com Helen. Era isso que Hannah queria que eu perguntasse. Porque você falou com ela, não falou? Então vai saber. Se aconteceu alguma coisa que a fez parar de escrever as cartas. Não que eu me importe. Não importa. Isso só passou pela minha cabeça, depois Hannah pediu que eu perguntasse.

Ótimo. Que bom. Satisfeita? Eu *falei*.

Agora, podemos ir embora? Quando a gente se senta nas primeiras fileiras na sessão da Wendy, a chance de um nome aparecer para a gente é maior. Eles sentem nossa presença e com isso nos encontram com mais facilidade. A comunicação é melhor.

44

MICHELLE

Naquela noite, enquanto preparava uma carne para Roger, ele perguntaria sobre o dia dela e ela inventaria que não havia feito muita coisa, tinha passado o uniforme das meninas, costurado etiquetas com o nome delas nas roupas da educação física e tirado as ervas daninhas da horta. Ela não citaria o fato de ter ido até o Shopping Clearwater e passeado pelos corredores do Woolworths, observado as embalagens neon dos doces e conferido o relógio a cada minuto e meio.

Parte dela sabia que acabaria se encontrando com ele. A conversa com Helen tinha começado aquilo. *É importante, não é? Dizer como ele realmente era*. E depois as transcrições. O que Pearl afirmara eram coisas injustas que faziam Vinny parecer alguém que não era. Vinny não estava lá para se defender nem provar nada. Michelle estava.

Ela estava cansada de ter medo. Da Trident House, de Eddie Evans, da verdade.

O escritor estava parado sob o relógio do saguão de entrada. Ela o identificou pelo retrato em preto e branco na orelha do livro. Ele tinha uma postura agitada, inquieta, esperando ser abordado, sem saber por quem: ela podia ser qualquer uma das mulheres que passavam apressadas por ele na hora do almoço.

Hesitante, na farmácia Boots, Michelle se perguntou o que ele achava dela. Ela estivera errada sobre ele. Tinha imaginado o escritor como alguém parecido com Roger: terno passado, cabelo alinhado, golfe no fim de semana, abotoaduras e conhaque. As roupas do escritor não lhe caíam bem, não porque ele não pudesse comprar coisa melhor, suspeitava, mas porque ele não ligava muito para roupas, e seus sapatos pareciam ter sido usados todos os dias de sua vida. Se ele era parecido com alguém, era com o irmão mais novo dela, que ainda morava em Leytonstone com o pai e trabalhava na casa de apostas local enquanto economizava dinheiro até para os cortes de cabelo.

Ela odiava aquele shopping com todas as forças. Principalmente a parte da entrada, com aquele café chique que vendia mistos-quentes superfaturados e o relógio gigante de onde, a cada hora, um sapo de plástico saía da janela do cuco e coaxava a hora.

Ela esperou que o relógio parasse de tocar antes de se aproximar.

— Sou eu, Michelle — disse ela.

Dan Sharp sorriu e apertou sua mão, parecendo aliviado por ela ter aparecido, pensou Michelle.

45

MICHELLE

Lá estão eles. É deprimente para cacete, não é, manter pássaros em gaiolas. É a pior coisa do mundo. Normalmente, eu não pararia nesta loja, porque não aguento a piação. É isso ou eles ficam parados lá, tristes. Aqui está: três libras e noventa e nove centavos para levá-los para casa, e a gaiola vai custar dez vezes mais. Uma menina da minha escola tinha passarinhos em gaiolas. O apartamento da mãe dela tinha um cheiro azedo, de comida e cocô de gato. Sua calopsita se chamava Spike e o periquito, Ross. Ross era o dominante. Era ele quem mandava.

Você gosta de pássaros? Acho que se você gosta é melhor deixá-los em paz, nas árvores e tal. Eu ficava pensando que seria legal soltar Spike e Ross. Abrir a porta e dizer: "Vão em frente, podem ir embora." Não sei se eles saberiam voar, para falar a verdade. Talvez teriam simplesmente caído no carpete. No fim das contas, talvez nem fossem tristes. Só eu.

Certo, então. Você queria me encontrar. Era o que você queria, então vou contar tudo. Não tenho nada a esconder. Vinny também não tinha. Fazia anos que eu não lia aqueles depoimentos e, para responder à sua pergunta de por que estou aqui, por que mudei de ideia, foi por causa deles. Não posso deixar as mentiras de Pearl ganharem. Não importa quantas vezes eu repita para mim mesma que, seja lá o que você vai pôr no livro, não posso deixar Pearl falar de Vinny para você. Ela não o conhecia. Eu, sim.

As pessoas têm uma opinião formada sobre Vinny. Ele era o criminoso, então deve ter feito isso. São incapazes de afirmar o que ele realmente fez, mas quem se importa com os detalhes quando se tem um bode expiatório? Os outros dois, Arthur e Bill, a Trident tenta convencer a gente de que eles nunca fizeram nada de errado, mas, se você cavar um pouco, vai achar um monte de sujeira. A sujeira do Vinny estava lá para todo mundo ver. Ele não tinha nada a esconder.

A Trident sabe que você está escrevendo um livro. Eles parecem legais por fora, mas devem estar preocupados, porque ficam me procurando, dizendo que, se eu falar com você, vão me fazer pagar por isso. Vão cortar minha pensão, que nunca achei que receberia, porque eu e Vinny não éramos casados, mas eles querem me manter calada, então continuam pagando. Roger, meu marido, aceita de bom grado. Não suporta ouvir um pio sobre Vin, mas recebe o dinheiro sem problema. Aposto que Helen e Jenny também receberam cartas. Mas acho que chega uma hora em que a gente está velha demais para ficar com medo.

A Trident manteve distância, fingiu que não teve nada a ver com eles. Não queriam que as pessoas soubessem que havia um inimigo de Vinny na instituição. Já era ruim ter contratado um criminoso. Se as pessoas descobrissem a ligação entre Vinny e aquele cara, isso arrastaria a instituição de volta para o centro do caso.

Não sei dizer o que aconteceu. Mas acho que foi uma coisa diferente.

Foi o cara que Mike Senner mencionou para eles. O mecânico. Nunca aceitei o fato de a Trident ter ignorado essa informação. Até Helen disse que era bobagem por causa do jeito de Mike, que era o maluco da região, e, sim, talvez fosse, mas, mesmo que um doido passasse esse tipo de informação, eu ainda ia querer investigar, não acha?

A verdade é que não era bom para a Trident dedicar tempo a nada que Mike Senner tenha dito, porque isso provaria que eles não tinham controle sobre o serviço. E parece mesmo impossível, para quem conhece os atracadouros das torres, que um cara tenha ido até lá sem que ninguém soubesse.

Mas *só pode* ter sido possível. O suposto mecânico queria se vingar do Vinny e, claro, conseguiu. Mas estou me precipitando, não é? Vamos nos sentar?

Pearl já tinha as ideias dela sobre o jeito de Vinny desde o início. Entendo que ela estivesse apoiando a irmã pelo jeito que Vinny foi concebido, mas fazer uma criança acreditar que ninguém a queria? Dizer que ele era igual ao pai estuprador, depois trancar e espancar o garoto sempre que ele respondia? Por que será que ele acabou na cadeia? Bom, Vinny não via sentido em mais nada. Ninguém mostrou a ele que havia algo mais. A gente reage ao que a vida nos dá, e só posso dizer que a vida deu um monte de merda para ele.

A não ser pelos faróis. Os faróis davam esperança a ele, e não faz sentido pensar que ele jogaria isso fora. Se estivesse aqui, Pearl diria: "Você lembra o que ele fez da última vez? Uma pessoa que faz isso é capaz de qualquer coisa." Mas ela estaria errada. Assim como estava errada quando disse que ele tinha batido na Pamela e cuspido nela quando era pequeno. Vinny nem sequer ficou com a mãe durante a maior parte do tempo enquanto ela estava viva e, para mim, ele deve ter batido nela sem querer, como todos os bebês fazem, como minhas filhas fizeram, enquanto aprendiam a ficar sentadas na cadeirinha, ou a ter a fralda trocada, ou a tomar mamadeira, ou a dormir, ou sei lá o quê. É ridículo dizer que ele fazia de propósito. Os hematomas da Pam vinham da agulha.

Sim, Vinny sabia ser mau. Devia saber, para fazer o que fez. Não era uma maldade boba, tipo dizer alguma coisa para magoar alguém, mas das feias, tipo, se ele quisesse machucar você, então você provavelmente ia se machucar. Era melhor não irritar o homem. Mas preciso dizer que ele também era leal. Quando gostava de alguém, nunca duvidava da pessoa. É por isso que eu sei que ele era leal à Trident: porque eles eram leais a ele. Aquele emprego fez toda a diferença para ele.

Você sabe do Torre Branca? O nome verdadeiro dele era Eddie Evans. Erica me contou como era o lugar onde eles moravam. Ela disse que Eddie e Vinny mandavam em todo mundo. Eles viviam se enfrentando, tentando pegar um ao outro: quem estava do lado de quem, quem tinha qual garota, quem ficava com o quê. E o problema é que ninguém se lembra do motivo de tudo isso, porque era tudo inútil. Mas, quando Eddie foi atrás do melhor amigo de Vinny, aí a situação mudou. Erica disse que ele tinha batido tanto em Reg que Vin teve de ir até lá resolver aquilo. Eles só queriam avisar Eddie para se afastar. Não sabiam que ele tinha uma filha. Como iam saber?

Depois que conseguiu o emprego na Trident, Vinny ficou sabendo que Eddie estava trabalhando lá. Ele não via o cara desde aquela noite, quando a última coisa que Eddie tinha dito para ele foi que, um dia, ia se vingar pelo que eles haviam feito.

Contei isso para os detetives. E eles falaram com Eddie — ou pelo menos disseram que falaram — e ele respondeu que não podia ajudar. Não via Vinny fazia muito tempo e era melhor assim. Disse que era outra época da vida dele, de qualquer maneira, e que tinha se tornado um novo homem. E como ele teria chegado lá e feito o que estavam sugerindo? Como teria desaparecido com os três faroleiros de uma torre que era mais estreita do que o banco onde estamos sentados? Mas na época isso me fez pensar e ainda faz. Só porque Eddie não sujou as próprias mãos, não significa que outra pessoa não tenha feito isso por ele.

A Trident insistia que não tinha mandado um mecânico para a torre. Nunca houve mais ninguém lá, só os três. Eles usaram a transmissão de rádio para provar: Arthur pedindo que mandassem o mecânico e depois retirando o pedido, dizendo que estava tudo bem, pode cancelar, já consertamos. Mas Arthur não disse quem consertou nem como. A Trident simplesmente supôs, como fez com todo o resto, que foi ele, Bill ou Vinny. Mas posso afirmar que Vinny não teria a menor ideia de como consertar nada, muito menos um gerador a diesel. Ele mal conseguia trocar uma lâmpada.

É que ninguém mais viu o tal mecânico. O pessoal da Trident achava que alguém *devia* ter visto o cara, ainda mais porque ele tinha uma aparência muito estranha. Eles também não acharam nenhuma pista do barqueiro.

Mas é isso que os homens de Eddie são. Fantasmas. Ele pode ter escolhido qualquer um dos homens que trabalhava para ele, mas escolheu Sid. Sid recebeu ordens de matar os três, se livrar dos corpos e depois sumir. E foi exatamente o que fez.

Isso foi esquecido junto com outras teorias. Havia muitas na época, então era difícil saber em qual acreditar. Havia boatos por todos os cantos, pessoas dizendo coisas loucas, e, depois de um tempo, a gente não sabia mais no que acreditar. O tamanho da corda que sumiu do depósito, por exemplo. A Trident negou, claro, apesar de um dos detetives deles ter confirmado anos depois que era verdade. Eu sei que isso faria sentido se uma onda tivesse arrastado os homens para o mar, como Helen acredita, e a corda foi jogada para ajudar... Talvez. Acho que o tal Sid estrangulou os três com ela.

Já contei como foi e como Vinny estava muito envolvido nisso. E, quando Eddie atacou Reg, tudo aconteceu. Vinny ficou com raiva. Ele disse que estavam indo até lá para mostrar a ele. O cachorro não devia ter se metido. Foi uma questão de estar no lugar errado na hora errada. Tinham decidido fazer aquilo de última hora, de supetão, e era algo ruim. Iam apenas invadir o apartamento de Eddie, mas não sabiam que a filha dele de seis anos estava lá. Ela saiu para o corredor de pijama, começou a chorar e acabou acordando Eddie. Alguém falou: "Calem a boca dessa garota", e aí Eddie a encontrou e pensou o pior, por isso sacou uma faca e tudo aquilo aconteceu.

Eddie sacou uma faca para atacar Reg e o matou. Reg morreu nos braços de Vinny. Vinny deve ter perdido a cabeça porque aquilo tinha sido ideia dele... e agora? Eles não sabiam da menina e aquilo também tinha sido culpa dele. Ele surtou. Todos surtaram. Então ouviram o cachorro do lado de fora, amarrado no canil. Aposto que Eddie se arrependeu de ter prendido o cachorro justamente naquela noite; era um pastor-alemão. Vinny disse que o bicho tinha o focinho apodrecido e partes do pelo faltando. Não foi ideia dele pôr fogo no cachorro, foi de um dos outros, mas nenhum deles estava pensando direito, tinha sangue para todo lado e Reg estava morto, então eles fizeram isso. Amarraram Eddie e fizeram a filha dele assistir ao próprio cachorro pegando fogo. Eddie observou a filha vendo o cachorro.

Tinha sido decisão de Vinny ir até lá, mesmo que ele não tivesse decidido fazer o que fizeram, e ele podia ser muitas coisas, mas não era covarde. Ele se entregou para a polícia, não tinha nada a perder, não tinha família para cuidar, já tinha ficha suja, então era melhor que fosse ele. Como falei, quando ele era leal a alguém, era leal mesmo. No fim das contas, foi só um cachorro. Ele pegou dois anos e saiu. Mas tem algo nesse fogo, não tem? E no fato de terem colocado a menina para assistir. É, tem alguma coisa nisso.

As pessoas podem falar o que quiserem sobre Vinny, e talvez ele tivesse um lado ruim. Mas nós todos temos, não? Quando a gente sofre muita pressão, se uma coisa faz a gente perder a cabeça, o que estou dizendo é que todos temos um lado ruim, sabe?

Depois que Reg morreu, Vinny quis deixar aquela vida para trás. Tinha sido a última vez. Ele queria ser melhor e sabia que podia ser. Eu também sabia disso.

Olhe, Vinny incluiu este poema na última carta que me mandou. Pode fazer o que quiser com isso. Quando a Trident me perguntou se eu tinha recebido alguma coisa dele na época, falei que não. Sabia que eles nunca iam me devolver. Mas, quanto mais o tempo passa, mais eu duvido que Vinny tenha escrito isso. Ele gostava de poesia, adorava palavras. Achava que os poemas o faziam parecer frouxo, mas não é incrível que um homem sem educação consiga pôr coisas assim no papel?

A questão é que não é o tipo de coisa que ele escrevia. Não sei explicar. Simplesmente não é, porque eu o conhecia. Ele me mandava poemas de vez em quando, mas não vou deixar você chegar perto deles. Este é diferente. Ele dizia que conversava muito com o faroleiro-chefe sobre poesia. Acho que foi Arthur quem escreveu e pôs no envelope, não sei. É só um palpite.

Vinny sempre soube que o passado dele ia atrapalhar. Achava que, não importava o que fizesse nem em que velocidade fizesse, o passado sempre estaria lá, esperando por ele. E estava, essa é a parte triste. O passado esperou mesmo por ele. Ele teve aquele tempo nos faróis no mar, achando que podia ser livre. Mas é igual a um passarinho na porra de uma gaiola, não é? Ele fica bem enquanto está na gaiola, mas, assim que a gente o solta, ele vê o que estava perdendo. Percebe que não nasceu para aquilo, que as asas dele não funcionam, no fim das contas.

46

[Remetente não incluído]

10 de setembro de 1992

Caro Sr. Sharp,

Agradeço pelas cartas enviadas em 12 de junho e 30 de julho. Levei um tempo para responder e peço desculpas por isso. Meu trabalho na Trident House na época do desaparecimento no farol Pedra da Donzela é uma fonte de inquietação para mim: o assunto pesa há muito tempo em minha consciência e isso tanto atrasou minha resposta para o senhor quanto a motivou, no fim das contas. Os segredos mantidos entre os superiores não podem ser guardados para sempre.

Sim, a instituição sabe o que aconteceu com os faroleiros. Só alguns deles sabem, e eu não acredito que isso vai ser divulgado algum dia. Seja lá qual for a teoria que seu livro use, vai ser só uma teoria como outra qualquer, sem nenhuma corroboração nem confirmação das pessoas que poderiam dá-las. Posso lhe dar respostas, mas apenas confidencialmente.

Naquela época, nós não falamos sobre o desaparecimento. Eu trabalhava com funcionários do alto escalão e era, para dizer o mínimo, incentivado a ignorar tudo o que via e ouvia. Aquilo jamais poderia ter sido admitido. Mesmo depois de ter deixado a Trident House, ainda não gosto de ver faróis.

A Trident tem uma versão para o que aconteceu com base nas provas que foram divulgadas ao público. Para todos os efeitos, eles culparam o faroleiro assistente substituto, e até hoje essa é a versão oficial. Eles nunca admitiriam a verdade. Que não foi nada exterior que causou aquilo, e sim a natureza do trabalho.

Havia mais do que as famílias ficaram sabendo. Investigações sigilosas feitas pela Trident posteriormente: busca por digitais, avaliações psicológicas e a descoberta crucial do livro de registro do clima. Essas coisas trouxeram à tona um culpado diferente. Um faroleiro foi o último a tocar em todos esses objetos. O mesmo faroleiro fez anotações errôneas no registro e foi avaliado por especialistas como portador de um transtorno de personalidade causado por estresse pós-traumático e depressão. Acreditam que ele tenha matado os outros durante um surto.

A Trident nunca quis divulgar isso porque valorizava Arthur Black. Ele era admirado, uma medalha de honra para a instituição, prova de que eles cuidavam das pessoas a vida toda. Faroleiros-chefes são muito importantes para a Trident: os responsáveis não promovem um homem a faroleiro-chefe a menos que o admirem muito. Admitir que ele foi o culpado mancharia de forma vergonhosa o que hoje é visto como um estilo de vida romântico.

Os detetives tinham duas teorias para as motivações de Arthur. Uma delas envolvia o substituto: Vincent Bourne havia escondido dinheiro na torre, Arthur descobriu, planejou roubá-lo, se livrar dos outros dois e depois fugir. Parece inverossímil? Talvez, mas não tanto quanto os milhares de outras teorias inventadas ao longo dos anos. A segunda era que Bill Walker estava tendo um caso com a esposa de Arthur, Helen. Não é difícil entender se o motivo for esse.

Mas nenhuma dessas possibilidades me convenceu muito. Acho que a vida no farol simplesmente levou a melhor sobre Arthur. Eu não poderia ter um emprego daqueles. Você poderia?

Espero que o que eu disse tenha ajudado em sua pesquisa e peço que o senhor mantenha meu anonimato em relação a esse caso.

Atenciosamente,

[Assinatura]

47

O SINAL

Conheci um homem perto do mar,
Que olhava a água e começou a falar:
Está vendo a verdade?, e apontou para o Sul
E eu vi: um fogo preto queimando em azul
Meu coração está perdido, tornou a falar,
Está perdido ali no meio do mar
Pode encontrá-lo? Trazê-lo para mim?
Não posso seguir com uma falta assim.
Quanto mais eu nadava, mais forte era a luz,
Quanto mais me chama, mais o fogo seduz,
Mas, quando virei e olhei para trás,
O homem que eu vira não estava mais,
Encontrei seu coração e nele escorreguei,
A maré subiu, na água entrei
A onda subiu, desceu e me arrastou
Para onde a alma do faroleiro acabou.
Aí está você, a gigantesca flama.
Esse tempo todo aqui, eu sei como se chama.
A luz, a luz, queima em nosso nome;
Seu fantasma, e o meu, para sempre some.

XI

1972

Os faroleiros da luz do mar profundo

48

Ele ia visitar os pássaros às sextas, toda sexta antes de o sol nascer. Subia a colina, o que era difícil no escuro, e destrancava o portão. O som do portão sendo destrancado — *clique* — era como um fósforo sendo aceso, e dessa forma o sol sabia quando nascer. O sol diria: "Arthur está aqui, ele acendeu a vela. Está na hora."

Era um caminho hostil para quem não o conhecia direito. Havia buracos e ravinas à espera; montes de grama alta, secos e amarelados, durante o longo verão quente, arranhavam suas pernas nuas. Ele devia estar de calça, mas era o tempo e o movimento, dizia seu pai. Ele tinha que vestir o uniforme da escola.

Quando chegasse lá, a Sra. McDermott faria dele um exemplo: "Olhe o seu estado, Arthur Black. Parece que foi arrastado de costas por uma cerca viva." Às vezes, enquanto corria para a escola, seus cadarços desamarravam, ele tropeçava e ralava o joelho, ou um galho de árvore prendia em seu blazer. Havia uma mancha de cocô de passarinho em seu sapato. As crianças o chamavam de Menino Pássaro. Ele não se importava. Estar muito acima do mar, com as gaivotas piando e grasnando às sombras suaves dos caibros, era tudo o que ele queria, o tipo de contentamento que se acomodava em sua mão como um peso de papel.

No almoço, enquanto os meninos jogavam creme de ovos uns nos outros e enfiavam feijões no nariz, Arthur pensava nos pássaros. No campo esportivo, quando Rodney Carver quase o derrubava com uma bola de rúgbi e sibilava: "Ande logo, menininha magrela", Arthur imaginava as asas deles mergulhando da colina, uma nuvem descendo sobre Rodney e o déspota professor de educação física, cujas pernas pálidas, cheias de sardas e sem pelos visitavam Arthur em seus sonhos como a pele de porco que sobrava do almoço preparado pela mãe aos domingos.

Com os pássaros ele não se sentia sozinho. Às vezes os desenhava, observava seus corpos se movimentando de forma desajeitada, uns sobre os outros, as penas balançando, bolinhas de cocô caindo na madeira. O cheiro era de armários vazios, com a leve acidez de um patê.

Quando o pai lhe mostrara as gaiolas pela primeira vez — "Venha, menino, quer ver uma coisa legal?" —, Arthur subira cambaleando com ele pela colina. "Eles se curam", dissera ele, "depois voam para longe". Ninguém sabia por que os pássaros caíam do céu. Arthur os encontrava diante da porta de casa ou entre os arbustos do jardim, as asas batendo no chão. Seu pai o acordava no meio da noite: "Olhe, garoto, fique quieto agora, com cuidado, viu?" O mistério crepuscular das mãos unidas do pai e o corpo trêmulo dentro delas: o coração disparado, lindamente vulnerável e frágil.

A solidão endurecia no estômago de Arthur. Em casa, todos os cômodos eram silenciosos, a não ser pelo tique-taque do relógio da lareira. Sua mãe vagava sonolenta, enquanto o marido mexia em relógios no quarto dos fundos, tornando-se míope aos poucos. Ele não se lembrava de como o pai era antes da guerra: os ombros mais leves, o sorriso mais suave. Suas velhas garras tinham começado a arranhar, deixando sangue nos lençóis. A casa acordava às quatro da manhã com um grito agudo, feito uma cadeira sendo arrastada para longe de uma mesa.

Com frequência, ele sentia a própria solidão. Podia encontrá-la com os dedos, e, se empurrasse com bastante força, doía. Quando comia rápido, doía. Ele bebia muita água, para lavá-la de seu corpo, mas isso nunca acontecia. Sempre esperava vê-la depois que ia ao banheiro. Pequena e azul. Amedrontada. Ele não sabia o que faria com ela. Não sabia o que faria sem ela.

O sol chegava como uma linha derretida de um tom forte de laranja, jogando faíscas no mar. Arthur detectava o farol dali, um olho amarelo se abrindo sem fazer barulho.

Na escola, ele aprendeu sobre a torre. Achou incrível que homens morassem ali, uma família de três, e aquilo lhe pareceu a resposta para nunca mais se sentir sozinho, com duas outras pessoas que não podiam ir embora. Enquanto os meninos da sua turma levantavam a mão para responder a perguntas sobre naufrágios e o engenheiro Stevensons, a melancolia abria um espacinho em seu coração. O farol o chamava de um jeito indescritível, ansioso, como se estivesse triste e precisasse dele.

Arthur aprendeu sobre marinheiros que haviam se afogado em rochas afiadas como dentes, mastros balançando durante a lua cheia, o tilintar metálico de um sino da morte, vômito se espalhando, merda fedendo, mercadores gritando enquanto seus produtos afundavam e as pessoas em terra esperavam as riquezas boiarem até a praia. Leu *A ilha do tesouro* e achou maravilhoso que um contador de histórias e um construtor de faróis pudessem fazer parte da mesma família. Aprendeu sobre os homens que erguiam as torres no mar, que muitos deles morriam, que trabalhavam em pedaços de terra quase submersos a quilômetros da costa, sendo arrastados por rajadas de vento, as mãos machucadas pelo sal, montando blocos apenas para vê-los sendo levados ou, depois de terminarem, testemunhar anos de trabalho desabarem em alto-mar. Ninguém nunca admirava o trabalho deles, porque ninguém nunca ia até lá.

No seu aniversário de onze anos, ele viu o pássaro branco. Era maior do que os demais. Veio do mar, branco como a neve, e olhou para ele com olhos rosados.

Depois, Arthur perguntou ao pai, que disse: "Uma pomba?" O menino respondeu que não, não era uma pomba. O que era, então? Não sei. O pai foi conferir. Quando voltou, disse a Arthur que não havia pássaro branco nenhum, era sua imaginação louca, não dá para ver pássaros assim aqui. Mas eu vi. Claro que viu. Agora seja um bom menino e vá pegar meus fósforos.

49

Eu lhe expliquei sobre os faróis e como eles funcionam. Que não é só uma questão de luz e escuridão, há lacunas entre as duas, e essas lacunas, a forma e o tamanho delas, são mais importantes. Sua mãe não ouvia. Ela estava à pia, as mãos no meio da louça, frouxas sobre a superfície, dentro de luvas de borracha, feito narcisos com a cabeça pendente.

Anoiteceu e nós saímos. Mantive você aquecido com meu casaco. O topo de sua cabeça, seus cabelos recém-lavados, brilhava ao luar. Pousei a palma da mão sobre a sua cabeça para ver se as duas formas se encaixavam. Partes do corpo se encaixam quando dois corpos pertencem um ao outro: o queixo e a mão, a dobra de um cotovelo aconchega uma cabeça.

Fomos até a praia, onde ouvíamos as ondas e os seixos sendo jogados de um lado para outro. Passei a lanterna para você. Meu casaco ficava grande no seu corpo, as mangas cobriam seus dedos. Dobramos uma das mangas e o pulso que saiu dela parecia um osso descoberto em meio ao solo, assustadoramente branco. A lanterna abriu caminho pelo mar, claro perto da praia, mas concedendo a derrota enquanto perseguia a noite, indo além do que era seguro.

A personalidade da Donzela é fixa. Sua luz é constante. Mostrei a você como manter a lanterna parada e firme, iluminando o mar, como a Donzela fazia para os navios.

Os faroleiros vão ver sua luz, falei. Assim como você pode ver a deles. Você disse que era engraçado pensar que sua luz podia ser vista a quilômetros de distância, mas é assim que é a luz, respondi, a gente não precisa de muita. Pelo contrário, uma nesga de escuridão em um jardim ensolarado nunca é vista. A luz é mais forte e rápida e o olho a procura. Se a gente pensar no mundo assim, não parece um lugar tão ruim.

Apagamos a lanterna e, com ela, o mar.

Ligamos de novo e o mar voltou.

A lua era uma corcunda fraca, uma bala chupada. A noite me parecia tranquila, na época, com você ao meu lado. Primeiro, criamos períodos curtos de luz e longos períodos de escuridão, acesa por três segundos, apagada por nove. Isso se chamava relâmpago. Depois, quando fazíamos o contrário e a luz durava mais tempo que a escuridão, se chamava ocultação.

Você gostou dessas palavras e as repetiu. Contei que algumas pessoas dizem "ocultação" pronunciando bem o "l", outras, não. Se eu estivesse na torre agora, falei, veria sua luz mandar um sinal daqui da terra, fixa, depois relampejando, depois ocultando, depois fixa.

Eu saberia que era você por causa de cada detalhe, eu saberia que era sua luz, saberia mesmo. Você fazia ser bom estar em terra. Não havia muita coisa boa além de você.

Arthur acordou assustado, a noite escura se aproximando. Nuvens espessas de sonho flutuaram frouxamente até a superfície. Mas a noite não estava lá, era de manhã. Oito e meia. Era a cortina que escurecia o quarto. Ele a abriu e viu Bill no beliche oposto ao dele. Véspera de Natal.

Ele estendeu as mãos para a frente, as palmas voltadas para cima, como se oferecesse, por sua vida, algo do tamanho de um pão, um bebê recém-nascido. Lembranças ou invenções, ele não conseguia mais distingui-las. Quando fechava os olhos, encontrava imagens de Tommy. Olhos cor de mel. Mão estendida. Para onde seu filho ia naquelas horas entre os sonhos?

Com frequência, quando estava sozinho, ele ouvia. Passos. Um farfalhar em um canto escuro. Algo raspando no fundo do depósito enquanto os outros dormiam, mas, quando Arthur chegava até ele, só podia ficar parado ali, confuso, feito um idoso em um ponto de ônibus.

Vince estava à janela, olhando para a costa.

— O que você está esperando?

— Nada.

Arthur analisou como o tamanho e a força do jovem podiam ser comparados aos dele, as pernas compridas, as costas largas, mas devia ter um ponto fraco, mesmo que fosse apenas o elemento surpresa. Ele ligou a TV. O jornal da madrugada deu uma notícia sobre Ghaffar Khan. Quando Arthur se mexeu, quando falou, era como se estivesse sufocado por um sono pesado. Sentia-se incrivelmente pesado e isolado.

— O que você estaria fazendo se estivesse em casa? — perguntou Vince.

— Estaria embrulhando presentes. Ouvindo *Carols from King's*. Não é mais como era.

— Não. Claro que não. Sinto muito. Eu esqueci.

— Não espero que você se lembre.

— Mas eu deveria.

— Prefiro que não lembre. Tem mais alguma coisa passando?

— Alguma velharia de caçador. Chá?

— Vou pescar.

— Pescar? — pergunta Vince. — Está frio demais.

— É tradição de Natal — disse Arthur.

Não que fosse, ou que algum dia seria.

A ideia era não pegar nada, era apenas se sentar e observar. Pequenas ondas lambiam os degraus do atracadouro. Uma rajada de vento frio penetrou seu casaco. Ondas se formavam na névoa, distorcidas e divididas. Ele se sentia observado pela coisa naquele instante, atenta, invisível. Ela podia atacá-lo de qualquer lugar, da água ou do céu. Ele não sabia quando seria.

O mar parecia pegar fogo, nuvens cinzentas brincando pela superfície. Olhando para cima, notou que a torre fora decapitada na altura da cozinha, o canhão soava em meio ao nevoeiro.

Arthur ouviu um barulho atrás de si, de passos apressados, como em uma brincadeira de pique-esconde. *Tac-tac-tac-tac-tac.*

Ele se virou. Não havia ninguém ali.

Estava imaginando coisas demais ultimamente.

Os passos soaram outra vez. *Tac-tac-tac-tac-tac.*

Uma gargalhada: uma criança.

Arthur abaixou a vara de pescar e acompanhou a curva do atracadouro, dando a volta até chegar ao início. Os risos saíam e entravam na névoa, abafados um segundo e agudos no seguinte. Uma risadinha.

"Espere", disse ele, zonzo. Girando e girando. A vara de pescar se dissolveu, assim como a porta, nada para marcar onde o círculo se fechava. Arthur se deu conta de que um círculo não tinha começo nem fim, óbvio que não, ele seguia infinitamente. Uma das mãos na torre, a outra à frente, acreditando que ia tocar a qualquer momento.

No quê? Numa gola de camisa. Num cotovelo. Pele.

"Espere", disse ele. Espere.

Ele parou e ficou ouvindo, para que os passos pudessem alcançá-lo. Sem saber qual dos dois estava correndo para encontrar e qual estava correndo para escapar. Continuou andando, os passos já parecendo rápidos demais, rápidos demais para serem contidos pela extensão do atracadouro, rápidos demais para não terem alcançado Arthur e passado correndo por ele. Tropeçou, caiu e se segurou em um olhal, as pernas pendendo sobre o mar. O canhão disparou, bem acima dele. Ninguém o ouviria.

Ele tateou, procurando a corda de segurança, e se arrastou para o atracadouro. A risada soou, tentadoramente próxima.

Ei!

Uma tosse seca. Um gato com uma bola de pelo.

Ei!

Arthur piscou.

Ele foi se arrastando até conseguir se sentar no atracadouro e segurou a vara de pescar. Na mesma hora, sentiu um puxão: um bebê puxando uma mecha de cabelo. Sentiu o puxão de novo, jogando-o para a frente.

A linha estava esticada. Ele usou o peso para puxá-la. Era pesado e ficava mais pesado a cada volta da carretilha, a linha esticada até quase arrebentar, mas ele conseguia puxar e, por um segundo, pareceu que estava vencendo, porque lá estava: uma forma flutuando até a superfície de um mar inconstante, banhada pela névoa, como em seu sonho daquela manhã, uma forma horrivelmente familiar para ele, mas ainda assim desconhecida. Era um tubarão, no fim das contas, mas o horror dele foi distorcido pela névoa, e óbvio que não era um tubarão e ele quis soltar a linha, mas uma compulsão sombria impossibilitava isso, imobilizando-o naquele lugar, fazendo-o ficar apenas sentado observando, como tinha saído para fazer, os olhos assustados com a imagem, mas fixos pela força de uma curiosidade nefasta.

Não peguei um peixe, mas meu filho.

O anzol entrou na bochecha dele.

A linha se rompeu. O garoto a levou para as profundezas e desapareceu na escuridão. A superfície se abriu e se fechou, e tudo o que ficou foi a loucura espelhada do desespero do pai, que olhava para baixo, o rosto retorcido e confuso.

50

O *Espírito de Ynys* tinha trazido da terra firme um peru e uma garrafa de vinho tinto, que combinava com legumes enlatados e um pote de molho de carne. Não havia pudim de Natal, e sim uma lata de pudim de frutas secas. Bill era o cozinheiro. Ele fumava um cigarro atrás do outro diante das panelas.

Arthur empurrou a comida para longe. Quanto mais observava Bill por entre espirais de fumaça, mais alto ficava o barulho de unhas sobre gesso. Às vezes os arranhões pareciam muito próximos, como se pudessem estar acima ou dentro dele.

— Estão ouvindo isso?

— O quê? — perguntou Vince.

Depois, na sala de estar, Vince sintonizou no *Old Grey Whistle Test*. Quatro homens de uma banda chamada Focus, um no teclado cantando com voz aguda. No fim, o grupo cantou "Merry Christmas and a Happy New Year".

Eles assistiram ao discurso da rainha. Vinte e cinco anos de casamento com Philip, o Reino Unido ia entrar para a Comunidade Europeia, os problemas na Irlanda do Norte. Paciência e tolerância eram mais vitais do que nunca, disse ela, entre as famílias e as nações.

Arthur analisou sua nação de três pessoas. Pensamentos particulares o contaminaram. Ele se perguntou se era possível estar tão cheio de algo que não era aparente aos demais.

Os outros alegaram que a previsão estava errada. Não havia nenhuma tempestade a caminho: Bill poderia voltar para casa. A cabeça de Arthur doía. Fazia uma semana que doía. Era difícil se lembrar de coisas que havia feito e dito. Esse esquecimento o preocupava.

A névoa havia se dissipado. Pelos binóculos, ele viu a terra ao longe, barcos, casas desfocadas. Achou que sua esposa podia estar olhando de volta. Eles sinalizariam um para o outro sem nunca saber.

Esperava que Helen estivesse feliz; torcia para que ela tivesse encontrado alegria.

Não tinha sido justo se casar com ela. Ele não devia ter se casado com ninguém.

Desceu até a cozinha porque, se estivesse longe, então talvez aparecesse. Podia chegar quando estivesse de costas, como havia acontecido em meio à névoa, quando ele não estava prestando atenção, assim como não estava prestando atenção no dia em que perdera o filho.

Arthur encheu uma caneca de água, depois subiu até o quarto, onde Bill e Vince dormiam. Ficou parado por um minuto, talvez mais tempo, à porta. Segurava a caneca como se estivesse servindo os dois, mas aguardando, inseguro, até ser convidado a se aproximar.

A dor de cabeça era forte. Como teclas de piano pressionadas na ordem errada.

Ei!

Passos subiram correndo a escada.

Tac-tac-tac-tac-tac.

Quando chegou à luz da lanterna, era apenas um pássaro. Uma pardela, as asas no vidro. Tinha entrado por uma janela aberta. Ele a deixou voar por um tempo e se machucar. Então abriu a porta para o mezanino e desceu de volta.

Anoiteceu depois das quatro. A lua estava tão gigante que ele pôde ver suas crateras. Lua cheia: um mau presságio. Havia uma ligação entre esses elementos cósmicos — a lua, as marés, os ventos — que formava uma equação, o mais próximo que o homem podia chegar da marca de Deus. Arthur não acreditava que um ser humano estivera ali, um pé humano com bolhas, joanetes e unhas que precisavam ser cortadas havia sentido a superfície da lua e tinha sido real. Antes, a ciência acreditava que as estrelas eram buracos no piso do céu.

O vento aumentou. Um faroleiro com quem ele trabalhara em Longships dizia que os turnos não seriam tão ruins se eles soubessem que podiam confiar na chegada dos substitutos. Se pudessem ir para casa quando deviam, seria melhor. Podiam esperar ansiosamente pela partida sem que fosse adiada no último minuto e ficasse bagunçando a cabeça deles.

Arthur havia pedido aquele clima. A tempestade que registrara no livro, que tinha escrito todos os dias, fora convocada apenas pela vontade dele.

Mais tarde, quando achassem o livro, diriam que ele tinha enlouquecido. Estava frágil, incapaz, com algum defeito. Era melhor abandonar o serviço. Melhor ficar em casa com uma esposa que não o amava e, sempre que olhasse para ela, veria o rosto de seu filho morto e do homem com quem ela o havia traído.

Arthur se orgulhava dos trinta anos de trabalho. Quando recebeu o título de faroleiro-chefe, seu prêmio mais importante, ele havia jurado usar o uniforme todos os dias. Barba feita, sapatos engraxados, era uma questão de dignidade, as divisas recebidas pelo tempo de trabalho. As pessoas diziam: "Não pode ser bom para você, Arthur, ficar naquele trabalho. Não pode ser bom depois do Tommy. Você devia estar com Helen, era lá onde você devia estar, em casa com ela", mas o farol era o único lugar que lhe restava. Estar ali salvara sua alma, mas sua cabeça tinha se perdido. Ele sabia disso, como se tivesse saído de casa com ela ainda pendurada no porta-chaves.

Você se lembra de caminhar pelo campo lavrado? Eu segurava sua mão, macia e úmida. Observávamos as andorinhas mergulharem e se erguerem no céu. A luz do pôr do sol. Eu amava você.

O reflexo dele no espelho era alarmante. As bolsas sob seus olhos tinham enrijecido. A expressão não era mais a dele. A barba tinha crescido muito sem que ele notasse, e os barulhos que ouvia em sua cabeça ficavam cada vez mais altos.

Lá fora, no escuro, ele atraía o mar em sua direção.

O vento soprava um aviso, alto, mais alto. Da pedra mais profunda surgia algo negro e retorcido, que vivia à espera, mas agora estava pronto.

51

Arthur acordou tranquilo, como um nadador emergindo na superfície. O vento era ensurdecedor. Em torno deles e em todos os lugares, o mar batia, sugando e estapeando o granito, espirrando gotas. Com as venezianas fechadas, o ar dentro da torre tinha se tornado fétido e sufocante, mortalmente frio, machucando as narinas. Sua mente parecia límpida, os pensamentos transparentes.

Vinte e seis de dezembro. Bill não ia a lugar algum.

Arthur ouviu de novo. Ele saiu da cama e foi até o andar de baixo, seguindo a parede interna suada, para o ar livre, para o mar.

Sua esposa nunca entenderia por que ele continuava tolerando a água, mas ele não via por que odiar o lugar para onde o filho deles tinha ido. Para ela, o mar havia matado Tommy, seu corpo recuperado e cremado, as cinzas guardadas em uma caixa. Arthur achava que um menino não devia ser mantido em uma caixa, um garoto de cinco anos que, em vida, não ficara parado nem um minuto. Em vez disso, ele estava ali, no oceano, onde se deixaria levar de norte a sul, de leste a oeste. Ele brilharia com o sol da manhã e dançaria em círculos sob o crepúsculo.

Helen dizia: "Como você aguenta, não sei como você *aguenta*", e ele nunca sabia o que responder. Responder que era ali que

Tommy estava, que ele sentia sua presença ali, teria magoado a esposa. Por isso, ele não dizia nada. Ela se virava na cama e Arthur pensava nas luzes vizinhas que veria no turno da tarde, na companhia reconfortante delas, lembrando que outro homem estava de olhos abertos em algum lugar não muito longe.

Se dissesse: "Quando estou lá, nosso filho não está sozinho. Ele me espera quando estou em terra, com você. Ele quer que eu volte, o pai dele." Se dissesse isso, Helen bateria em Arthur, porque Tommy era mais dela do que dele. Ela não fazia ideia de como o grito de Tommy antes de morrer o assombrava. Aquilo nunca o deixaria em paz. Estava incrustado nas estrelas e derretido na água; no fogo dançante do pôr do sol e no instante do amanhecer em que ele apagava o pavio.

Arthur se apoiou no corrimão. Quando afastou a mão, seus dedos deixaram uma impressão úmida, que foi diminuindo até desaparecer.

Nada sobrevivia. Nada era permanente. Tudo se perdia nas profundezas.

A porta de entrada, quando chegou até lá, estava tão fria quanto as pedras dele. Apenas um instante se passou entre sentir as marcas e saber de onde vinham. Marcas de unhas na tranca. Tentando sair ou tentando entrar.

52

A tempestade tinha piorado. Uma espuma branca se formava sobre as ondas cada vez maiores. O vento soprava forte e uivava. Trovões atravessavam a torre brilhante.

Arthur subiu a escada até a lanterna. As paredes molhadas pela condensação. Ele esperava encontrar a umidade na própria pele, como se não houvesse espaço entre seu corpo e a construção que o continha, mas, quando tocava o rosto, sentia-o seco e quente.

O turno de Vince tinha acabado. Agora era o dele. Arthur carregou o canhão e o detonador atravessou o ciclone, gritando um aviso dissipado pelo vento. Ondas desabavam, picos se desfaziam, gotículas voavam pela superfície caótica. Raios de luz rompiam a escuridão agitada, o mar escuro, o céu negro, o oceano se amontoando e espumando. A torre estremecia diante do ataque, com espuma explodindo da base até a lanterna.

Arthur fechou os olhos e se imaginou caindo dali. A ideia de se afogar não o assustava.

Um relâmpago atingiu o mar como um dardo.

Por um instante, as ondas se iluminaram. Arthur pensou ter visto o barco. Não teve certeza até outro relâmpago surgir e ela aparecer: uma embarcação à deriva.

Minúscula. Rígida. A vela rasgada.

Ele abriu a porta do mezanino, empurrada pelo vento e pela chuva, e se jogou na cerca. Era um barco simples, a remo, erguido e esmagado pelas ondas.

— Cuidado!

Suas palavras foram arrebatadas pelo vendaval. Um brilho explosivo e o barco reapareceu. O remador surgiu e trouxe consigo a certeza em relação ao que ele acreditava.

Arthur desceu a escada, agarrado ao corrimão, os pés incapazes de acompanhar a necessidade que ele tinha de ficar frente a frente com aquele marinheiro. Mas, antes de ter a chance de alcançá-la, três andares abaixo ele ouviu a porta de entrada ser escancarada.

Tac-tac-tac-tac-tac.

Vindo na direção dele, subindo, subindo, uma risada infantil.

Ei!

Arthur se virou. Escapou dos passos em algum ponto próximo à sala de estar e foi só depois, muito depois, que voltou para olhar. Então viu as marcas deixadas ali: nada de solas de sapato, mas um pé descalço, o formato de um pequeno violino e cinco pontinhos para os dedos.

53

Na sexta, o vento havia parado e a chuva estava fraca, mas constante.

Bill se comunicou pelo rádio com o continente.

— Vocês podem mandar alguém?

Tinha os lábios cheios de escaras e a pele esfolada em torno das unhas. Sessenta e um dias na torre.

— *Não dá, Bill, está chovendo muito aqui.*

Arthur ficou parado atrás dele, observando da porta.

Bill se virou. O suor brilhava em sua testa, apesar do frio.

— Está bem — respondeu ele. — Vamos tentar amanhã.

— *Está certo, Bill. Vamos mandar alguém para você de manhã.*

Ele acha que quero machucá-lo, pensou Arthur.

Sabia que tinha todos os motivos do mundo para machucar Bill. Mas então pensou no barco a remo. Na cabeça pequena que o conduzia e na mão erguida para cumprimentá-lo.

Estou vendo você.

Aquilo não fazia o estilo de Arthur; nunca tinha feito. Ele podia cerrar o punho e não o usar, por mais que quisesse.

Bill fez uma pausa na transmissão. Um dia. Uma noite. Uma a mais.

— Está bem — disse, antes de um intervalo, esse mais longo, no qual ele baixou a cabeça e fechou os olhos. O rádio apitou. — Câmbio e desligo.

54

— Arthur, acorde. Acorde.

Ele abriu os olhos. O quarto era um buraco de minhoca no espaço sideral, o interior azul-claro, repleto de estrelas. Bill estava parado ao lado do beliche. Mesmo no escuro ele viu a expressão preocupada do colega, os olhos fundos e o brilho nas pupilas.

— Acorde — repetiu Bill.

— O que foi?

A voz de Bill estava rouca. Mal sussurrava.

— Aconteceu uma coisa.

— O quê?

— Ele se foi.

— Bill.

— Vince. Ele se foi. Agora há pouco. Ele se foi.

Arthur encarou aqueles olhos escuros.

— Bill — disse —, você está sonhando.

— Não estou.

— O que você está falando não faz sentido.

— E o que você está falando faz?

— Bill...

— Você está acordado?

— Senta. Isso é sonambulismo.

— Ele está morto — disse Bill. — Vince. Ele se foi. Agora há pouco.

— Vou chamá-lo.

— Eu vi.

— Vou chamá-lo. Vou mostrar a você.

— Não consegui — disse Bill. — Eu tentei.

— Espere.

— Nós estávamos lá fora. Apareceu do nada.

— Senta, Bill.

— Apareceu do nada.

— Senta.

— Vince estava gritando. Eu não consegui...

— Vou chamá-lo.

— Eu tentei. Mas o mar.

— Não pode...

— Ele se foi. O mar. Ele se foi.

Arthur ouviu o vento calmo e o suave balanço da água. Não ouvia as músicas no toca-fitas nem sentia cheiro de cigarro.

Ele pôs os pés no chão, vestiu a calça e o suéter. Sabia que era tarde demais, mas era este o problema: o que acontecia na torre era responsabilidade dele.

Logo atrás, na escuridão do quarto, Bill tirou um objeto do armário. Alguns segundos se passaram enquanto Arthur virava a cabeça para ver o que era. Então uma série de ideias atravessou sua mente, uma atrás da outra. Ele pensou no pai levando-o até o topo da colina gramada, nas samambaias macias roçando suas pernas nuas, nas gaivotas grasnando e voando sobre os caibros. Pensou no brilho amarelo do mar ao amanhecer, nas nuvens amorfas em tons de rosa. Pensou no primeiro farol em que trabalhara, em Start Point, e nos faroleiros de lá, mais velhos do que ele, com suas gargalhadas roucas e cachimbos fedorentos, subindo a escada de ferro e enrolando um cigarro com os polegares ásperos. Pensou em Helen no dia do casamento deles, nos beijos que trocaram, em quando ela lhe contara que eles iam ter um filho e na alegria que sentira ao ouvir aquilo. Pensou em Tommy, sempre seu, a luz que nunca se apagava. Pensou nos milhares de vezes que acendera uma vela no mar e nos inúmeros marinheiros que guiavam seus barcos com a ajuda de sua chama. Pensou em como se arrependia do que havia acontecido com eles, com sua esposa, seu amigo, naquele dia e no passado, e por nunca ter conseguido se redimir com ela.

Pensou que era uma pena tudo terminar daquela maneira, com perdas e confusões, porque ele cometera erros e não era mais o homem que havia sido. Arthur antes gostava da solidão, mas, no fim das contas, a solidão não gostava dele. Fizera coisas que haviam levado partes dele embora e, no fim, não bastava estar naquela ilha. Houve um instante em que percebeu qual objeto Bill havia pegado, o que Bill pretendia fazer com ele, antes de abrir a porta e uma barra de rocha sedimentar atingir sua nuca.

55

Bill não queria que Vince se afogasse. Mas, depois que Vince tinha se afogado, todo o resto ficou evidente.

Jenny vivia dizendo que ele nunca se impunha. O pai dele dizia o mesmo. Bill teria gostado de enfrentar o pai. Teria gostado de pôr as mãos no pescoço daquele velho desgraçado — as mãos ou o cinto dele, o cinto do filho da mãe — e apertado com força.

Ele tirou o corpo do faroleiro-chefe do quarto e o arrastou pela escada. Era pesado. Precisou colocá-lo sobre o ombro e carregá-lo assim, feito um soldado nas trincheiras salvando a vida de outro homem.

Nunca vira os pés de Arthur. As unhas tinham sido cortadas bem curtas, os dedos eram repletos de pelos. O coitado não tivera nem tempo de calçar as meias.

Na entrada de casa, acima do altar para sua mãe, havia um relógio em forma de navio, com *Carpe Diem* escrito no topo. Bill pensou no sorriso e nos olhos dela, admirando-o.

O sorriso de Helen. Os olhos de Helen.

Ele chegou à cozinha. Jogou o corpo em cima da mesa. O sangue manchou o laminado do tampo, pingando de um lugar não identificável... O nariz do faroleiro-chefe quebrado, o olho e a têmpora cortados, mas aqueles ferimentos se perdiam em meio à massa indistinta de sangue e osso. Bill percebeu que havia feito mais do que o necessário, mas precisava ter certeza.

A adrenalina o fortalecia. Seu coração estava disparado; a respiração, ofegante, estimulada, o oxigênio fresco. As mãos diante dele, manchadas da cor do iodo. Ficou impressionado com a agilidade de sua mente, com a nitidez de suas ideias. De manhã, o barco de apoio chegaria. Bill explicaria. Ninguém poderia culpá-lo por aquelas tragédias e ninguém o culparia pelo que ele faria depois, quando Jenny tivesse se acalmado, quando fosse aceitável ficar com a esposa de um homem morto.

Como o casamento dele poderia sobreviver? Como poderiam esperar que ele voltasse do mesmo jeito? Não haveria expectativas. Nenhuma, pela primeira vez.

Bill limpou as mãos do faroleiro-chefe e depois as suas. Cobriu os próprios dedos com luvas, tirou o relógio da parede e o adiantou para oito e quarenta e cinco, a hora da morte do filho dele. Helen havia lhe contado isso no sofá do Masters, quando fora até lá um dia, procurando por Jenny. Jenny estava fora, por isso Bill tinha feito chá e ouvira a mulher falar e chorar. Ela contara tudo a ele, em todos os detalhes. Oito e quarenta e cinco da manhã. No fim, beijá-la seria a única gentileza que poderia fazer.

Arthur deixaria sua assinatura. Seria o mais próximo que teriam de uma confissão.

Bill pôs as pilhas de volta do jeito errado. Pressionou as pontas dos dedos de Arthur nos lugares em que havia tocado. Depois, subiu dois andares até a sala de estar, onde adiantou o relógio, trocou as pilhas e o levou para baixo para fazer a mesma coisa.

Então parou diante do corpo de Arthur, pensando no que fazer com ele. Era difícil acreditar que aquele era o homem que fizera Bill se sentir tão ridículo. O grande faroleiro-chefe, derrubado como uma árvore.

Enxugar a mesa o tranquilizou. Bill limpou o tampo, as laterais, a parte de baixo, a cadeira e as marcas no chão. Não tinha pressa; levou todo o tempo necessário. Lavou o sangue na pia, depois limpou a pia, enrolou o pano e o jogou pela janela, no mar. Depois tirou dois pratos da cômoda, pulando o corpo do faroleiro-chefe, e dois conjuntos de talheres da gaveta. Mais uma vez, se ajoelhou para passar as mãos de Arthur sobre aqueles objetos antes de dispô-los sobre a mesa com duas xícaras, sal, pimenta e um frasco de mostarda quase no fim.

O vidro de salsichas foi colocado ali por pura arrogância. Arthur lhe dissera uma vez que salsichas eram a comida favorita de Tommy. Bill não precisava incorporar o detalhe, mas o adicionou porque isso fazia com que se sentisse diligente. Atencioso. Tudo que um bom faroleiro devia ser.

Com o palco montado na cozinha, fez chá na xícara do faroleiro-chefe e a levou para a sala de estar, onde se sentou na cadeira do faroleiro-chefe e pensou na esposa do faroleiro-chefe.

Helen merecia ser feliz. Ela seria feliz depois daquilo. Bill jurou passar o resto de seus dias tentando fazê-la feliz e, quando conseguisse, a prenderia na cama, onde eles fariam amor todas as noites, e nunca a abandonaria.

A que profundidade estaria Vince agora? Quão longe? Bill teve um pouco de medo de que o corpo do substituto reaparecesse, mas, se isso acontecesse, não faria diferença. Ele já tinha a história pronta. Não havia por que não acreditarem. Arthur tinha enlouquecido, matara o substituto e tentara matar Bill também. Bill não tivera opção a não ser se defender.

Ele sentia muito pelo veterano, de verdade, diria a todos. Gostava de Arthur e tinha sido um choque ver no que ele havia se transformado, o que havia se tornado.

56

Vincent Bourne devia ter morrido muitas vezes antes. Devia ter morrido ao nascer, já que o cordão umbilical tinha se enrolado em seu pescoço e a parteira só notara quando ele já estava azul. Quando tinha quatro anos e morava com os Richardson, atravessou a rua na frente de um carro, que desviou no último segundo. Aos quinze, caiu de uma altura de seis metros e quebrou o braço.

Todos aqueles acontecimentos em sua vida tinham se somado e exigido vingança: sua hora chegara naquele dia específico.

Estava fumando no atracadouro quando foi pego. Não o barco com Eddie Evans, nem um mecânico com pseudônimo. Nenhuma das coisas das quais havia se convencido de que aconteceriam.

O ar estava frio. O mar agitado lavava as pedras e rochas. Naquele dia, o mundo parecia bom.

Ele se permitiu acreditar que tudo havia acabado. Que, talvez, não houvesse ninguém atrás dele. Nada a temer. O futuro estava a sua frente. Michelle não se importaria com o que ele havia feito. Ela o conhecia, não iria a lugar algum. O alívio e a leveza tocavam sua alma. Felicidade, supôs ele.

Bill desceu, parecendo enjoado. Vince lhe ofereceu um cigarro, mas ele recusou.

— Eu devia parar — disse Bill.

Vince ergueu uma sobrancelha.

— Seria interessante ver isso.

O que aconteceu foi simples, ridiculamente simples para um instante que tirou a vida de um homem. Vince jogou a bituca do cigarro e ela caiu no atracadouro, não no mar. Ele foi até a beirada para chutá-la, quando, de repente, o mar se ergueu, tão repentino quanto leite fervendo em uma panela. A torre pareceu afundar por um momento, feito um biscoito sendo mergulhado, depois emergir e o mar desabar. Vince caiu junto, batendo o cotovelo, depois a cabeça. *Merda*, pensou ele, e tentou se segurar, mas não havia onde. Sua cabeça estava toda ensanguentada, o que dificultava qualquer possibilidade de ver ou se concentrar. A água o sugou pelo concreto e, quando o concreto sumiu, só restaram as ondas.

Seus músculos travaram. Um apito soou em seus ouvidos. A torre havia sumido. Como ele podia estar parado nela num instante e no seguinte ela ter ficado fora de seu alcance?

Ele só conseguia pensar em Michelle. Na boca, nos braços dela, em como se sentia ao ser abraçado por ela e apoiar a cabeça no aconchego macio e doce de seu pescoço.

Vincent perdeu a força nas pernas e o mar começou a arrastá-lo para mais longe.

Bill gritava. Vince gritou de volta, mas não sabia o que estava gritando, se eram palavras ou um ruído diferente que nunca fizera.

57

Bill tomou o chá sentado na cadeira do faroleiro-chefe. Não que ele não gostasse de Vince. Não tinha nada a ver com isso. Fora apenas uma chance boa demais para deixar passar, então ele aproveitara. A morte de Vince era uma saída. Uma rota de fuga. O paraquedas em uma queda livre.

Ele contara a verdade a Arthur. Tinha *mesmo* tentado. Quando vira Vince em meio às ondas, jogara uma corda na água. Evidentemente, tinha jogado com pouca força e longe demais para o substituto alcançá-la. Então percebera que não precisava jogar direito. Não se não quisesse.

Vince havia tentado por um tempo e fora então que Bill decidira, com tamanha frieza e calma que mais parecia estar decidindo se livrar de uma de suas conchas. Ele percebera que não precisava do substituto. Largara a corda no mar e ficara parado, impassível, observando o colega se afogar.

No dia seguinte, os homens que viessem diriam: "É, agora a gente entendeu. Meu Deus, que história horrível." Mas a Trident House ia preferir abafar a história. A instituição daria um prêmio a Bill pela coragem e o promoveria logo a outro farol.

Meses depois, ele deixaria o serviço e levaria Helen junto. Os dois se casariam e se mudariam para longe do mar.

Talvez um dia lhe contasse a verdade. Talvez não. Dependeria de quanto ela ficaria triste, de quanto ficaria feliz por ele ter sobrevivido.

58

Um barulho no andar de baixo o assustou.

Bill duvidou do que ouvira, mas se repetiu:

Tac-tac-tac-tac-tac.

Bem abaixo, muito abaixo.

Pegou um livro de capa dura da estante da sala, *Prehistoric Man*, de J. Augusta e outro autor com o nome apagado. O faroleiro-chefe devia estar aturdido. Aquilo daria conta do recado.

Você é um moleque burro, ouviu o pai dizer. *Verifique, confirme, não fique só na suposição. Eu sabia que você ia estragar tudo.*

Bill desceu até o quarto, de costas para a parede, girando e descendo, mas, quando chegou à cozinha, Arthur estava deitado exatamente onde o havia deixado.

Ei!

Ele se virou.

— Quem está aí? — Sua voz ecoou pela espiral. — Quem está aí?

Tac-tac-tac-tac-tac.

Ele desceu, o livro erguido, dizendo a si mesmo que era o vento. Quando chegou à entrada, ficou mais tranquilo. A porta estava fechada, como sempre.

A única pessoa no farol era ele.

Ainda assim, conferiu a fechadura e sacudiu toda a extensão das trancas antes de fechar a trava. Decidiu mantê-las fechadas até alguém vivo aparecer do outro lado.

A noite chegou, apesar de ter acabado de passar das quatro. O dia nadava para além do horizonte.

Apesar do que havia acontecido, a luz foi acesa como sempre.

Bill era o último homem vivo. Às vezes, no turno da tarde, ele fingia que isso era verdade. Que todos no planeta tinham morrido. Desligava o rádio para não ouvir mais os navios se comunicando uns com os outros e se sentava de costas para as luzes do continente.

A Donzela continuava brilhando, uma lanterna de cabeça em uma caverna misteriosa. Bill tinha visitado uma caverna certa vez, com a escola, e se lembrava das passagens estreitas e da claustrofobia. Eles haviam sido amarrados um à cintura do outro e deslizado por aberturas oleosas feito bebês prestes a nascer. As cavernas pareciam orgânicas, como intestinos. Bastaria que um deles perdesse a cabeça. Ele havia batido o ombro, o medo surgindo por achar que não conseguia respirar nem se movimentar, antes de um empurrão tê-lo derrubado em uma câmara sem eco. O pior era saber que a única saída era o caminho por onde tinham entrado.

O rigor se estabeleceu e o corpo de Arthur enrijeceu. Carregá-lo por quatro andares quase acabou com Bill.

Ao lado de Bill, na lanterna, o corpo do faroleiro-chefe era uma sombra volumosa, uma montanha ao entardecer no inverno. Era compreensível precisar de companhia naquelas últimas horas, antes de fazer o que precisava ser feito. Quando amanhecesse, Bill estaria abalado, mas coerente. Nunca havia sido criativo — *um garoto sem imaginação* —, mas aquilo não precisava ser muito elaborado.

Primeiro, ele mostraria os relógios. A refeição para o filho morto. Depois, mostraria o livro de registro. Fazia anos que Arthur vivia e morria naquela rocha e lentamente fora perdendo a sanidade. No fim das contas, os homens acabavam sendo afetados. Ele não aguentava mais, estava cansado daquilo, exausto, os faróis, a merda daqueles faróis.

Em terra, ficariam maravilhados com o modo como Bill havia sobrevivido.

Seria uma história e tanto, e Bill Walker se tornaria um herói. O caso seria passado por gerações como a história dos faroleiros no Smalls.

Durante a noite, ele poliu todas as superfícies, como se preparasse a torre para o enterro. Esfregou e ariou cada degrau entre a cozinha e a lanterna, cada centímetro em que o corpo de Arthur havia tocado. Nenhuma marca nem mancha escapou à análise que apenas o trabalho no farol lhe ensinara. Bill não deixou vestígios.

No andar de baixo, ele trabalhou rápido. Não gostava de ficar muito tempo naquele espaço subterrâneo, coberto de sombras e das formas místicas do barco e das cordas. Não gostava de pensar nos ruídos que ouvira nem na risada, nos sussurros que circulavam, imaginados, apenas frutos da imaginação, um produto do serviço e da solidão. Não podia abrir aquela porta.

Do armário de Arthur, ele pegou as pedras. Tinha visto muitas vezes o faroleiro-chefe debruçado sobre elas. Fazia sentido que o peso delas o levasse para as profundezas.

Bill pegou uma dúzia e deixou o restante. Aninhada em meio às pedras que ele havia escolhido estava a âncora prateada de Helen. Lá estava, então. Arthur a recuperara. Bill sorriu, pondo a correntinha no próprio pescoço.

59

Naquela noite, a luz ardia lindamente. A lanterna da Donzela despachava seu feixe pelo mar, abrindo caminho por onde os navios podiam passar sem medo.

Não foi fácil vestir o casaco em Arthur, os braços travados, as juntas tensas, difíceis de manipular. Bill deixou o faroleiro-chefe na cerca do mezanino. Encheu os quatro bolsos dele com pedras.

Bastaria um empurrão. Bill pensou em Helen em casa, indo dormir, sem saber que, de manhã, sua vida recomeçaria.

Ele jogou todo o peso no homem apoiado na cerca e fez o máximo de força que pôde.

Ei!

Passos apressados, a risada de uma criança.

Tac-tac-tac-tac-tac.

Um empurrão por trás. Bill grunhiu e perdeu o equilíbrio. Passos o atacaram de todas as direções. Sussurros. Um apito. Então, outro golpe, empurrando-o para a frente.

Assustado, Bill agarrou o corpo de Arthur. O medo roubou seu fôlego, e, fosse apenas isso que se juntara aos dois ou algo que ele não sabia identificar, Bill não teve tempo de pensar, pois o corpo do homem tombou e o arrastou para o outro lado da cerca.

A parede branca passou correndo por eles, fantasmagórica, eterna. O corpo de Arthur se fundiu ao dele e, juntos, os dois atingiram a escuridão fria e líquida.

Bill perdeu a consciência por alguns instantes. Cortou a perna e bateu a cabeça. Seus ouvidos se encheram de sangue, medo e água. Repetidamente, ele pensou: não, não vai acabar assim. De modo inútil, sem parar. O peso de Arthur o puxou para baixo, enquanto Bill esperneava de medo, as pernas se debatendo e lutando. E, quanto mais ele se debatia e lutava, mais o mar o engolia. O sangue tomou seu nariz e sua boca; pareceu tomar sua cabeça.

Desesperado, assustado e arrependido, agarrou o faroleiro que cuidara dele. Arthur tinha sido o protetor de Bill, o homem que ele sempre quisera ser.

No escuro, na penumbra, de longe, aquilo parecia um bando de albatrozes arrancando entranhas de peixes. Agitação na superfície, alguns gritos abafados. Nada a ouvir, a não ser focas chamando umas às outras, tristes.

Pela névoa do afogamento de Bill, surgiu um barco, com o capitão inclinado para a frente, a mão estendida.

Em meio a um brilho, chegou um viajante com uma lanterna percorrendo um túnel comprido. Sua vela estava baixa e rasgada. A mão que se estendia para eles era pequena.

O toque de Arthur o deixou e o frio o mordeu como se ele fosse uma maçã. O barco levou Arthur, aquecido, para casa. Bill tentou agarrá-lo, mas ele não tinha ido buscá-lo.

No mezanino do farol, a trinta metros de altura, a porta de metal se fechou. Um pássaro branco circundou o topo da torre antes de voar para o mar.

XII

Ponto-final

60

HELEN, 1992

Depois que o Natal passou, ela viajou até a Cornuália para o aniversário.

Era uma tarde inglesa, o céu da cor de um Tupperware e o mar misturando tons de cinza e marrom. Chovia sem parar, encharcando buracos enlameados por causa do longo outono, impregnados de folhas mofadas e madeira escurecida. Daquela vez, ela havia trazido a cadela, que farejava com afinco, buscando tocas de raposa. Gotas respingavam em seu guarda-chuva. Em meio às árvores, ninhos de andorinhões abandonados, pedaços de cascas de ovo fantasmagóricas brilhavam em meio ao musgo.

Helen sentia os ossos dentro de si ultimamente, parecia ter consciência deles enquanto subia a colina em direção ao cemitério de Mortehaven, conectando-se, muito brancos, as costelas se assemelhando a algo pré-histórico. A cadela ficou bem perto, sentindo que a dona precisava de companhia.

Por quanto tempo ela ainda conseguiria fazer essa viagem? Aquela podia ser a última vez. Vinte anos era um marco arbitrário, de qualquer maneira. Não era como se seu marido fosse decidir: já faz tempo suficiente, é um bom número, eu devia ir para casa.

Mas mesmo assim ela tinha vindo, só por garantia.

Garantia de quê?

No dia 30 de dezembro, todos os anos, ela precisava olhar para o farol Pedra da Donzela, seu parceiro naquele aniversário peculiar. Talvez fosse como manter um animal selvagem na sala de estar e abrir a porta todos os dias para garantir que ele permanecia ali. Deixá-lo ali apenas intensificava o atrito e dava a ele mais energia do que merecia.

Ela duvidava de que Jenny viria. No aniversário de dez anos, Helen a vira de longe, parada com as crianças, olhando para o mar. Tinha pensado em se aproximar, mas, no fim, perdera a coragem. Michelle não havia aparecido naquele nem em nenhum outro aniversário. Ela não via sentido e não seria diferente naquele dia. Ligaria para Helen na semana seguinte com a desculpa de que o marido não quisera que ela fizesse a viagem.

Chegando ao cemitério, o vento preencheu seu guarda-chuva. Ela ouviu o oceano Atlântico quebrar e espumar nas rochas cobertas de mexilhões, lançando rajadas de sal.

Helen sabia para onde estava indo, uma lápide próxima do banco que homenageava o marido. O epitáfio do túmulo estava coberto de líquen:

JORY FREDERICK MARTIN, nascido em 1921
CRUZOU A FRONTEIRA EM 1990, SAUDADES

Ela ficou parada ali por vários minutos, até a chuva parar.

Manchas amareladas pintavam as nuvens, o sol fraco, mas disposto. Ela abaixou o guarda-chuva. Dois anos antes, Jory havia morrido. Helen não ficara sabendo. Desde o desaparecimento, o barqueiro entrava e saía de suas lembranças. Apesar de terem mais ou menos a mesma idade, ela sempre sentira uma gratidão materna em relação a ele. Helen imaginava que era porque ele havia sido o primeiro a chegar ao local. Ele chamara os faroleiros desaparecidos. Depois, lamentara por eles. Jory tinha sido o socorro tão esperado, o resgate que não conseguira resgatar, o grito ao vento que nunca recebera resposta.

A cadela saiu correndo, seguindo algum cheiro entre as lápides. Ela sentiu alguém se aproximar por trás e teve tanta certeza de quem era que poderia tê-lo cumprimentado sem se virar, mas queria ver seu rosto.

— Oi — disse ela.

De repente, ficou feliz por estar com outra pessoa.

O escritor usava um casaco vermelho, calça jeans e sapatos que haviam absorvido a água da chuva. Carregava uma bolsa de lona no ombro. Sua expressão parecia envergonhada, um pouco apreensiva, ao perceber que ela sabia. Passou a fazer sentido para ela o fato de ele não usar ternos nem se arrumar. Era filho de um barqueiro, tinha crescido em meio às redes de pesca.

— Por que você não me contou? — perguntou ela.

Em uma das mãos, Dan Martin segurava uma pedra lisa e brilhante, com uma faixa branca que a atravessava, fina como algodão. Ele a colocou no túmulo do pai.

— Por muito tempo, meu pai achou que tinha sido culpa dele — explicou. — Que devia ter feito mais por eles. Chegado lá mais rápido. Enfrentado a chuva. Ele não teria conseguido, mas ainda assim...

— Devia ter me contado.

— Achei que você também o culpasse.

— Isso nunca passou pela minha cabeça.

Ele enfiou as mãos nos bolsos.

— Sinto muito, Helen. Queria que você falasse comigo sem que soubesse quem eu era. Sem mudar o que você me contou e como me contou. Como se eu não tivesse nada a ver com tudo isso. Achei que seria mais fácil para você.

Um instante passou entre eles, tão caloroso e próximo que ela teve que desviar o olhar, por lembrar de tudo o que ele e ninguém mais sabia sobre ela.

— Eu deveria ter sido sincero — admitiu ele. — Como você descobriu?

— Você não é o único interessado na verdade.

Ele retribuiu o sorriso dela.

— Eu não podia investigar a história enquanto meu pai estava vivo. Em vez disso, eu o distraía com livros sobre armas e fragatas. Mas acho que ele teria ficado feliz. Ele queria conversar com você.

Helen analisou o horizonte em busca da Donzela, que estava disfarçada pela névoa, mas refletia um raio tímido de luz intermitente.

— Vinte anos — disse ela. — Parece diferente desta vez.

— Diferente como?

— Não sei direito. Talvez eu me sinta diferente. Todas essas conversas, fico feliz por ter contado tudo. Não sei se Jenny ou Michelle sentem a mesma coisa. Ela me disse que tinha decidido falar com você, no fim das contas. Mas é uma coisa curiosa. Isso traz aquela época de volta, mas também a afasta. Me faz ver quantos anos se passaram e o que mudou na minha vida. Não sou a mesma mulher de antes. As pessoas acham que eu devia olhar para trás com tristeza. Eu sinto essa tristeza e vou sentir para sempre. Mas foi há muito tempo. Não dói mais tanto agora.

Dan hesitou.

— Sempre pressionei meu pai para falar sobre aquilo — disse o escritor. — Mas ele nunca falava. É uma daquelas situações em que ninguém sabe quais palavras usar.

— Qualquer uma é melhor do que nenhuma.

— É.

— E você sabe.

— O quê?

— Você sabe quais palavras usar.

Ele a encarou. A testa baixa e reta, os olhos de marinheiro. Era muito parecido com o pai.

— Eu sempre quis escrever sobre Arthur e os outros — explicou. — O dia em que eles desapareceram mudou minha vida. Minha família também mudou. Meu pai nunca superou isso. Nem eu. Quando cresci, tentei entender melhor o mar colocando-o nos livros, mas nunca consegui, porque era essa história que pedia para ser contada. Mortehaven nunca mais foi a mesma depois do desaparecimento. Ninguém conhecia nossa cidade antes. Ninguém nos associava a perdas ou assombrações. Crianças tinham infâncias felizes, depois cresciam, se mudavam e traziam os filhos de volta nas férias para ver os barcos e o farol e catar caranguejos no cais. Depois do que aconteceu, elas não fizeram mais isso.

— Você não aceitava o fato de não haver resposta — disse Helen.

— Não. Eu não conseguia.

— Mas não existe resposta.

Ele abriu o zíper da bolsa.

— Isso não me impediu de procurar. Com o passar dos anos, perguntei a todos que quisessem me ouvir. Eu tinha o quebra-cabeça: três faroleiros desaparecem de um farol. O que você acha que aconteceu com eles?

— O que *você* acha que aconteceu com eles?

Ele tirou um bloco de folhas embrulhado em um envelope plástico e amarrado com dois elásticos entrelaçados em forma de cruz.

— É isto aqui — disse ele. — Seu livro.

— Meu?

— E você estava certa, aliás. Acabou não sendo o projeto que achei que seria.

— Você está decepcionado.

— Não — respondeu ele. — Pelo contrário.

Ele tirou os elásticos.

— É estranho pensar que não tem ninguém lá. — Ele passou por cima das pedras até chegar à beirada do penhasco. — Que todos os faróis foram automatizados. Que não existem mais faroleiros. Nenhuma troca de turno, nenhum atraso. Cheguei lá perto de novo um tempo atrás. O clima estava propício, então pensei: "Está bem, pai. Essa é para você." É estranho olhar para ele agora. Isso deve acontecer com todos os faróis, mas especialmente com as torres. Tem a ver com a constatação de que estão vazias. Todas aquelas pedras, tão distantes, sem ninguém dentro. É um clima assustador. A gente imagina que ele guardou alguma coisa, não é? Quando fui até lá, foi o que pareceu. Que talvez pudesse ter guardado.

— Que Arthur podia estar lá no atracadouro — disse Helen —, acenando para você.

— Algumas pessoas ainda acham que eles vão voltar.

— Espero que você não seja uma delas.

— Por quê?

— É irreal.

— O tema em si é irreal.

— Mesmo assim.

— Achar que eles sobreviveram?

— Achar que eles apareceriam depois de tanto tempo. — Helen parou ao lado dele. — Arthur se foi. Ele não vai voltar. Você disse que precisa de respostas, mas eu não preciso. Não sei se um dia precisei. Tenho que aceitar. Ter paz. Esperança. Levou vinte anos, mas estou quase lá.

Ele passou o livro para ela.

— Tome.

Era pesado.

— Você se dedicou muito.

— É — respondeu Dan. — Me dediquei mesmo. E terminei. Sei mais do que sabia antes. Mas, quanto a saber o que aconteceu naquela torre, Helen, nunca vou ter certeza. Não sou tolo a ponto de achar que vou. Existem centenas de finais possíveis, talvez mais.

Helen olhou para os sapatos encharcados dele, para o manuscrito respingado de chuva e um agradecimento surgiu na ponta de sua língua. Ela havia pedido desculpas a Arthur e dito que o amava. Sempre havia amado, mesmo nas piores fases, até o fim. Mesmo que ele nunca ouvisse, a frase tinha sido dita e isso parecia ser o mais importante.

— A verdade é deles — disse Dan. — E sua. Não é minha nem de qualquer outra pessoa.

O ar marítimo pareceu áspero e limpo no peito dela, tão novo quanto um amanhecer.

— Não temos certeza da verdade, não é? — perguntou ela. — Esse não é o objetivo? Alguns mistérios não são feitos para serem desvendados. Estou falando de Arthur e dos outros, claro. Mas também estou falando do resto. Você sabe. O resto. Por que fazemos isso. Por que riscamos um fósforo. Por que construímos faróis e todas as outras coisas que achamos que, em um bom dia, podem salvar uma vida. Não somos nós quem decide, mas não seríamos humanos se não considerássemos essas possibilidades. Se não acendêssemos o máximo de luzes que pudéssemos enquanto estamos aqui. Se não as fizéssemos brilhar com força. Se não as mantivéssemos brilhando quando chega a escuridão.

Ele a observou.

— Vá em frente, então — disse ele.

— Hã?

— Você vai escrever o final.

Ele pegou uma pilha de folhas e as jogou para cima.

— O que você está fazendo?

A papelada voou a esmo no vento, montes de páginas no ar, asas explosivas de brilho branco contrastando com o céu e o mar, pairando, se espalhando e dançando até a água.

Helen riu com um misto de alegria e surpresa enquanto seguia as instruções dele, lançando página após página de maneira extravagante, como um ganhador da loteria sob uma chuva de dinheiro.

Ela ficou olhando as folhas se dispersarem e balançarem levemente nas ondas, em todas as direções.

— Obrigado, Helen.

A cadela voltou até ela. Dan fechou a bolsa e seguiu até a saída do cemitério.

Quando ele chegou ao portão, Helen se virou e viu duas figuras paradas embaixo de um teixo. Ela as reconheceria em qualquer lugar, como se fossem membros de sua família.

O escritor parou para verificar se Helen tinha visto.

Ela se aproximou com cuidado, com medo de as mulheres desaparecerem.

Contudo, quanto mais perto chegava, mais nítida a imagem se tornava. Michelle estava de braço dado com Jenny, uma expressão tranquila e otimista. Jenny parecia a mesma de sempre. Ela não havia envelhecido. As pessoas não envelhecem quando envelhecemos junto com elas.

Depois de alguns segundos, Jenny ergueu a mão para cumprimentá-la.

Helen fez o mesmo.

Antes de encontrá-las, ela se virou e olhou para a Donzela pela última vez. O farol parecia apenas um leve contorno dali, um poste cinza em um mar verde leitoso. Uma rajada de vento surgiu. Talvez tenha tocado em seu rosto primeiro, água salgada nos dois, secando à luz fraca do sol. Ela sabia que a torre estava vazia, mas seu coração não acreditava nisso. Nunca acreditaria. Visualizava o faroleiro-chefe de forma tão nítida quanto se estivesse no farol. Ele estava subindo a escada, o rosto voltado para a luz. Subindo até a lanterna sem tocar no corrimão. Ele chegava cada vez mais alto, a partir do mergulho sombrio, até que tudo o que restava, tudo o que o preenchia, era uma estrela quase sem forças para brilhar.

AGRADECIMENTOS

Toda a minha gratidão e admiração ao livro *Lighthouse*, do historiador oral Tony Parker, cujas entrevistas com faroleiros e suas famílias iluminaram o caminho que eu queria percorrer neste romance e o modo de contar esta história. O retrato de Parker sobre um estilo de vida que desapareceu nos faz entender não apenas a profissão de faroleiro, mas também o conhecimento e a humanidade daqueles que dedicaram a vida ao serviço.

Algumas das histórias e experiências sobre a vida em um farol marítimo são baseadas em lembranças de faroleiros reais. Devo creditar as seguintes biografias e antologias em que busquei informações sobre o coração e a mente dessa comunidade: *Ceaseless Vigil*, de William John Lewis, *It Was Fun While It Lasted*, de A. J. Lane, *Stargazing*, de Peter Hill, e as vozes dos faroleiros de *The Lighthouses of Trinity House*, de Richard Woodman e Jane Wilson. Também me inspirei em *The Lighthouse Stevensons*, de Bella Bathurst, *Lighthouse Construction and Illumination*, de Thomas Stevenson, *Henry Winstanley and the Eddystone Lighthouse*, de Adam Hart-Davis, *Eddystone: The Finger of Light*, de Mike Palmer, o episódio "Rope and Railing", do podcast *Lore*, de Aaron Mahnke, e o poema "Flannan Isle", de Wilfrid Wilson Gibson.

Obrigada às minhas editoras brilhantes Francesca Main, Andrea Schulz e Iris Tupholme pelos *insights*, intuições e melhorias no manuscrito, e a Sophie Jonathan por conduzi-lo de maneira tão hábil, com tanta inteligência e bondade, até o mar. Às equipes da Picador do Reino Unido, Viking dos Estados Unidos e HarperCollins do Canadá, pelo entusiasmo e conhecimento, especialmente a Jeremy Trevathan, Camilla Elworthy, Katie Bowden, Katie Tooke, Laura Carr, Roshani Moorjani, Claire Gatzen, Nicholas Blake, Lindsay Nash, Carolyn Coleburn, Molly Fessendon, Lindsay Prevette, Kate Stark, Nidhi Pugalia, Sona Vogel, Bel Banta, Amanda Inman, Meighan Cavanaugh, Claire Vacarro, Tricia Conley, Sharon Gonzalez, Nayon Cho, Jason Ramirez e Julia McDowell.

À minha agente, Madeleine Milburn, e a todos da MMLA, especialmente Anna Hogarty, Liane-Louise Smith, Georgina Simmonds e Giles Milburn. Maddy, você ouve falar dessa história desde que a gente se conhece. Assim como os faróis quando eram apenas um brilho nos olhos de um Stevenson, muitos rascunhos foram criados e descartados, mas no fim conseguiram fazer nossa lanterna brilhar.

Mimi Etherington, Rosie Walsh e Kate Reardon, obrigada; espero que vocês saibam pelo quê. Sou grata a Kate Wilde, Vanessa Neuling, Caroline Hogg, Chloe Setter, Melissa Lesage, Jennifer Hayes, Joanna Croot, Emily Plosker, Sam Jenkins, Chioma Okereke, Laura Balfour, Sarah Thomas, Jo Robaczynski e Lucy Clarke pela amizade e pelo apoio. Muito amor para minha irmã, Victoria, meu sobrinho Jack e meus pais, Ian e Katharine, a quem dedico este livro.

Obrigada, Mark, por me incentivar em direção ao meu amado farol, na vida e na imaginação. Mas sobretudo a Charlotte e Eleanor, minhas luzes mais brilhantes, para sempre.

1ª edição JULHO DE 2021
impressão SANTA MARTA
papel de miolo PÓLEN SOFT 70G/M²
papel de capa CARTÃO SUPREMO ALTA ALVURA 250G/M²
tipografia FOURNIER